T0243755

LA NIÑA DE LAS PAREDES

LA NIÑA DE LAS PAREDES

A. J. GNUSE

Traducción: Alicia Botella Juan

C UMBRIEL

Argentina • Chile • Colombia • España
Estados Unidos • México • Perú • Uruguay

Título original: *The Girl in the Walls*
Editor original: 4th Estate
Traducción: Alicia Botella Juan

1.ª edición: agosto 2022

ISBN: 978-84-16517-83-1
E-ISBN: 978-84-19029-86-7
Depósito legal: B-12.140-2022

Fotocomposición: Ediciones Urano, S.A.U.
Impreso por: Romanyà-Valls – Verdaguer, 1 – 08786 Capellades (Barcelona)

Impreso en España – *Printed in Spain*

Para mi familia.

ASUNTO: No estás solo

Escucha, sabemos que hay gente que se esconde en nuestras casas.

Se meten en los espacios del desván. Se esconden detrás de los equipos de jardín en los garajes. Revolotean entre las habitaciones de la casa justo fuera del alcance de la vista.

Algunos de nosotros hemos encontrado nidos escondidos en la parte trasera de los armarios de los dormitorios, detrás de la ropa colgada. O en el espacio que queda debajo de las escaleras. En esa franja que hay entre el sofá de la sala de estar y la pared.

Hemos hallado botellas de agua medio vacías, envoltorios de caramelos y restos de la comida cocinada el día anterior. Me he encontrado mi propia ropa aplastada contra el suelo y apestando a sudor de otra persona.

Mira detrás de los muebles. En los espacios entre las camas. En cada grieta profunda de una casa. Nada te garantiza que, una vez comprobado el lugar, nadie vuelva a meterse en él.

Puedes quedarte todo el día en casa y aun así no detectarlos. Son inteligentes y pacientes y se conocen el interior de tu casa mejor de lo que tú lo conocerás nunca. Pero tienes que encontrarlos.

Tienes que arrancarlos de ahí.

J. T.

UN NIDO DEBAJO DE UNA CASA

El gato, parpadeando ante la luz de la tarde, se alejó por el largo camino de grava. Sus patas encontraron los huecos pequeños y planos que quedaban entre las rocas, y la niña, que observaba desde la habitación de invitados, no podía oír nada: era como una película muda que había tenido la suerte de contemplar desde la ventana. Sin embargo pensó que, aunque estuviera ahí fuera, tumbada boca arriba sobre el césped con los ojos cerrados junto a los lirios que había plantado la madre de los chicos, la señora Laura, junto al camino de entrada, tampoco podría oír nada que le indicara que el gato estaba pasando a tan solo un brazo de distancia. Le encantaba eso.

El gato tricolor había aparecido en su campo de visión mientras se liberaba de los arbustos de azalea que había por todo el lado de la casa. La niña conocía bastante bien la casa (no solo las habitaciones, sino también las paredes que las separaban y el interior del suelo) como para saber que había un pequeño agujero en los cimientos en el que habría suficiente espacio para que un animal se arrastrara.

¿Había visto ya el nido del gato? Unos días antes se había fijado en un montículo gris de aislamiento medio descompuesto bajo los tablones del suelo. La niña tendría que tener un ojo puesto en el animal para aprenderse sus rutinas y sus horarios. No quería invadirlo bajando cuando estuviera durmiendo, cuando claramente tratara de estar solo. Pero el gato ahora estaba al otro lado de la carretera, trotando por el lado empinado del dique y desapareciendo por el borde del agua hacia la ribera. Como en ese momento se había ido, la niña quería ver dónde había estado.

Era martes por la tarde y el más pequeño de los Mason, Eddie, tenía clase de piano. Bajaría de todos modos, aunque los oyera allí, a Eddie y al profesor, sentados ante el piano del comedor. Ambos estarían de cara a la pared por la que ella descendería. Los martes por la tarde solían ser un momento seguro para atravesarlas, ya que el señor Nick estaba en sus reuniones después de clase; la señora Laura, en el jardín; Marshall, en el lavado de coches, y Eddie, como siempre, escondido en su habitación. Las clases de piano, un regalo de cumpleaños anticipado, habían cambiado esa rutina.

Pero la niña era cabezota. Salió de la habitación de invitados y entró en el pasillo, con las puntas de sus pies descalzos pisando en silencio los tablones. Abrió la puerta del desván y subió las escaleras. Sacó un tablón del suelo de madera contrachapada y reveló la entrada a las paredes. Calcularía el tiempo de su descenso con las melodías del profesor de piano y con los intentos de Eddie por imitarlas. Esa era su casa. Había hecho cosas mucho peores.

Dentro de las paredes, las notas del piano sonaban como si estuvieran debajo del agua. En la oscuridad, presionó los pies contra los montantes de la pared y pasó los dedos por los listones de madera para encontrar las raspaduras diminutas que había hecho unas semanas antes. Se agachó centímetro a centímetro, paciente. Más de una vez, la melodía del profesor se había detenido mientras los dedos de los pies de la niña seguían buscando la ranura más cercana y se quedaba torpemente quieta hasta que empezaban a arderle los músculos de los dedos y los antebrazos. Más de una vez, sus codos y sus rodillas habían rozado con demasiada firmeza contra los listones, lo que hizo que una parte de ella se preguntara si los errores de Eddie (sus notas dubitativas) se debían a que la había escuchado y fingía no haberlo hecho.

—Vamos, pequeño —dijo el profesor de piano elevando la voz un tono más alto de lo necesario para un muchacho que tenía casi trece años, dos más que la niña—. Tú solo toca las notas —indicó—. Venga, ¡fíjate en mis dedos! Haz lo mismo que ellos.

La niña puso los ojos en blanco. Como si el truco para tocar bien fuera saber que se suponía que tenías que usar los dedos.

El profesor volvió a tocar la melodía y ella tocó con los dedos de los pies un tablón del suelo. Aliviada, bajó el resto de su peso. Lentamente, con cuidado para no tropezar con la madera que tenía a ambos lados, se deslizó adelantando una pierna, guiándola como la varilla de un zahorí a través de la oscuridad.

Dos. Tres. Cuatro. Contó sus pasos tanteando el suelo polvoriento con el talón hasta que lo encontró. El tablón suelto.

La niña hizo una pausa. Esperó que tanto Eddie como el profesor empezaran a tocar la melodía al mismo tiempo, con el ritmo ligeramente desacompasado mientras los vacilantes dedos de Eddie llenaban los silencios intermedios. Mientras tocaban, empujó hacia abajo un extremo del grueso tablón, haciendo que el otro lado se arqueara. El tablón era casi tan alto como ella. Lo levantó suavemente y luego se deslizó por debajo en el agujero, empujando con las piernas el aislamiento podrido hasta que notó la tierra fría bajo sus pies.

Sencillo. No era gran cosa.

DEBAJO DEL SUELO

El nido del gato estaba escondido en una esquina del espacio que había debajo de la casa, justo fuera del alcance del delgado haz de luz que se colaba desde el agujero de los cimientos. Era difícil de encontrar, ya que resultaba complicado saber qué era incluso si alguien lo miraba directamente. El gato había dejado algunas señales. Pelaje enganchado en el aislamiento aplanado. Una leve huella de su pata en la tierra. El ligero calor debajo de la mano de la niña. Cualquier otra persona lo habría pasado por alto. Como ella se había mudado de nuevo a su casa, dentro de las paredes, le gustaba pensar que veía el mundo de otro modo.

Se tumbó boca arriba y estiró los brazos y las piernas, imaginándose a sí misma como una criatura marina ondulando sobre el fondo oscuro del océano. Allí abajo olía a tierra. A tierra húmeda y rica. La niña se deleitó con ese aroma. Conseguirlo no era fácil para ella.

Allí abajo, las teclas del piano estaban silenciadas, pero todavía podía oír el golpeteo del talón del profesor marcándole el ritmo a Eddie. Golpeaba y golpeaba como si el niño fuera idiota. Ella respiró profundamente el aire mohoso sintiendo que se le pegaba a la lengua, y dejó escapar un suspiro.

Sabía que no era asunto suyo, pero la frustraba que la gente le hablara a Eddie de ese modo. Así era como le hablaba el cartero cuando le entregaba el correo, o su vecina, la señora Wanda, las pocas veces que iba cuando él estaba caminando por el patio. Incluso Marshall le hablaba de ese modo. Eso era lo más ridículo de todo porque, según la opinión de la niña, era Marshall, ese simio de brazos largos, el que merecía que le hablaran mal. Pero Eddie era inteligente. Ella lo sabía porque había leído sus libros (los mejores de toda la casa) sobre historias antiguas o, sus preferidas, historias mitológicas sobre mundos mágicos y misteriosos. Apreciaba a la gente con buena imaginación. Aunque él fuera extraño.

Mientras los demás miembros de la familia comían todos juntos en la mesa de la cocina, él comía solo en el comedor. Y había más cosas: lo sensible y callado que era, todo el tiempo que pasaba jugando a juegos de mesa contra sí mismo, incluso a los más aburridos como el Monopoly o el ajedrez.

Pero, por otro lado, ¿y si hacía un mapa con todas las cosas extrañas y molestas que sabía que hacían las demás personas cuando pensaban que estaban solas? El señor Nick con sus miradas persistentes en habitaciones vacías. Los murmullos de la señora Laura. O Marshall, insultándose a sí mismo en el espejo de la habitación de invitados, frotándose los cortos mechones de cabello con ambas manos. Incluso antes de mudarse a las paredes, la niña observaba a sus compañeros de clase durante los exámenes, cuando el sentido del mundo que los rodeaba se encogía y se encerraban en sus mentes. Había visto las manos de los niños deslizándose por la parte inferior de sus pantalones cortos. Había visto a las niñas mordiéndose las uñas hasta que sangraban.

Se encogió de hombros. Cuando se trataba de ser extraño, Eddie encajaba perfectamente.

La niña rodó sobre su estómago y arqueó la espalda. Se permitió un pequeño gruñido y disfrutó estirando los músculos tensos y agarrotados. Lo consideró todo mientras se arrastraba sobre sus manos y sus rodillas debajo de los tablones del suelo, parpadeando en la casi completa oscuridad, oliendo el dulce aroma a almizcle de la parte inferior de la casa, con las manos y las rodillas levantando débiles y flotantes partículas de polvo...

Bueno, pensó que ella no estaba precisamente en posición para juzgar.

ÚLTIMA HORA DE LA TARDE

En el exterior, el calor primaveral de Luisiana había llegado de repente. El zumbido de las cigarras llenaba el aire húmedo, su canto era casi tan fuerte como una sirena. Pero, para la niña, era monótono y constante, lo bastante predecible como para que resultara relajante.

Por todo el borde de hierbajos altos que rodeaba el patio trasero se podía ver una serpiente negra y musculosa, incluso desde la ventana del desván del segundo piso de la casa, que avanzaba poco a poco hacia la hierba irregular bajo la extensa sombra de los robles. La señora Laura estaba de pie sobre hileras de tierra húmeda con las manos en las caderas y las rodillas sucias de barro. Y a la vuelta de la esquina del garaje adjunto, apenas visible sobre el techo erosionado, Eddie. Su clase de piano había terminado y tenía el cabello negro alborotado mientras caminaba de un lado a otro.

Desde alguna parte, una lechuza dejó escapar un canto embrollado.

El interior de la casa estaba en silencio. El sol, que descansaba anaranjado sobre el dique del otro lado de la calle, cruzaba el patio delantero a través de las ventanas del piso superior, marcando los contornos moteados de los cipreses en el suelo de los pasillos.

El reloj del vestíbulo dio una sola nota profunda, marcando que faltaba un cuarto de hora para las seis. El señor Nick había vuelto del trabajo y estaba en el sofá de la biblioteca echándose una siesta, y Marshall, que había salido pronto del lavadero de coches, se había encerrado en su habitación en silencio excepto por el ocasional aleteo de sus dedos sobre el teclado del ordenador.

Mientras el calor de la tarde se desvanecía lentamente, la vieja casa exhalaba. El aire cálido salía por los poros de las tejas del techo y las tiras blancas del revestimiento, y se elevaba invisible hacia el cielo rosado. La madera del suelo y las paredes se enfriaban, emitiendo ocasionalmente suaves chasquidos. En la planta de abajo, la secadora hizo un ruido sordo y se detuvo abruptamente.

Las bisagras de la puerta del desván chirriaron suavemente al abrirse y cerrarse de nuevo; era un sonido fácil de ignorar a menos que alguien estuviera prestando especial atención. A ese ruido le siguió el de sus pies desnudos, silenciosos como las patas de un insecto, caminando con pasos intricados a través de los patrones de luz del suelo.

Tenía que tomar decisiones para esa noche, si iba a ser una noche de lectura o de otra cosa. Su elección actual era una colección de mitos nórdicos, un libro de tapa blanda grueso y estropeado que se había metido bajo el brazo mientras escuchaba desde lo alto de la escalera curva. Meses atrás, a partir de una conversación que la señora Laura había mantenido por teléfono, la niña se había enterado de que ese iba a ser el regalo de Navidad para Eddie de parte de una tía abuela de Indiana, pero había llegado a principios de esa semana, después de haberse pasado todo ese tiempo perdido en el correo.

La niña había sido la única que estaba presente en casa para recibir el paquete amarillo cuando por fin llegó al porche delantero. Sonó el timbre y ahí estaba. Tenía el envoltorio roto y se asomaban las letras plateadas del libro.

Ese día, entrecerró los ojos hacia el dique y la carretera para asegurarse de que no pasara nadie y luego estiró los pálidos dedos hacia la calidez de la luz del sol sobre el felpudo de bienvenida y lo metió dentro. Estudió el libro, vio que en algún momento se había mojado (supuso que por alguna ventisca; se imaginó un camión de reparto atravesando una ventisca por Indiana y desplomándose en una zanja tras resbalar por el hielo), pero, a pesar de que las esquinas estaban dobladas y la tinta se desvanecía formando un borrón azul en ciertas partes, las historias eran legibles.

Eddie no estaba esperando el libro, por lo que no se daría cuenta de que le faltaba, a diferencia de cualquier otro ejemplar sobre mitos y fantasía de los que tenía en su estantería, ya que todos los miembros de la familia creían que el regalo se había perdido antes de llegar. La niña a veces releía un capítulo dos o tres veces antes de pasar al siguiente. Con ese no necesitaba apresurarse.

Los escalones crujieron cuando los descendió. Era muy molesto. Podía apoyar el máximo peso en la barandilla de madera de las escaleras curvas, pero los escalones siempre encontraban algún modo de quejarse. Ciertos sonidos de la casa eran inevitables.

Abajo, en el vestíbulo, se alzaba el patio delantero, enmarcado por las ventanas como un viejo cuadro paisajístico. El acre de césped verde y flores y un camino con el empinado dique también verde más allá. Arriba, en el camino de tierra en la parte superior del dique, un niño vestido con un mono apareció en el marco de la ventana y, en unos momentos, volvió a salir sin esfuerzo alguno. Al lado de la niña, el antiguo reloj hacía tictac, y desde la habitación contigua, la biblioteca, oyó al señor Nick cambiando el peso en el antiguo sofá. Dejó escapar un solo ronquido.

Tal vez esa noche escuchara la televisión si le apetecía. El espacio vacío debajo de las escaleras del vestíbulo estaba bastante cerca como para escuchar la mayoría de las palabras si el señor Nick tenía el volumen alto. O también podía dibujar en su cuaderno en el porche trasero cerrado, tumbada boca abajo detrás del sofá de mimbre con lápiz y papel. Allí, cuando oscurecía y empezaba a costar verse, la señora Laura entraba desde el cuarto de la lavadora y encendía la bombilla de techo del porche, como si lo hiciera para la niña, y la dejaba encendida hasta que el señor Nick hacía su ronda por las habitaciones antes de acostarse. Esas eran algunas opciones. Mientras tanto, tenía sed.

Atravesó la sala de estar, con su lujoso sofá, su sillón y su tranquilo suelo alfombrado, hasta la cocina, donde la nevera se abrió con un sonidito de succión. Se oyó un tintineo de vasos entrechocando cuando sacó uno del armario, seguido por el suave golpe de la nevera cerrándose de nuevo.

Las ventanas de la cocina miraban ciegamente a los árboles que crecían a ese lado de la casa. Era un vecindario casi sin desarrollar en un distrito al sur de Nueva Orleans, y la única casa de un vecino que se veía desde cualquiera de las ventanas era la vivienda de una sola habitación de la señora Wanda, justo al otro lado del campo, junto a la línea de árboles del bosque. Aun así, la niña agachó la cabeza con cuidado y entrecerró los ojos hacia las ventanas para contemplar el cielo de la tarde todo lo que pudiera. Solo había unas pocas nubes finas de color rosa. Parecía que iba a ser una noche despejada. En ese caso, tendría que volver en algún momento de la noche, después de que los Mason se hubieran ido a la cama. Se acostaba en la encimera de la cocina. Desde allí, protegida del blanco resplandor de las farolas de la calle por la propia casa, vería las estrellas. Sobre el montón de ramas de roble y almez, estarían Orión, la Osa Mayor y muchas otras. Constelaciones que le había enseñado la madre a la niña cuando estaban fuera en ese mismo patio. La niña rodeada por un brazo cálido, siguiendo el dedo de su madre mientras trazaba los pequeños destellos de luz.

Pero, de momento, no había nada más que el suave zumbido del lavavajillas abriéndose, un vaso con una capa de pulpa de zumo de naranja apareciendo junto a los platos sucios de la familia

Mason y un pisoteo de pies sobre los azulejos saliendo de la habitación.

El antiguo reloj del vestíbulo dio las seis y su mecanismo dejó escapar los fuertes gritos de un nido de pinzones bebés. El señor Nick se incorporó de inmediato y apoyó los pies en el suelo de la biblioteca. Se estiró y atravesó el vestíbulo y la sala de estar. Entró en la cocina y rebuscó entre los armarios para sacar ollas y sartenes y empezar a preparar la cena para la familia. Unos minutos después se oyeron las voces de Eddie y de la señora Laura justo delante del porche trasero mientras se limpiaban los zapatos en el felpudo. En el piso de arriba, el estéreo de Marshall, sin previo aviso, cobró vida con guitarras eléctricas de heavy metal y pedales de contrabajo.

En el cuarto de la lavadora, entre los gruesos tubos plateados de detrás de las máquinas, la niña abrió el libro por la página señalada. En ese capítulo, Odín, el más antiguo de los dioses, viajaba bajo las raíces de un gran árbol hasta llegar a una bruja y pagarle con uno de sus ojos para obtener sabiduría.

«Hay muchos modos de ver», dijo Odín mientras un par de cuervos surgían de debajo de la tierra entre sus pies. Los pájaros sacudieron sus alas sucias, envolvieron las piernas del dios con ellas y se subieron a sus hombros. «Un ojo por sí solo no puede darte mucho y ahora tengo mucho más», afirmó Odín.

EL ÚLTIMO DICIEMBRE

Era ese periodo frío y extraño entre Navidad y Nochevieja en el que ni siquiera los adultos parecen seguros de qué deberían estar haciendo con las diferentes partes del día y la casa reflejaba su desorden. Había trozos de papel de regalo asomando por debajo del sofá y de la mesita de café. Adornos a medio quitar, calcetines vacíos de contenido y doblados cuidadosamente sobre las sillas o la repisa de la chimenea. El árbol de navidad empezaba a secarse, ya que el padre había olvidado regarlo, y sus agujas se soltaban lentamente para caer y volverse doradas en el suelo.

Fueron a City Park para ver, por última vez antes de que acabara la temporada, las luces que decoraban los jardines botánicos. Ya había ido dos veces con sus padres ese mes, pero en las otras ocasiones habían llegado cuando ya había oscurecido. Esa vez quería ver cómo era *Celebration in the Oaks* a primera hora de la tarde, cuando el sol todavía iluminaba cada una de las bombillas y cuerdas que se entretejían entre los setos y formaban siluetas de renos y copos de nieve. Quería ver los esqueletos de las luces. Caminaron envueltos en sus abrigos por senderos estrechos y adornados. Iba unos metros por detrás de mamá y papá, bebiendo un chocolate caliente de un vaso de espuma de poliestireno. El calor le subía hacia el rostro. Había muy poca gente.

En el roble vivo del centro del parque, un enorme árbol que parecía un pulpo, sus padres ya sabían lo que iba a pasar: dejó el chocolate en manos de su madre y su padre ya la esperaba en la base del tronco. Levantó a la niña por las axilas, lo suficiente para que pudiera agarrarse del roble. Durante un momento, su padre la sostuvo y ella aspiró su fuerte y picante colonia y el olor a pintura fresca que persistía en él. A eso siguió, como siempre, la queja de que ambos habían envejecido demasiado para ese tipo de tareas.

—Cuando tenga cien años y la espalda rota, probablemente seguiré levantándote.

Desde encima del árbol, ella se encogió de hombros. Sopló el viento y las hojas aletearon a su alrededor. Se subió más alto entre ramas que no dejaban de balancearse.

—¡Cuidado ahí arriba!

Sus frías palmas se aferraron a la gruesa corteza. La luz de las bombillas azules y amarillas que había debajo de ella y a su alrededor se intensificó. Observó cómo cobraban vida las siluetas que formaban.

Más tarde, en el camino de vuelta, se había quedado casi dormida y solo era ligeramente consciente de los conocidos baches de De Gaulle Drive bajo el coche y de la voz de su madre en el asiento del copiloto murmurando sobre los planes que tenían para Nochevieja.

—Creo que la fiesta de los Wilson durará hasta medianoche, si quieres quedarte.

El cinturón de seguridad le presionaba el cuello cuando el coche redujo la velocidad ante un semáforo. La tela del asiento se había calentado debajo de ella.

—O igual podríamos volver temprano. Puede estar bien celebrarlo en casa, como el año pasado en la antigua casa. Creo que todavía tenemos ese paquete de petardos.

Notó el zumbido del motor cuando el coche aceleró de nuevo y el avance de los neumáticos en la carretera. Las voces de papá y mamá se turnaban. Ella perdía y recuperaba la conciencia, como si se estuviera moviendo entre su habitación y el pasillo.

ODÍN, EL QUE TODO LO SABE

Meses después, escondida en la antigua casa con la familia Mason a su alrededor, la niña leyó en su libro de mitos nórdicos que Odín (ahora Odín el Tuerto) se había convertido en el más sabio de los dioses, capaz de saber lo que estaba pasando en cualquier lugar del mundo. En la historia que leyó Odín enviaba a sus cuervos, que se elevaban para espiar los eventos del mundo mientras se escondían entre las nubes. Cuando volvían, se metían en su barba para calentarse a causa de las frías temperaturas de las grandes alturas. Una vez que recuperaban el aliento, le susurraban al oído lo que habían visto.

De este modo, Odín veía el mundo entero a través de lo que ellos le contaban (las tormentas que azotaban las montañas, gigantes que se removían bajo la tierra, animales que susurraban en las malezas del pantano) desde la casi oscuridad total de su salón del trono.

Cuando la niña terminó de leer la historia, cerró un ojo y se rascó la nuca. Era una buena historia, pero, de nuevo, mientras se quedaba sentada y dejaba que las imágenes vagaran por su mente, la invadió la sensación de que algo no estaba del todo bien. Había algo sospechoso. Si ella hubiera estado en el lugar de Odín cuando hizo el primer trato con la bruja bajo las raíces del enorme árbol, ¿habría aceptado el acuerdo? ¿Habría cambiado un ojo por todo eso?

La niña apoyó la cabeza en la pared del cuarto de la lavadora y se frotó las cejas con el pulgar y el índice, frunció las mejillas e hizo suaves chasquidos con la boca.

No era que no creyera en la magia o pensara que no valía ese precio. ¿Conocimiento y sabiduría ilimitados? Por supuesto que habría dado un ojo a cambio. Vaya que sí, aunque también sentía mucho apego por sus ojos: de un color verde claro con puntitos marrones. Sin embargo, tenía dos. Y, una vez, su padre le había dado un libro sobre Anne Bonny, la dama pirata. En la portada, salía ilustrada atravesando el mar Caribe con su barco, con una sonrisa salvaje y libre y un gran parche negro en el ojo.

A la niña no le hubiera importado tener ese aspecto. Hubiera cambiado un ojo por los pájaros mágicos.

Bueno, tal vez no por cuervos. Suponía que esas aves eran escandalosas y que no dejaban de graznar. Todavía no había tenido oportunidad de leerla, pero había oído hablar de esa vieja historia de *El cuervo* de Edgar Allan Poe y de su «nunca más».

Mejor algo más tranquilo. Y también más pequeño. Como un chochín. Le gustaba su pecho henchido. Era como un cojín en el que podía descansar su cabeza, un cojín que se llevaba encima y se podía usar en cualquier lugar para dormir por las noches. Y con ese tamaño podía caber en cualquier parte, en el lugar que quisiera.

Pero, aun así, los pájaros no eran el problema de la historia. Había otra cosa. ¿Qué era?

Todo el intercambio entre Odín y la bruja. No tenía sentido.

La bruja. ¿Qué hacía ella allí, bajo las raíces de un árbol? ¿Por qué le dio a ese hombre el poder de ver todo el mundo (que parecía algo bastante importante) solo a cambio de un ojo? ¿Qué hace alguien con un ojo?

Y, además, ¿de verdad se convirtió Odín en omnisciente, después de todo? La niña había leído un par de mitos más sobre los dioses nórdicos (Eddie ya tenía una colección de cuentos que contenía muestras de casi todos los buenos: los egipcios, los sudafricanos, los griegos, los nativos americanos, los del Medio Oriente) y sabía que Odín, incluso con todo su conocimiento, no tenía ni idea de qué artimañas estaba tramando su malvado hijo, incluso cuando estaba ocurriendo en su propia casa.

Entonces, la niña se quedó quieta. La señora Laura atravesó la biblioteca en dirección a ella, hacia el cuarto de la lavadora. La secadora que había delante de la niña resonó cuando se abrió y oyó el roce de la tela contra el metal cuando la señora metió la ropa seca en una cesta. La puerta de la secadora se cerró con un clic y, con la misma rapidez con la que la señora Laura había entrado en la habitación, se marchó. La mujer se alejó, ahora tarareando la canción de *Survivor* y haciendo rebotar el cesto de la ropa contra sus rodillas.

La niña volvió a abrir el libro. Pasó las páginas y entornó los ojos ante la ilustración del anciano y la bruja a la sombra de las enormes raíces del Árbol del Mundo. Tal vez la lección que enseñara la historia era simplemente que los adultos, incluso los más inteligentes, eran bastante tontos. Era una lección que la niña ya había aprendido. Según su experiencia, a menudo los adultos le exigían cosas bastante estúpidas. Adultos como sus antiguos profesores, que le hablaban como si fuera una niña. Como su tutora adoptiva, la señorita Brim (solo había pasado una noche con esa mujer y todavía recordaba su nombre), que sugirió que las familias y los hogares son cosas que la gente puede recrear. Incluso su madre y su padre le habían pedido tareas sin sentido (barrer el porche trasero aunque medio día después volvería a estar sucio, quitar el polvo de las habitaciones que apenas usaban y, lo peor de todo, sus propios proyectos constantes en casa, uno de sus primeros recuerdos era estar coloreando un libro acostada en el suelo cubierto de plástico). Era ridículo pensar en la cantidad de horas de la niña que sus padres habían desperdiciado. Pero se contuvo para no darle demasiadas vueltas a esa idea. Por supuesto, aceptaría sus tareas y proyectos como intercambio. Cientos más, si pudiera.

Pero, volviendo a la historia, ¿por qué la bruja no se quedó con todo el conocimiento para sí misma? Estando bajo las raíces de un árbol, debería haberlo querido más que nadie. Para poder cerrar los ojos, escuchar los susurros de los cuervos y ver cada faceta del mundo aparecer ante ella como una pantalla de televisión parpadeante. ¿Por qué iba alguien a renunciar a esos pájaros?

¿Qué la había hecho meterse debajo del árbol y qué hacía allí abajo? Si había convertido a Odín en el más inteligente de los dioses, ¿qué más era capaz de hacer? A la niña le pareció que la historia se había olvidado del personaje más interesante.

Le gustaba esa bruja. Sentía como si le estuviera guiñando el ojo desde las páginas. Había más en esa mujer de lo que dejaba ver y lo ocultaba a todo el mundo. Excepto a ella.

La niña volvió al principio de la historia. Giró el cuello, sintiendo los suaves chasquidos mientras se soltaba. Luego, volvió a leer el relato.

Allí, en su casa, el tiempo se movía como ella quería. Allí, en el mundo que había descubierto, el que ella había creado, ¿quién iba a saberlo? Podría seguir siendo una niña para toda la eternidad, siempre que nadie más supiera cómo encontrarla.

NIÑOS

Mucho después de que todas las luces de la casa se apagaran esa noche, la niña contempló las estrellas desde la ventana de la cocina. Cuando terminó, se lavó los dientes en el baño de la planta baja con el cepillo de dientes que tenía escondido detrás de un estante de revistas. Luego se metió entre las paredes, como si se cubriera con una sábana antes de dormir. En el interior, sintió las vibraciones del edificio, un temblor bajo las yemas de los dedos. Escaló el espacio entre las paredes, pero, cuando se acercó al segundo piso, se detuvo.

¿Cómo podían estar todavía despiertos? Oyó los crujidos de sus pies sobre el suelo alfombrado por encima de ella. El hijo mayor hablaba en voz baja para no despertar a sus padres.

—¿Crees que no te oigo moviéndote por aquí? ¿Qué mierda estabas haciendo?

La voz de Eddie cuando le contestó era suave, frágil. La niña no logró entender lo que dijo. Antes de que pudiera acabar, Marshall lo cortó.

—Cállate.

Se imaginó a Marshall de pie junto a Eddie, con los nudillos puntiagudos y blancos mientras se agarraba al marco de la puerta. Su estrecho rostro se vería gris por la oscuridad del baño que conectaba sus habitaciones. Se lo imaginó inclinándose hacia él mientras le hablaba.

—Joder, vaya crío más idiota y rarito —espetó—. Por el amor de Dios, ¿por qué no puedes ser un hermano normal? Despiértame otra vez y te daré un paliza.

LA CASA

L a vieja casa había sido calificada de proyecto por cada una de las seis familias que habían vivido allí en las últimas décadas. Con el tiempo, todos dejaban sus huellas al renovar el hogar, dándole forma y remodelando el plano. Agregaron armarios, construyeron un porche trasero y, más adelante, cerraron ese mismo porche para convertirlo en un patio trasero interior. Otros armarios se habían transformado en despensas, una sala de juegos se había convertido en un salón y luego en despacho, y, en algún momento, la cocina duplicó su tamaño y se expandió hasta el garaje.

Abundaban las inconsistencias. La casa era como un híbrido, una criatura ridícula salida de un mito antiguo. A las emblemáticas columnas blancas del vestíbulo las seguían los falsos techos de color crema de los años setenta y las luces fluorescentes de la sala de estar. Los suelos de parqué del pasillo de arriba mutaban en la gruesa moqueta marrón de los dormitorios separados. En la biblioteca había un hogar inservible sin chimenea. En el dormitorio principal, un ornamentado sistema de calefacción de hierro forjado, sin entradas de gas, sobresalía de las paredes. El aspecto de la casa reflejaba su historia: la historia de personas que intentaban, década tras década, hacer que la casa fuera suya y fracasaban.

Desde que la niña conocía la casa, siempre había algo a punto de romperse: una tubería o una caldera oxidada, una gotera en el techo o un canalón roto, un garaje a punto de ser infestado por abejas carpinteras o un desván con un par de ardillas anidando. Supuso que para sus propios padres, y ahora para los Mason, era el motivo por el que había tantos proyectos a medio terminar (el sistema de intercomunicación entre las dos plantas, la ventana estilo vidriera de la cocina sobre los fogones que conducía a la oscuridad de la pared...).

A lo largo de su infancia, su madre y su padre siempre se habían quejado de que, en cuanto empezaban un proyecto, tenían que parar a mitad de camino porque aparecía algo más urgente al otro lado de la casa. Demasiados recuerdos, como el de su madre con el destornillador entre los dientes corriendo escaleras abajo porque la cena estaba desbordando por los fogones. Como aquel en el que estaba de pie junto a su padre mientras miraban el techo de la despensa que había vuelto a oscurecerse por la humedad. «¿La fuga es de tu baño? ¿Del nuestro? ¿O de alguna otra parte?». El interior de la casa se desplegaba encima de ellos, un sistema de cuevas entre las paredes. «Pensemos».

Así que la niña había tenido una especie de *déjà vu* un mes antes, a principios de marzo, cuando había escuchado a la señora Laura aceptar la terquedad de la casa. La madre Mason había querido añadir una puerta adicional al despacho para ayudar a cerrar la brecha entre las habitaciones de los niños y la suya. Un solo pasillo conducía al piso de arriba, curvándose en forma de herradura; separaba las habitaciones y hacía que parecieran estar en casas diferentes. (Un problema que la niña conocía muy bien: cuando la habitación de Marshall era la suya, se sentía apartada y se esforzaba por escuchar el murmullo de las voces de sus padres en su cuarto antes de dormirse). Aquel día de marzo, la señora Laura había aparecido con un obrero y su sierra había chirriado a través de los huesos de la casa, acelerando y escupiendo durante casi toda la mañana. Después de comer, el señor Nick había perdido los estribos por el ruido y se había llevado a los niños a una matiné. La señora Laura se había quedado sentada en su tumbona junto a su huerto. La niña solo podía taparse las orejas con las manos y esperar.

Alrededor de las dos de la tarde, con un suspiro agotado del motor, la sierra se apagó por fin. El obrero se había acercado a la ventana de la habitación de Eddie y había llamado a la señora Laura para que fuera a ver.

—Creía que podría simplemente cortar los montantes —explicó con un marcado acento de los distritos del sur—. Pero cuesta creerlo, es como si la madera se hubiera petrificado. ¡Dobla los dientes de la sierra!

El obrero tomó un martillo y golpeó un montante para dar efecto. Sonó como si hubiera golpeado una piedra. La niña, que había pegado la oreja al lado del armario del despacho cuando el hombre había empezado a hablar, se mordió la lengua, sorprendida.

—Esta casa podría ser un pozo de una mina —agregó el obrero.

La niña escupió en una pequeña caja de mandos de videojuegos viejos de Marshall. Decidió que no le importaría que lanzaran a ese hombre escandaloso a una mina.

—Bueno, parece que me está diciendo que no puede hacerlo. —La voz de la señora Laura estaba cargada de decepción. La niña podía imaginársela inclinada, tocando la textura de la madera y preguntándose si su propia sierra podría con ella.

—Le estoy diciendo que nadie podrá cortarla a menos que use explosivos.

—Déjeme ver.

Entonces fue la señora Laura la que golpeó la pared con el martillo. Esta vez, la niña estaba preparada.

—Está dura como una roca —murmuró la madre—. Por Dios, cada día descubrimos algo nuevo sobre este lugar.

A partir de ese momento, los Mason moderarían sus expectativas acerca de lo que se podría hacer con la casa. La niña había aprendido lo suficiente como para saber que ciertas cosas no cambian. Contaba con ello. Había sentido esas paredes desde el interior, había pasado los dedos por sus muescas y sus hendiduras.

Los padres Mason podrían pasarse todas las noches de la semana acurrucados en los baños respirando los vapores de la pintura o inclinados sobre una sierra en el porche trasero. Podrían llamar a los niños los domingos por la tarde y ellos bajarían refunfuñando para ayudar en su último proyecto, ya fuera realinear los armarios con tablas giratorias de la cocina, romper los azulejos agrietados del dormitorio principal y sellar los nuevos, renovar el aislamiento del desván, conectar nuevos ventiladores de techo al viejo cableado que atravesaba las paredes o excavar en la parte posterior del profundo armario de la sala de estar para clasificar lo que habían dejado las familias que habían vivido en esa casa años atrás.

Pero nadie conocería nunca la casa como ella.

UN RELOJ
DE PÁJAROS

El único cambio que hicieron los Mason que le gustó a la niña de las paredes fue el reloj. Era lo bastante escandaloso como para que se lo pudiera oír desde todas las habitaciones de la planta baja, así que unos oídos que se habían vuelto sensibles con el silencio podían escucharlo en el garaje adjunto cuando se acurrucaba en el espacio para pies de los kayaks y desde la planta de arriba, cuando se arropaba con los edredones en el armario de la ropa de hogar que había en el pasillo. E incluso más arriba, en el oscuro calor del desván.

El antiguo reloj era muy diferente de cómo había imaginado que debía ser un reloj de ese tipo. Se suponía que eran cosas polvorientas, decrépitas y con los ojos saltones, algo que poseería Ebenezer Scrooge. El reloj no era tan grande como cabría esperar, teniendo en cuenta su volumen. Llegaba justo por encima de la cintura de un hombre, o tenía el mismo tamaño que una niña de once años bajita. Tenía casi forma de pirámide, con una curva suave y brillante que subía por los lados para enmarcar la cara. Era de un cedro brillante, casi resplandeciente cuando encendían las luces del techo, y, en la parte inferior, una estrecha tira de vidrio revelaba el péndulo balanceante, pintado con la imagen de una musaraña sureña de cola corta.

Era un reloj de nieta, o al menos así es como había oído que lo llamaba la señora Laura. Le pareció un nombre inventado, pero a la niña le gustó. Por alguna razón, hizo que se imaginara a otra niña (no muy diferente a ella), quien, por arte de magia, se había metamorfoseado en dos cosas diferentes a la vez convirtiéndose en una mezcla, como una sirena o una esfinge. En su mente, el reloj que había colocado en la esquina era tanto una niña como una mujer mayor sonriendo con superioridad.

En su rostro, en lugar de números, había doce tipos de pájaros pintados. Un sinsonte, un cardenal, grupos de pinzones y estorninos, un búho real, un arrendajo azul y, en la parte de arriba, un escribano pintado con colores propios de una vidriera. Y otros pájaros, un par que la niña no conocía y que todavía no había encontrado en la pesada *Guía ilustrada de aves norteamericanas* que estaba guardada en uno de los estantes inferiores de la pequeña biblioteca-estudio. Cada hora, gracias a un proceso de engranajes y poleas de más de cien años de antigüedad, el reloj sonaba y salía a cantar el pájaro que estaba en la manecilla de las horas.

El reloj daba comienzo a la mañana de la niña: el suave sonido de un arrendajo azul desde la planta baja la despertaba de su sueño. Con la luz amarilla que entraba por el tragaluz del desván, salía de debajo de los tablones del suelo. Doblaba las capas de edredones y abrigos de invierno que usaba como colchón y volvía a guardarlos en los compartimentos de almacenaje de los Mason.

Debajo de ella, un día laborable como ese, poco después de despertarse oía los ruidos de la cama del señor y la señora Mason cuando se sentaban y descansaban los pies en el suelo. La niña esperó hasta que los escuchó y luego se movió con cuidado por la madera contrachapada que formaba el suelo del desván, agitando los brazos como molinos de viento para soltarlos. Miró por el tragaluz hacia el patio trasero donde las ramas de los robles se balanceaban con la brisa. Una hoja cayó entre los coches estacionados al lado del garaje adjunto en el camino de entrada. En pocos minutos, el despertador de Marshall empezó su rutina de sonar y callar, sonar y callar, mientras su dueño le daba al botón de «posponer» una y otra vez.

En la planta de abajo, oyó la ducha de los chicos mientras Eddie se bañaba. El aire acondicionado rugía junto a ella cuando se encendía cada mañana, y la niña se subió encima de él para sentir el frío metal por su cuello, espalda y piernas. La señora Laura había empezado a preparar el desayuno y la niña podía olerlo, ¿no?

¿Galletas en el horno?

A veces se imaginaba los aromas de una comida completa flotando a través de las vigas: el sirope de arce en las tortitas de los niños, la mermelada de fresa untada sobre la tostada del señor Nick, las salpicaduras de una naranja cuando la señora Laura la separaba en dos partes. Pero después, cuando bajaba a la cocina, se decepcionaba cuando en el lavavajillas solo veía restos de avena instantánea, de cereales o de leche.

Era su propio y frío recordatorio. Cada vez que la niña desayunaba con sus padres, su padre siempre cocinaba. Patatas fritas. Salchichas esponjosas y crujientes. Huevos revueltos con salsa picante. Mientras comían, a veces ella daba patadas por debajo de la mesa atrapando los bajos del pantalón de su padre o rozando las medias de su madre, que se sentían como arena suave y firme. Su madre le sonreía con la ceja arqueada: «¿Te estás divirtiendo?».

Cuando terminó el desayuno de los Mason, unos zapatos pisaron con fuerza las escaleras, corriendo hacia una de las habitaciones de los niños. Unos momentos después volvieron por el pasillo y bajaron de nuevo. Marshall o Eddie habrían olvidado un libro de texto o una calculadora.

A través del tragaluz, vio salir al señor Nick y a los niños. El padre iba vestido con su camisa blanca con cuello, Marshall con una camiseta negra y unos vaqueros con los bajos deshilachados, y Eddie, todavía con el uniforme de secundaria: un polo azul y pantalones cortos de color caqui. Mientras los veía marchar, recordó que se iban juntos pero a tres escuelas diferentes. El señor Nick daba clases en un instituto lejos de su distrito, al este del río. Ese pensamiento siempre la sorprendía un poco. Era fácil pensar que, cuando estaba fuera, estaban todos juntos, pero raramente lo estaban.

Cuando Eddie llegó al coche, se detuvo para limpiarse las suelas de los zapatos con la goma de la parte inferior de la puerta trasera del Saturn rojo. Parecía contar mientras se limpiaba, deliberada y pacientemente, una suela y después la otra. Lo había visto hacerlo antes durante un minuto entero. Esa mañana, Marshall no quiso esperar. Se colocó detrás de Eddie. Cuando el señor Nick se sentó en su asiento y cerró la puerta, le dio un codazo en la espalda a su hermano.

—¡Date prisa! —dijo Marshall agarrando a Eddie por el hombro para hacerlo entrar.

La niña lanzó un gancho al aire imaginándose un golpe bien dado a los dientes del hermano mayor. En cuanto el coche se alejó, la señora Laura no tardó en marcharse también. Salió deslumbrante al patio trasero con un vestido y con tacones, lista para trabajar en la inmobiliaria. Como siempre, cuando llegó a la puerta del coche, se paró para agacharse, se colocó el maletín entre las pantorrillas y se pasó los dedos por el pelo, que le llegaba hasta los hombros. Encontró lo que debía ser una mota de pintura seca, la arrancó con el pulgar y el índice y la tiró al césped. Pronto, su deportivo azul levantó polvo al atravesar el camino de grava.

La siguiente ronda de cantos de aves se elevó desde el reloj de la nieta de la planta baja. Era la hora del chochín.

Su hora.

A lo largo del día escuchaba el reloj, sus tonos singulares y pesados en los cuartos y en las medias horas y el canto de los pájaros cuando el minutero apuntaba hacia arriba, a las doce, y también más arriba, al propio nido de la niña en el desván. Contaba el tiempo con sus cantos.

LOS PÁJAROS

Cuando cantaba el chochín, a menudo significaba una rebanada de pan tostado y un huevo hervido en la cocina, y cereales cuando quería ir con cuidado. También significaba ir al baño, lavarse la cara en el lavabo y limpiarse las axilas y las plantas sucias de los pies con un paño húmedo. Guardaba el paño verde en el armario bajo el lavabo de la planta baja, detrás del papel higiénico de reserva y de los artículos de limpieza.

Los estorninos significaban que podía hacer todo el ruido que quisiera. Significaban música y ejercicio. Significaban encender la radio de la sala de estar y, si sonaba alguna canción buena, significaba bailar y dar volteretas en el pasillo de arriba, tumbarse boca abajo sobre una alfombra y deslizarse entre las habitaciones como si fuera en trineo. Las canciones nuevas eran impredecibles. *Don't Phunk with My Heart* era tan buena que tenía que dejar lo que estuviera haciendo para correr a la sala de estar y saltar de arriba abajo del sofá. *Hollaback Girl* significaba apagar la radio durante el resto del día.

El canto de los petirrojos significaba que era un buen momento para ver la televisión, ya que había acabado *El precio justo* y a veces hacían reposiciones de *Hércules* y de *Xena: la princesa guerrera*. Por lo general, era cuando pasaba el cartero y, si había algún paquete para entregar, su camión entraba por el largo camino de la casa y lo dejaba en el porche delantero. La niña tenía que andar con cuidado entonces. Sostenía el mando en la mano mientras observaba, por si tenía que quitarle la voz a la televisión y agacharse hasta el suelo para apartarse de la vista de las ventanas en cualquier momento. Una vez, hacía aproximadamente un mes, un cartero había oído la televisión y había llamado varias veces, tantas que la niña llegó a pensar que no se marcharía.

El graznido bajo y quejumbroso del ganso canadiense significaba calentar los restos que pudiera haber encontrado en la nevera. A veces eso significaba comer una mezcla de frutos secos o una manzana, o hurgar en la parte trasera del congelador para encontrar una vieja bolsa de guisantes o fresas. También significaba aprovisionarse: preparar sándwiches de mantequilla de cacahuete o hacer palomitas de maíz en los fogones y guardárselas en una bolsa de papel marrón en el desván, para la cena.

El solemne ulular del búho real significaba que era hora de leer. O, si no tenía ganas de leer las historias de otra persona, podía inventarse las propias. La niña recorría cada una de las habitaciones imaginándose a otra gente viviendo a su alrededor (tumbados en el sofá con un crucigrama, cantando en la ducha, o un par de ancianos conversando entre ellos, como muñecas en una casa). A veces, la gente que se imaginaba era la gente que había conocido: su madre y su padre y, por supuesto, otras personas. Parientes ancianos con bastones y andadores de pequeñas reuniones familiares a las que había ido de pequeña, gente de la que solo había oído hablar, como el tío abuelo que había sido dueño de la casa mucho tiempo atrás y que se la había dejado a sus padres después de su muerte. Otras veces, las personas cuyas historias imaginaba eran totalmente inventadas. Familias imaginarias, como fantasmas, que llevaban abrigos abotonados y vestidos largos, gente que se imaginaba que habría vivido en la casa generaciones atrás. Otras veces, la gente que se imaginaba no era humana. Centauros pisoteando por el vestíbulo. Odín, inclinándose en la cocina para abrir la nevera y servirse un alto vaso de leche. Una sirena en el baño de los padres ajustando la temperatura del agua de la bañera. Arañas gigantes susurrándose unas a otras en las paredes.

Cuando cantaba el cardenal, el brillante pájaro rojo, era una advertencia. Significaba que los Mason se estaban acercando a casa.

Y, entonces, era la hora de ellos.

UN DÍA DIFERENTE

Cuando el cardenal cantó esa tarde la niña volvió a la secadora, donde había dejado su libro. Se subió al electrodoméstico doblándose por la cintura sobre los controles de la parte posterior para llegar hasta abajo y poder sacar el libro de su escondite. Pero cuando levantó el libro, la cubierta se quedó enganchada con el tubo de evacuación y lo soltó de la pared.

La niña odiaba los errores, las inconsistencias que podrían encontrarse los Mason cuando volvieran a casa. Este, un tubo de la secadora desenchufado, era un error pequeño en comparación. Había roto algún plato anteriormente, había derramado un vaso de agua en el sofá y se había tenido que pasar casi una hora entera frotando la oscura mancha con toallas de playa. Al menos, el tubo de la secadora parecía algo que los Mason podían tardar en notar. Tal vez. Sinceramente, la niña no tenía ni idea de para qué servía ese tubo.

De todos modos, tenía que arreglarlo. La idea de que estuviera ahí, suelto, abierto al mundo, era un susurro constante y solemne que le decía «algo ha cambiado, aquí hay algo diferente», y la niña sabía que no podría pensar en otra cosa hasta la noche, cuando tuviera la oportunidad de repararlo y dejar de lamentarse. Quedaban unos minutos antes de que llegaran los Mason. Tal vez podría intentarlo en ese momento.

Encima de la secadora, la niña se agachó, deslizando la barriga más allá del panel de control hasta que se le clavó en el muslo la pantalla del temporizador. Sintió el cosquilleo de la sangre subiéndosele a la cabeza. Sus dedos juguetearon con el tubo mientras trataba de ajustarlo. Pero no lo lograba. Se le puso el pelo en la cara. Tenía que apretar el alambre de metal alrededor del tubo, pero sus dedos eran demasiado cortos para poder agarrarlo bien. Entonces, de golpe, se le soltaron las piernas de la secadora y se sintió caer con una aterradora sacudida, aunque pudo frenarse poniendo una mano en el suelo. La azotó una pequeña oleada de náuseas. Entonces lo vio. El hueco del tubo de evacuación en la pared. Una mancha rosa en medio de la oscuridad.

La niña dejó caer el tubo. Con la otra mano todavía apoyándose para no caer, metió la mano y agarró aquella cosa rosa. Era un simple calcetín viejo. Tenía polvo y pelos enganchados. Era exactamente lo que esperaba. La niña lo apretó entre los dedos, lo sacudió y se le llevó al cuello expuesto. Sabía a quién había pertenecido. Era de su madre.

Los Mason estaban a punto de llegar a casa, pero ese hecho no la preocupaba tanto como unos momentos antes. Sus prioridades habían cambiado. Cada vez más mareada por la sangre que se le acumulaba en la cabeza, la niña retorció el resto del cuerpo por el espacio detrás de la secadora y se enderezó en el suelo. Metió el brazo en el hueco de evacuación. ¿Había algo más? Arañó con los dedos arriba y abajo y a los lados. Rebuscó entre la acumulación de polvo y pelusas de la secadora. ¿No quedaba nada? Metió aún más el brazo, todo lo que pudo, hasta donde sus dedos podían llegar. Se raspó la muñeca y el antebrazo con el borde de metal. Sintió un dolor agudo cuando se cortó la suave piel. Oyó la gravilla moviéndose en el camino de entrada pero siguió buscando. ¿Y si se le escapaba algo? Cuando las llaves giraron en la cerradura de la puerta principal, oyó la voz de su madre.

«¡Elise, escóndete!».

La niña se echó hacia atrás, como si la hubieran electrocutado. Solo había sido su imaginación, pero era suficiente. Las llaves estaban girando en la puerta. Miró a su alrededor con el corazón desbocado. Miró las paredes que la engullían.

LOS MASON ENTRAN EN SU CASA

os niños dejaron caer sus mochilas en el vestíbulo, junto al reloj de la nieta. El señor Nick puso el correo en la pequeña mesa de roble. Desde el vestíbulo, se separaron siguiendo tres direcciones.

Marshall fue arrastrando los pies hasta la sala de estar, tamborileando sobre la moldura con sus grandes nudillos. El señor Nick se encaminó a la planta de arriba con pasos lentos y mesurados, golpeando la barandilla con la mano. Y Eddie, con sus pasos cortos, se apresuró hacia la biblioteca, hacia ella. Se detuvo abruptamente para hacer girar la pequeña bola del mundo de una de las estanterías.

En la sala de estar, se oía a *Judge Judy* desde la tele. Marshall cambió de canal. El señor Nick se metió en su despacho en el piso de arriba haciendo rodar la silla de su escritorio. Entonces Eddie entró en el cuarto de la lavadora, donde ella se escondía. Pasó junto a la lavadora y la secadora. Sus pasos chirriaron contra los azulejos. Salió de la estancia y se quedó en el porche trasero, arrancando cañas sueltas del sillón de mimbre. Luego abrió la puerta y se dirigió al exterior.

La niña estaba a salvo. Acurrucada en el estrecho y oscuro espacio para la ropa sucia, dejó que los tensos músculos de sus piernas y sus brazos se relajaran. Se estremeció. La adrenalina todavía le corría por las extremidades. Había sido una estúpida y había estado a punto de estropearlo todo.

No sucedía a menudo. No debería cometer errores, se suponía que debía ser una extensión de la casa.

Hazlo mejor. Ahora era solo su propia voz. Su propia advertencia. Deseó tener a alguien más con ella para que la regañara, para que le pusiera la mano firmemente en el hombro, la sacudiera y negara despacio con la cabeza. No le parecía suficiente si venía de ella misma.

Hazlo mejor. Respiró profunda, lenta y tranquilamente. Se imaginó su cuerpo cada vez más oscuro, translúcido. Le gustaba ese lugar, el conducto oculto. Era uno de sus secretos. Se sentía mucho más cerca de la casa que en tantos otros lugares en los que podría esconderse. Como un corazón o un estómago. Apretaba el calcetín de su madre entre las manos. Y mientras los Mason se acomodaban en diferentes lugares de la casa y del patio, ella sujetó el calcetín contra su mejilla.

Elise se aferró al calcetín de su madre y lloró.

DESPERTAR ENTRE HUMO

El último diciembre, en el camino a casa desde City Park, Elise se arrastró con sus manos y sus rodillas sobre cristales rotos. El fuego tras ella rugía con tanta fuerza que no estaba segura de poder volver a escuchar algo alguna vez. Le ardían las palmas de las manos mientras se levantaba y los vapores de la gasolina eran bastante fuertes como para ahogarse. Llegó a la maleza alta del terreno neutral y se sentó allí, con las manos ardiendo y la espalda dolorida por el calor. Los extremos emplumados de la maleza le rozaban las mejillas y sus piernas absorbían el intenso frío del suelo debajo de ella. Observó el humo negro de los dos vehículos, el camión y el coche de sus padres, que emitían una alta columna hacia el cielo.

Era una niña inteligente. Madura para su edad. Sabía muy bien lo que estaba viendo. Que su padre y su madre ya se habían ido.

Cuando la encontraron, caminaba por el borde de la carretera a través del puente de Woodland, a casi tres kilómetros de distancia.

Incluso entonces, sintió que ellos se expandían en el mundo que la rodeaba. Estaban en la maleza junto al camino rozándole las piernas. En los árboles oscuros que había a los dos lados y en sus ramas que se balanceaban como manos que la saludaban. En el impacto de las barcazas que atracaban bajo ella, muy por debajo del puente. En sus focos alumbrando hacia el cielo. En el sonido metálico y sordo de las cadenas del muelle. Le hablaban en todas y cada una de las cosas. Pero sus voces eran demasiado suaves como para entenderles.

¿Sabes hacia dónde iba? Cruzó todo el puente ella sola. El accidente fue a kilómetros de distancia.

¿Dónde ibas, pequeña? La dirección que tenemos para ti dice que vives al otro lado.

Cuando la trajimos, me dijo que su antigua casa estaba allí, en Plaquemines. Ahora vive otra familia en ese lugar.

Elise, ¿hay alguien más a quien podamos llamar? ¿Alguien del pueblo a quien conozcas o a quien tus padres conocieran?

No dice nada.

¿Tienes algún pariente con el que quedarte esta noche? ¿O tal vez por un tiempo, mientras se resuelve todo esto?

Jefe, puede seguir preguntándole usted, pero no le dirá nada.

EL CONDUCTO

La niña Elise tendría que esperar las largas horas de la tarde escondida en el cuarto de la lavadora hasta la noche. Allí no la encontrarían, ya que el conducto había sido cerrado tiempo atrás, cuando se había vuelto inservible porque un antiguo propietario había añadido un armario grande en el baño principal de arriba. Había sido Elise quien le había vuelto a dar utilidad. Un par de meses antes, cuando los Mason no estaban, había tomado una pequeña sierra del garaje y había cortado la fina madera trasera del armario del baño. Era un corte irregular e inclinado, pero aun así su padre habría estado orgulloso. La pila de toallas viejas y de papel higiénico sobrante ocultaba la grieta que había creado, que era bastante grande para que una niña pequeña se deslizara sobre su vientre. Una vez dentro, usando los pequeños travesaños como asideros, pudo volver a colocar el trozo de madera en su sitio. Aunque la marca de la madera sería visible y la pintura blanca se había soltado de las esquinas, alguien tendría que estar mirando específicamente ese punto para descubrir lo que se ocultaba detrás. El interior era suficientemente estrecho como para poder apoyar la espalda a un lado y ayudarse a bajar o a subir por el largo conducto.

Pero el fondo del conducto, la entrada, era el motivo por el que prefería ese espacio antes que todos los lugares entre las paredes.

La entrada era la razón por la que conocía la existencia del conducto. Cuando la casa todavía pertenecía a sus padres, habían descubierto que el fondo había sido sellado con un cuadrado de madera contrachapada tan feo que el padre de Elise había usado una palanca para sacarlo, lo que había revelado el viejo y obsoleto conducto. La madre de Elise estaba trabajando, por lo que él había llamado a su hija, que estaba en la planta de abajo. Investigaron la estrecha torre con la más grande de sus linternas.

«Hay bastantes cosas extrañas aquí», había dicho su padre. Como artista que era, se llevó el tablero al garaje adjunto y lo pintó de un profundo verde bosque. Cuando se secó, tomó un delicado pincel y, con movimientos rápidos, agregó un árbol blanco en el centro. Un sauce llorón de flores blancas.

Durante un tiempo fue un tablero precioso, pero al estar al lado de las conexiones de agua de la lavadora, la madera se había humedecido y, con los años, el árbol pintado se había hinchado y había empezado a agrietarse. Elise sabía que no pasaría mucho tiempo antes de que el señor y la señora Mason lo convirtieran en su próximo proyecto, retocaran el árbol o pintaran sobre él y, durante el proceso, descubrieran el conducto que ocultaba.

Hasta entonces, Elise podría esconderse allí.

Fuera del conducto, el tubo de evacuación de la secadora seguía suelto. Y la niña había dejado tirado detrás de la máquina su libro de mitos nórdicos cuando había oído la puerta. Eso era más preocupante. Y con los Mason en casa, salir del conducto de la ropa sucia no era fácil ni rápido; tendría que sacar el tablero contrachapado esquina por esquina y encontrar el modo de sostenerlo antes de que cayera al suelo. El proceso llevaba tiempo, podía hacerlo, pero no mientras la familia estaba despierta y existía el riesgo de que pasaran por allí y la descubrieran. Elise tendría que esperar hasta la noche para arreglar el tubo de evacuación. Su libro también tendría que quedarse allí, esperando. Ese era su castigo.

No más errores.

Una débil impresión de luz rodeó el tablero con el árbol de su padre y se reflejó en los pálidos vellos de su antebrazo. Le dolía el interior del brazo. Se le habían formado gotitas de sangre por los rasguños que se había hecho con el borde metálico del hueco de evacuación.

Elise ya no lloraba por los rasguños y los moretones. La última vez que recordaba haber llorado fue cuando se raspó una rodilla al caerse de un árbol uno o dos años atrás. El recuerdo era como una fotografía para ella: Elise sentada al borde de la bañera de sus padres, llorando y observando su propio reflejo en el espejo. Su madre le estaba limpiando y vendando el corte. Llevaba el pelo peinado a un lado y atado con un pasador rosa. Debajo de ella, la espalda de su madre se encorvaba sobre su pierna.

En el conducto, la niña se limpió la pelusa de los cortes. Presionó cada gota húmeda con el pulgar para detener el flujo. Esa misma noche escalaría por el largo conducto, con paciencia y en silencio, hasta ese mismo baño, que ahora pertenecía al señor y la señora Mason. Mientras ellos veían la televisión en la planta baja, Elise sacaría el falso fondo del armario, se abriría paso entre los rollos de papel higiénico y saldría al baño, donde guardaban el alcohol de curar. Ignoraría el espejo y, con él, sus mejillas polvorientas y el pelo desordenado que le había crecido demasiado. Se mojaría los cortes en el lavabo y apretaría los dientes al sentir el escozor de su brazo.

Elise se había dado cuenta de que esas eran las consecuencias de vivir sola. De estar sola. Tienes que cuidar de ti misma. Aprendes a cuidar de ti misma.

Si Elise se hacía daño alguna vez, si se agujereaba la mano con un clavo o se torcía un tobillo al bajar, seguiría estando sola. Si se resfriaba, se recuperaría sola. Podía contener los estornudos (esos estornudos fuertes y escandalosos eran para gente dramática, lo había aprendido por los ridículos intentos de contenerlos de los dibujos animados), pero nadie le pondría la mano en la frente para comprobar si tenía fiebre. Nada de agua helada, compresas frías o aspirinas en la mesita. Lo que más le preocupaba a Elise era toser. Y las náuseas. Le preocupaba estar demasiado débil para volver a salir a la luz.

Aun así, se quedaría allí. ¿Hasta cuándo?

Estaría allí.

Elise llevaba meses diciéndoselo. Todos los días, ella estaba decidida, aunque cada vez fuera más difícil de escuchar.

EMPEZAR DE NUEVO

Era tarde cuando los policías dejaron a Elise. Su familia (un abuelo y una tía a la que nunca había conocido) vivían en estados muy al norte, en una zona horaria anterior a la suya. Todavía no habían respondido a las llamadas de la agente de policía. Así que aquella noche se quedaría con la señorita Brim. La mujer los recibió en su porche con un albornoz ceñido para calentarse. Reprimió un bostezo con la mano. La fachada de la casa que había detrás de ella era estrecha, como todas las que la rodeaban. Era tosca y desde la calle parecía estropeada, pero Elise había visto ese tipo de casas antes, casas comunes de ciudad. Sabía que por dentro era profunda. Larga, como una enorme serpiente, y la gran puerta era como su boca cerrada. Su padre y su madre siempre decían que eran casas escopeta. Elise nunca les había preguntado por qué.

En el porche, la señorita Brim se arrodilló en la alfombra y miró a Elise a los ojos. Hablaba con rapidez, sin inflexiones, como lo hacían los profesores de escuela con las instrucciones de los exámenes estandarizados que ni siquiera ellos querían que hicieran sus alumnos.

—Te quedarás con nosotros esta noche. Puede que unos días, hasta que averigüemos quién se hará cargo de ti. Y cuándo. Pero, de momento, esta es tu casa. Y podemos ser familia. Un hogar es un sitio en el que te quieren, y aquí vas a encontrarlo.

Le dio a Elise un pequeño elefante de peluche y un cepillo de dientes, todavía con el envase.

El viento sopló. Hacía frío, pero en el interior de la serpiente se estaba mejor. Era fresca y oscura, y el aire olía fuerte, como a restos de lejía. La señorita Brim mantuvo las luces del techo apagadas y condujo a Elise, con sus pasos como nudillos golpeando las tablas del suelo. Pasaron por una habitación en la que vio siluetas de cuerpos revolviéndose en sus camas. En la siguiente, una de ellas se incorporó y la miró fijamente. Las habitaciones eran en parte cuartos y en parte pasillos.

—Es tarde —susurró la señorita Brim cerca del final de la casa larga—. Temprano, en realidad. Mañana ya veremos qué pasa.

La señorita Brim pasó por una puerta y encendió la luz del baño. Señaló a otra parte. Por el resplandor, pudo ver un pequeño colchón con una manta enrollada a los pies. La nueva cama de Elise.

—Mientras tanto —continuó la mujer—, desvístete. Lávate los dientes y duerme. Inténtalo. Mañana por la mañana tendrás un nuevo principio.

En la cama que había al otro lado de la habitación, otra niña se dio la vuelta y se cubrió la cabeza con la almohada. La señorita Brim le tocó el hombro a Elise. Ella se tensó. Cuando la mujer se marchó, Elise se metió en el baño e hizo lo que le había dicho. Se lavó los dientes. Dejó el cepillo junto a los otros cuatro que había en la encimera. Apagó la luz y se dirigió a tientas a la cama.

A través de la ventana podía ver las farolas de color naranja. Mientras yacía sobre las rígidas sábanas, oyó un repentino gorgoteo en el baño (probablemente solo fuera agua en las tuberías), pero no se parecía a nada que hubiera escuchado antes.

Elise cerró los ojos e intentó imaginarse que abrirlos por la mañana significaría volver a un mundo corregido. Uno en el que se daría cuenta de lo que había hecho y se retractaría de sus decisiones. Pero no dormiría esa noche.

Finalmente, con la noche tan avanzada que parecía que no fuera a terminar nunca y con la respiración cada vez más estable de la otra niña, el viento contra los vidrios sueltos de la ventana y la mañana pareciendo imposible, como una criatura con viruela y necesitada, con los dedos demasiado largos para existir en realidad, la niña tuvo que contenerse.

Oía las palabras de la señorita Brim en su cabeza: «Un hogar es un sitio en el que te quieren».

Elise necesitaba ese lugar.

Necesitaba irse a casa.

LOS PROYECTOS
DE LOS MASON

Un domingo por la tarde a finales de abril, el señor y la señora Mason hicieron que los niños quitaran la moqueta de la habitación de invitados. Era un revoltijo marrón y maltrecho, una moqueta vieja y casi pegajosa, puesto que hacía mucho que había pasado su fecha de vencimiento.

—¿Cómo hemos podido posponerlo durante tanto tiempo? —comentó el señor Nick con la voz atenuada tras la mascarilla de ventilación blanca que llevaban todos los miembros de la familia sobre la boca—. Aquí teníamos un guardarropa. Un antiguo guardarropa del siglo diecinueve… ¿sobre una moqueta?

La señora Laura cortó un largo segmento de golpe. Avanzó de rodillas por el suelo enrollando la vieja moqueta, que al desprenderse emitía un sonido parecido a cuando se hace una bola de papel.

—En esta casa hay cien mil cosas pendientes. Suceden muchas cosas ridículas —agregó—. Oye, Marshall, usa algo más pequeño. Un destornillador de cabeza plana es más que suficiente para levantar las esquinas, no necesitas la palanca.

—La moldura ya tiene rasguños —replicó Marshall.

—Marshall —insistió la señora Laura.

Al otro lado de la habitación, la palanca cayó al suelo.

—Vigila tu actitud, chico —advirtió el señor Nick.

Mientras la familia trabajaba, Elise estaba a su lado, leyendo con una luz de lectura dentro de la pared. Estaba bastante cerca para oírlos, para escuchar sus conversaciones y el extraño y reconfortante sonido de la moqueta siendo arrancada. Le recordó a los zapatos de *La sirenita* que tenía cuando era pequeña y al sonido que hacían las tiras de velcro al separarse.

—No entiendo por qué tenemos que hacer esto —comentó Marshall.

La señora Laura le respondió mientras enrollaba otro tramo de alfombra.

—Porque esta moqueta está asquerosa, zoquete. Aunque no sé si comprendes el significado de esa palabra, porque no pareces darte cuenta de que tienes algo muerto en la habitación que hace que huela fatal.

El señor Nick rio. En el interior de las paredes, Elise tuvo que hacer todo lo posible para contener un resoplido.

—¿Por qué cojones sonríes, Eddie? —preguntó Marshall.

—Vale, niños —dijo la señora Laura—. No tenemos tiempo para esto. Y lo digo en serio. ¿Podemos acelerar el ritmo, por favor? Me gustaría acabar esta parte antes del anochecer.

Pum.

Como en la mayoría de sus proyectos, Elise pudo ver que la señora Laura parecía disfrutar del trabajo mucho más que los otros miembros de la familia juntos. El señor Nick, a quien era igualmente probable encontrarse un día entresemana a primera hora encima de una escalera retocando las molduras, tenía un enfoque razonable respecto de las tareas del hogar. Elise más de una vez se había asomado por una esquina para verlo detenerse en medio de un proyecto a revisar lo que le quedaba. Hundía los hombros y, tras un largo suspiro, murmuraba un silencioso «joder».

Eso la niña lo entendía.

Pero la señora Laura nunca mostraba debilidad. Durante los últimos meses, Elise había mirado hacia abajo desde el desván y había visto el cabello de la madre Mason revuelto, brillando bajo la luz del sol, mientras martilleaba los postes de la cerca del jardín. La había oído reírse mientras lavaba a presión el revestimiento de la casa. Había olido el aroma a madera fresca procedente del garaje adjunto un sábado por la noche. La señora Laura le recordaba a Elise a sus propios padres, en sus propios proyectos, antes de que se rindieran y dejaran de intentar tener otro hijo (el embarazo de Elise había lastimado de algún modo a su madre) y decidieran mudarse a una casa más acorde con sus necesidades. Todo esto era para decir que la señora Laura se entregaba a cada proyecto con un entusiasmo que a Elise le parecía patológico.

Pero, para ser sincera, a la niña no le preocupaba tanto la señora Laura como alguien como Marshall, aunque la madre parecía ser la fuerza impulsora de la mayoría de los (horripilantes) cambios en la casa de Elise. Se había dado cuenta de que disfrutaba observando y escuchando a la señora Laura, como las imágenes de un tornado del canal de tiempo. Elise lo disfrutaba siempre que no se viera arrastrada por las ráfagas de viento, como cuando la mujer, por capricho, reemplazó el juego de cortinas gruesas por unas transparentes, detrás de las cuales era imposible esconderse. O como cuando se ponía de rodillas para pasar la aspiradora por debajo de las mesas y por detrás del sofá. O, lo peor de todo, como cuando se había aficionado a sondear con una linterna los extraños huecos detrás de los armarios y el panel de acceso al techo de la despensa.

—No sé por qué siempre tenemos que hacerlo nosotros —gruñó Marshall mientras tiraba de un trozo de alfombra atascado en una esquina—. Podríamos contratar a alguien. El domingo es el único día que no tengo que ir a trabajar ni hacer deberes y es una mierda que me obliguéis a hacer esto.

—Esa lengua —reprochó el señor Nick desde el otro lado de la habitación.

—Ni Eddie ni yo queremos tener nada que ver con vuestros estúpidos proyectos —añadió Marshall.

—Eddie no ha dicho nada —replicó el señor Nick—. ¿Tienes algún problema con ayudarnos con la casa, Eddie? ¿No? Marshall, estoy bastante seguro de que el único que se queja eres tú.

—Basta —ordenó la señora Laura—. Y te lo digo también a ti, Nick.

En unos minutos, la señora Laura hizo que su marido y Marshall levantaran el guardarropa mientras ella tiraba de la moqueta que había debajo. Eddie estaba por alguna parte en un rincón. Apenas había dicho nada en toda la tarde. Casi en silencio total. A veces era difícil seguirle la pista, imaginarse qué estaría haciendo. A veces la niña se sentía como si no fuera el único fantasma de la casa.

Un rato antes, la señora Laura había dicho que sería un proyecto rápido, algo que podrían terminar en una tarde. Pero con el chochín cantando el final del día desde la planta de abajo, Elise escuchó mientras la familia miraba el suelo de madera desnudo. Se pasearon sobre él. Se pararon en varios lugares para frotar los parches con la suela de sus zapatos. Elise se dio cuenta: algo no había salido según lo planeado.

Qué sorpresa.

—No —dijo la señora Laura—. No. No funcionará. Tendremos que rascarlo, pulirlo. También necesitaremos poliuretano. Nick, añádelo a la lista.

El padre guardó silencio durante un segundo. Suspiró.

—Vale, considéralo añadido.

—Supongo que eso significa que el finde que viene volveréis a tenernos aquí —comentó Marshall—. Todos los domingos de este mes.

Eddie gimió desde la esquina. Era el único sonido que Elise había oído de él en la última hora.

Su padre adoptó un tono más severo:

—No quiero ni oírlo. Vosotros dos deberías saber que hemos sido más que razonables. ¿Con todo lo que hay que hacer en la casa y con todo lo que hacemos sin vosotros? Necesitamos mucho más que una tarde de ayuda a la semana y no os lo estamos pidiendo.

Los niños no contestaron. Algo golpeó la pared al lado de Elise, sobresaltándola. Debió haber sido Marshall al dejar que la parte posterior de su cráneo golpeara contra el yeso.

En los momentos de silencio que siguieron, Elise visualizó mentalmente a los niños y a sus padres mirando hacia el suelo que habían dejado al descubierto. Se lo imaginó manchado, oscurecido en algunas partes por el tiempo o con marcas de agua de algún huracán veraniego. Recordó cómo estaba la cocina cuando sus padres rompieron el linóleo mostaza y cuánto tiempo les había llevado convertir ese suelo de madera en el marrón brillante que había ahora. Recordó haberse acostado boca abajo con su madre cuando estuvo acabado y haber hecho rodar cereales sobre él.

—Además —continuó el señor Nick—, si te decides a empezar un proyecto, tienes que impulsarlo. Terminarlo. Dejar algo a medias es peor que no haberlo empezado en primer lugar.

—En serio —contestó Marshall—, si dejar algo a medio hacer es tan malo, ¿cómo es que llevamos más de un año viviendo aquí y todavía tenemos ratones?

—No tenemos ratones, Marshall —lo contradijo la señora Laura—. Ya lo hemos hablado. Si los tuviéramos, las trampas que hemos puesto habrían saltado.

Elise las recordaba. En realidad, una sí había saltado. En su talón.

—Bueno, entonces, ¿quién se está comiendo toda mi comida? —insistió Marshall—. La semana pasada tenía dos Pop-Tarts y desaparecieron. Eddie jura que no fue él.

—¿Podrían ser bichos? —preguntó Eddie.

—Sí —intervino el señor Nick—, ¿has considerado que unos bichos gigantes podrían haberse llevado tus Pop-Tarts?

—Nick —dijo la señora Laura.

—Algo se los llevó —afirmó Marshall.

—Los ratones no se llevan Pop-Tarts enteros —replicó el señor Nick—. Probablemente te los habrás comido tú mismo.

—¿Te los comiste tú, Eddie? —preguntó Marshall.

—No.

—¿Os los comisteis vosotros?

—¿De verdad crees que nos comimos tus Pop-Tarts, Marshall? —dijo el señor Nick—. ¿Los dos? ¿Colándonos en mitad de la noche?

—Habláis como si fuera idiota, pero no lo soy —continuó Marshall—. No soy tonto. No soy un crío. No, yo no me los comí. Algo se los llevó.

Elise cerró el libro. Lo de los Pop-Tarts no había sido buena idea.

DOMINGO POR LA NOCHE

Al cabo de un rato, en el interior de las paredes, Elise notó que fuera estaba oscureciendo. Podía sentirlo en su propio cuerpo: una lentitud en los músculos, una pesadez, aunque no estuviera cansada. También había ciertos sonidos que se lo indicaban. Débilmente, oía el croar de las ranas de árbol y el canto de los grillos. Las cigarras habían terminado por ese día y pensó que ya debían estar arropándose detrás de las hojas y bajo la hojarasca (o dondequiera que fueran) para pasar la noche.

Cuando se terminaban los proyectos de los domingos de los Mason o, como sucedía más a menudo, los aplazaban y postergaban, cada miembro de la familia seguía un camino diferente. El señor Nick se iba a su despacho para corregir, la señora Laura se dirigía al porche trasero a leer y cada niño se metía en su habitación. Marshall cerraba la puerta y Eddie la dejaba entreabierta. Por la noche la casa se iba quedando en silencio, liberada de las escaleras que arrastraban por las plantas superiores, de la sierra rugiendo en el garaje o de la música que sonaba desde una radio salpicada de pintura en el pasillo.

Aquella noche, a medida que iba atardeciendo, la familia parecía estar acostumbrándose a los ruidos que hacía la casa cuando todo lo demás estaba en silencio. A veces, las voces de una pareja dando un paseo nocturno a caballo sonaban tan fuertes como si provinieran del interior de la casa, de las profundidades de una habitación o de un armario vacío. Otras veces, los suelos y los techos crujían, al parecer por su propia cuenta. Los ruidos que se oyen mientras alguien duerme en el sofá de la sala de estar, como pasos en otra habitación, pueden ser simplemente otra cosa: ramas de un árbol golpeando un lado de la casa o el latido constante del propio corazón.

La niña también los oía. Eran suficientes para que se preguntara si había alguien más allí, alguien desaparecido deslizándose por las habitaciones, como ella. Alguien que hubiera ido a buscarla. Alguien más que estuviera jugando a algún juego.

SIEMPRE HAY ALGUIEN DESAPARECIDO

La gente desaparece todos los días. Y aunque los servicios de emergencia, los amigos, los vecinos y los familiares buscan al desaparecido (caminando por carreteras y por los lados de los canales; volviendo a sus lugares favoritos, como pistas de patinaje sobre hielo, cafeterías, parques infantiles y puestos de helados; dando vueltas con sus coches por la noche alrededor de los parques con las luces encendidas), en muchos casos no se lo llega a encontrar.

Pero la gente que desaparece no siempre se esfuma.

Los parientes lejanos (un abuelo en Minnesota, una tía en Wisconsin, un primo segundo en Illinois) oyen que su nieta o su sobrina se ha perdido. Se enteran con una llamada del accidente, de que ambos progenitores han muerto y de que la niña se ha escapado del hogar de acogida en el que ha pasado la noche mientras buscaban ponerla en custodia. La ventana del dormitorio está abierta al frío y no hay más señales.

Se sienten conmocionados, asustados. Están afligidos y abrumados por la preocupación. ¿Qué pueden hacer? Conducen hasta Luisiana, toman vuelos retrasados por el tiempo invernal. Cuando llegan, hablan con la policía y con la mujer del hogar de acogida, que se disculpa, aunque no sirva de nada. Se suben a sus

coches y conducen de un lado a otro por vecindarios que no conocen. Recorren caminos por los que piensan que sus padres podrían haber pasado en coche con ella. Van a su casa y buscan.
Allí, ven que todavía hay lámparas encendidas esperando que
vuelva la familia. Cuando acaban en la casa, las apagan y vuelven a salir al húmedo frío a buscar por zanjas y callejones, siguiendo sus impulsos y sus horribles presentimientos. Miran por
las ventanas de las casas de toda la calle, en las que ven marcos
grises reflejándose, esperando que de algún modo aparezca el
rostro de la niña, sonriéndoles a través del resplandor.

Y, finalmente, tienen los pies entumecidos y les duelen los
muslos y las pantorrillas. Están cansados. Tienen una vida espe-
rándoles en casa que no se ha detenido, y la niña no aparece por
ningún lado. Conocen al agente a cargo de su caso, a cuyo número llaman en busca de actualizaciones. Pueden seguir llamando
desde casa. Cuando se van, se dicen unos a otros que no han dejado de buscar.

Pero en el largo viaje hacia el norte por la I-55 hasta sus casas,
con la interestatal extendiéndose en su retrovisor, gradualmente
se forman en sus mentes una versión inmutable e implacable de
lo que creen que ha sucedido: se han perdido tres vidas.

Dos adultos han muerto y una niña ha desaparecido. Se han
perdido dos adultos y una niña.

Es horrible pensar que una familia pueda ser borrada de golpe. Aunque no sea cierto.

Dos adultos han muerto y una niña pequeña se ha escondido.

LLEGADA A CASA

No a la que se habían mudado sus padres y ella unos meses antes, sino a la antigua casa, a la que siempre había sido su hogar. La casa demasiado grande, con todas sus habitaciones entremezcladas como un laberinto sobre un papel. La casa que se caía a pedazos. La que tenía misterios por resolver. La de los recuerdos.

Otras casas eran solo ladrillos, madera, vidrio y tejas. Esa casa era algo más. Cada día, la casa la despertaba, la abrazaba, la acunaba. Le respondía, sentía cada roce de sus dedos y le presionaba las plantas desnudas de sus pies.

Aquella mañana de diciembre, encontró el camino a través de la puerta de la biblioteca con el picaporte suelto que se salía cuando lo giraban y la abrió como si no hubiera estado cerrada con llave. En el interior, los vientos invernales sacudían las persianas. Los nuevos propietarios estaban fuera de vacaciones. Lo sabía porque sus lámparas tenían temporizadores automáticos y porque habían bajado el termostato a dieciocho grados. El árbol de Navidad se había secado y los adornos amenazaban con caerse bajo las ramas inclinadas. A pesar de eso la niña fue a la cocina, tomó un cartón vacío de zumo de naranja que encontró en el reciclaje detrás de la papelera, lo llenó en el fregadero y regó el árbol.

Se tumbó boca abajo para echar el líquido en la base del árbol y así evitar pincharse con las agujas del pino, como hacía su padre.

Era el momento de prepararse, de volver a las viejas entradas a las paredes, de ver cuáles seguían existiendo, como el conducto de la ropa sucia que le había enseñado su padre, la grieta entre los tablones que había visto cuando sus padres habían remodelado el suelo del desván o el panel de acceso removible de la despensa que habían instalado cuando las viejas tuberías de arriba no dejaban de tener fugas.

Se metió en los espacios que quedaban entre las paredes, más lejos de lo que había llegado nunca, cuando era más aventurera, cuando sus padres estaban demasiado distraídos al otro lado de la casa, demasiado lejos para decirle que se detuviera y que volviera. Vio hasta dónde podía llegar.

Aprendió cosas muy prácticas: qué bisagras de las puertas chirriaban, hasta dónde se oía la cadena del váter y cuánto tardaba en llenarse la cisterna, cómo contener un estornudo en algo sofocado. Aprendió cosas de la familia por lo que guardaban en sus cajones, por el tamaño de la ropa, por el tipo de jabón, de champú, de desodorante y de pasta de dientes que usaban. Con cada hora que pasaba, la casa se hacía más grande. Se estiraba hasta que las habitaciones dejaban de ser habitaciones. Cada una era su propia casa. El pasillo era un largo camino que serpenteaba entre ellas. El desván también podía ser el propio cielo.

Elise se envolvió en la casa como si fuera un abrigo calentito. Uno que no planeaba quitarse.

LA HABITACIÓN DE EDDIE

Durante las últimas horas de la tarde, después de que su familia hubiera concluido el trabajo del día en la habitación de invitados, Eddie construyó un castillo en su cuarto sin ayuda de instrucciones. Se puso en cuclillas descalzo sobre la moqueta, todavía con los vaqueros cortos deshilachados que se había puesto para trabajar en la habitación de invitados; murmuraba para sí mismo en voz tan baja que nadie que estuviera cerca podría oír algo que no fuera el suave chasquido de sus labios. Separó los Lego en diferentes recipientes a su alrededor, laboriosamente organizados por tamaño y color. Entonces, colocó los cimientos del castillo.

Un par de semanas antes, Eddie había vuelto a casa de la escuela y Elise lo había observado desde el desván, solo y sollozando en el patio trasero, ocultando el rostro entre las manos. Llevaba dándole vueltas desde entonces: era extraño ver llorar a un niño solo. Ella no había tenido hermanos. Por supuesto, Elise había visto a niños pequeños llorando en parques infantiles y en tiendas de comestibles. Y la noche que había pasado en el hogar de acogida le pareció haber oído a un niño un poco mayor sollozando en otra habitación. Pero observar a Eddie fue extraño, en cierto modo fascinante, como ver a un perro cenando con cuchillo y tenedor. Se había sentido bien al ver a otra persona derrumbándose.

Elise cambió el peso. Entrecerró los ojos entre las camisas colgadas en el armario de Eddie por la franja de luz que quedaba entre la puerta y la jamba.

Esa vocecilla suya le dijo: *No deberías acercarte tanto.*

Elise nunca habría dicho que Eddie era mayor que ella si no lo hubiera sabido. Las extremidades del niño eran tan frágiles que podían pertenecer a un pájaro. Era callado, y cuando hablaba, parecía divertido, como si estuviera intentando burlarse del modo en el que hablaba otra persona, pero no lo hacía. Una noche, dentro del conducto de ventilación de la habitación del señor y la señora Mason, había oído a sus padres hablando sobre si encajaría mejor en una escuela diferente, una muy cara que empezaba una hora más tarde y que tenía actividades especiales que duraban hasta la noche. La conversación no había sorprendido a Elise. Si Eddie tenía amigos, no se iba los fines de semana para salir un rato con ellos. Aunque, para ser justos, Elise también había sido así cuando todavía tenía opciones sobre ese tipo de cosas.

Antes, cuando Elise iba a clase, sabía que había niños raros como él. A menudo se sentaban en una esquina detrás de todo, ignorados, hasta esos momentos durante las presentaciones cuando se les pedía que fueran a la pizarra y demostraran lo completamente diferentes que eran en realidad. Esos niños nunca habían molestado a Elise. Como cualquier otra persona, apenas les daba la oportunidad de hacerlo. Los compañeros de clase, según su experiencia, eran una pérdida de tiempo. Elise había preferido a la familia.

Su compañero de clase preferido había sido un niño grande y de ojos somnolientos que se sentaba a su lado y mantenía la boca cerrada las veces que la veía salir por la puerta trasera antes de clase, durante el desorden de estudiantes que entraban y dejaban sus pesadas mochilas llenas de libros en el suelo. Era un niño rarito, como Eddie, incluso una vez se hizo pis en clase cuando la profesora ignoró su mano temblorosa levantada. Elise nunca había hablado con ese niño, que ella recordara. Pero le caía bien. Un día, cuando ella se metió en el armario de suministros, él se había dado la vuelta en su pupitre, girando totalmente hacia el otro lado. Cuando la señora Robicheaux le preguntó si sabía si ella se había ido a casa porque estaba enferma, él murmuró, arrastrando las palabras, que no lo sabía.

Eddie no era tan diferente. Era raro para la mayoría de la gente. Pero allí, en su habitación, Elise tenía la certeza de que estaba en su mejor momento. Solo. Lejos de la escuela, de su hermano y de sus padres. Elise lo entendía. Allí, Eddie no era raro, callado ni sensible. Allí, se le daba bien construir.

Cuando la voz de la señora Laura lo llamó desde abajo para decirle que ya era hora de irse a dormir, Eddie se puso de pie con las manos en las caderas y contempló el trabajo que había hecho. Asintió y se fue al baño a cepillarse los dientes.

Eddie cerró la puerta del baño tras él, aunque no tenía mucho sentido, puesto que la puerta de su propia habitación estaba cerrada y nadie podría ver dentro. Era peculiar, pero ese era un rasgo que Elise apreciaba. Eso le permitió abrir la puerta del armario con un chirrido y salir. Durante un par de minutos, se movió por la habitación con tanta libertad como si fuera suya y observó la estantería, la vista desde la ventana y los principios del castillo. Podía hacer eso durante el día, cuando no había nadie más en casa, pero tenía la sensación de que había algo diferente en una habitación de la que acababa de salir alguien, que estaba un poco más viva. La moqueta seguía caliente donde él se había sentado. Se puso en cuclillas para estudiar la parte de castillo que había construido: las formas de las paredes y las antecámaras, las columnas sin paredes entre ellas, lo que se imaginaba que acabaría convirtiéndose en un salón de baile y en un salón del trono. Durante los días siguientes, las torres crecerían y los personajes (caballeros con armaduras, princesas rubias y bandidos acechando en los recovecos) poblarían cada una de las habitaciones del castillo. Lo vería crecer.

COSAS GUARDADAS

Las almacenaba en su rincón bajo el suelo del desván. Debajo del tablón suelto de madera contrachapada había un espacio lo bastante grande para que una niña se tumbara de espaldas entre las vigas y extendiera las piernas. Mirando hacia abajo, podía parecer apretado como un ataúd. Por la noche, mientras dormía, la rodeaba por todos los lados.

Allí tenía guardados artículos prácticos. Varias botellas de agua medio llenas que había sacado de la papelera de reciclaje. Barritas Nature Valley para comer, apiladas en forma de pirámide. Tenía una bolsita de plástico llena de palomitas. Camisetas de niño arrugadas y enrolladas. Una de una niña con el dibujo de un unicornio y un letrero que ponía «creo en los humanos». Un bote de desodorante masculino. Un orinal de emergencia para el coche. Un montón de pañuelos de papel doblados sin usar y enrollados a su lado.

Había lápices, un sacapuntas y unas cuantas hojas sueltas con dibujos de pinzones, chochines y cardenales. Una linterna pequeña y pilas de repuesto. Caramelos de menta.

También otros objetos extraños e incongruentes que hacían que pareciera un nido de aves marinas lleno de los tesoros que estas encuentran por el océano.

Un viejo VHS con ejercicios aeróbicos al ritmo del jazz. Una pajarita negra de hombre.

Un elefante de peluche. Un pendiente de mujer. Un solo calcetín rosa.

Libros fantásticos y mitológicos sacados de un dormitorio de la planta baja con las páginas desgastadas y arrugas en ciertas hojas, por mucho que hubiera intentado alisarlas. Una fotografía desteñida por el sol: dos padres y su hija.

JUEGO

Una tarde de fin de semana, cuando no había nadie en la planta de arriba, Elise bajó del desván y vio las puertas de las dos habitaciones de los chicos abiertas. La sorprendió encontrar la puerta de Marshall entreabierta con las luces encendidas; la habitación era tan llamativa como un ojo grande y abierto. El hermano mayor siempre dejaba su puerta cerrada, incluso cuando no estaba en casa. Al ver desde el pasillo la ropa del chico de dieciséis años esparcida por el suelo y las sábanas y el edredón amontonados a los pies de la cama como hojas secas y marchitas de una flor, se sintió como si lo hubiera pillado saliendo de la ducha, aunque la niña conocía esa habitación tan bien como cualquier otra. Ya se sabía sus secretos: las revistas apiladas debajo de la mesita de noche con mujeres altas y delgadas en ropa interior, y el par de navajas automáticas que guardaba en una bolsa de lápices roja en la parte posterior del cajón del escritorio donde estaba el ordenador.

Elise bajó sigilosamente las escaleras y escuchó a los niños en el comedor hablando con voces difíciles de distinguir. El plástico repiqueteó sobre la mesa del comedor, habían derramado el contenido de una bolsa del juego de las damas. Sus sillas chirriaron contra el suelo de madera cuando los muchachos las acercaron y se apoyaron sobre el borde de la mesa.

—Bien —murmuró Marshal—, como ya te he dicho, jugaré una partida. Haz que valga la pena.

Elise entró en la sala de estar. Escuchó a los niños a la vuelta de la esquina, en el comedor. Se agachó detrás del respaldo del sofá y luego se arrastró, trepando por el estrecho tramo que quedaba entre el sofá y la pared.

Es demasiado arriesgado, dijo la voz de su cabeza, exasperada.

Desde el otro extremo del sofá, Elise se asomó por la esquina entre las gruesas patas de la mesa auxiliar, a través de la puerta del comedor.

Estás cometiendo un error. Otro más.

Pero a Elise siempre le habían gustado las damas. No podía jugar sola.

Eddie se sentaba descalzo y con las piernas cruzadas en su silla. Marshall estaba encorvado y apoyaba la barbilla en el puño. Su postura parecía un signo de interrogación. Con el tablero listo y preparado, el hermano pequeño contempló su primer movimiento.

—Adelante —indicó Marshall.

Eddie miró fijamente el tablero. Se puso de rodillas y se inclinó para observarlo desde arriba. El flequillo le colgaba desde la frente. Levantó su delgado brazo, con el codo en el aire, y empujó una pieza hacia adelante con el dedo índice. En respuesta, Marshall tomó su ficha y la dejó caer en un nuevo cuadrado. La pieza se tambaleó hasta detenerse.

Eddie se tomó su tiempo para hacer el siguiente movimiento. Mientras pensaba, se rascó lo que debía ser una picadura de mosquito, en el muslo. Tenía toda la atención puesta en el juego, pero se rascaba con cuidado, dando vueltas alrededor de la picadura sin que la uña rasgara la piel abultada. Marshall levantó una ceja hacia su hermano pequeño y se miró las uñas. Se mordió la uña del pulgar.

—Son damas, no ciencia espacial —espetó Marshall.

Eddie hizo su movimiento y después lo siguió Marshall. A medida que avanzaba la partida, era más difícil ver lo que estaba sucediendo en el tablero. Tenía que leer sus expresiones y analizar su postura. ¿Cuántos saltos estaban dando? ¿Hasta dónde extendían los brazos para mover las piezas? Elise siguió la partida de ese modo. Marshall se llevó la mano a la nuca y tocó los pelitos que le habían quedado con su reciente corte. Eddie frunció el ceño y se apoyó sobre los codos.

Cuanto más se adentraban en la partida, más tiempo pasaba Eddie considerando sus movimientos. Elise se imaginaba sus pensamientos surcando su frente como una lámpara giratoria infantil.

¿El rey de la última fila debe mantener su posición o avanzar? ¿Cuánto vale una pieza que no se ha movido? ¿Tengo que esforzarme por mantener las piezas que todavía no he movido?

Estaba tardando demasiado en jugar. Marshall tomó las damas que ya había capturado, las sujetó entre el índice y el pulgar, las apiló y las volvió a tomar. Sacó la mandíbula inferior como un toro y luego apoyó la cabeza sobre una mano, jugando con las piezas con la otra.

En ese punto, empezó a complicarse saber quién estaba ganando. Estaba bastante segura de que era Eddie, pero no creía que nadie más pudiera pensar lo mismo dada la seriedad con la que el hermano pequeño consideraba el tablero, además de lo preocupado que estaba y de lo aburrido que parecía el hermano mayor.

La partida terminó durante uno de los movimientos más largos de Eddie. Marshall agarró la caja del juego, la puso junto a la mesa y, con un movimiento fluido, barrió todas las piezas del tablero. Eddie, sobresaltado, aulló como un perro cuando el mundo sobre el tablero se evaporó ante él. Marshall se sentó, imperturbable. Dobló el tablero y lo metió en su caja.

Marshall se levantó dispuesto a volver a dejar la caja de las damas junto a los otros juegos de mesa en la biblioteca. Pero hizo una pausa y dijo:

—La verdad es que no puedo jugar contigo. Mierda, sabes que me encantaría, pero me lo pones muy difícil.

Dio unos pasos más y se paró en el umbral de camino a la sala de estar. Con la caja debajo del brazo, gesticuló mostrando las palmas.

—Joder, Eddie. Vas a cumplir trece la semana que viene. ¡Adolescente! Estarás en el instituto conmigo y, bueno, ya es bastante complicado sin tener que ocuparme de ti también. —Marshall agarró la caja de las damas con ambas manos, se la llevó a la cara y la sacudió, de modo que todas las piezas se agitaron en su interior—. ¡Hostia, tío! ¿Por qué no puedes ser un puto hermano normal?

Eddie miró fijamente hacia la mesa como si el tablero todavía siguiera allí. No expresaba nada. Se puso las manos en el regazo. Respiraba por la boca.

—Juro que vivir contigo me vuelve más raro. Ojalá salieras de todo esto. Ojalá crecieras. ¿Y ser normal? Ojalá pudieras, joder.

Marshall devolvió el juego a la biblioteca y se metió en su habitación.

POR LA NOCHE

Eddie construyó un tablero de damas en el suelo de su habitación con piezas de Lego blancas y negras. A un lado se alineaban los caballeros y, en el otro, los bandidos. Jugó contra sí mismo haciendo saltar a los personajes unos sobre otros. Entrecerraba los ojos entre los movimientos, como si intentara olvidar la estrategia del otro jugador que había usado hacía tan solo un instante.

En un momento, se levantó para ir al baño y se quedó quieto en medio de su habitación de un modo que sugería que algo le había parecido raro. Su mirada se deslizó hacia la cómoda, el sillón demasiado lleno y el armario. Se inclinó un poco para mirar debajo de la cama. Por su aspecto, parecía que había brotado en él una sensación inquietante, un hormigueo entre la nuca y los hombros, inspirado tal vez por haber pasado el último par de horas fingiendo que era dos personas diferentes.

Eddie abrió la puerta del baño que compartía con su hermano y la cerró cuidadosamente tras él. No estuvo allí mucho tiempo. El sonido de la cadena significaba que pasaría doce o quince segundos lavándose las manos con el jabón de aroma a limón y enjuagándoselas en el lavabo. El ruido del toallero significaba que pronto se abriría la puerta del baño.

Al principio, todo le parecería igual. Sus sábanas todavía estarían colocadas con la parte superior doblada, como le gustaba a su madre. Los libros de su estantería, apilados horizontal y verticalmente como a él le gustaba. Las piezas del tablero de damas de Lego seguirían en la misma posición: los bandidos a punto de saltar a dos reyes, sus coronas esperando y los caballos preparados a ambos lados del tablero.

Eddie jugaría un rato más antes de darse cuenta. El mayor cambio era uno pequeño en el castillo que había terminado el día anterior, en la única torre que salía de su centro. Cuando finalmente había completado la habitación vacía, la había llamado «El Observatorio». Caballeros y magos miraban desde las compuertas y las ventanas, pero a la parte superior de la torre, detrás del largo telescopio con lentes perladas, la había dejado vacía.

La boca de Eddie se tensó. En el espacio vacío de la parte superior de la torre había ahora un solo personaje con el brazo extendido para tocar el telescopio. Tenía el torso doblado por la cintura, como si estuviera riéndose o bien mirando al cielo. Eddie no lo había dejado ahí. Lo había dejado en la caja. Era una brujita.

Es difícil saber exactamente lo que está pensando alguien cuando solo puedes dirigirle la más breve y segura de las miradas. Cuando solo puedes captar una pequeña parte de los movimientos que hace. No hay forma de que alguien sepa si está decidiendo mirar la habitación que lo rodea, tan vacía como debería estar, y preguntar: «¿hola?».

EL EXTERIOR ESTÁ AL ALCANCE

Algunos días, cuando Elise pensaba en el exterior y cuando recordaba a sus padres, una cosa la llevaba a la otra. El sol que entraba por el tragaluz calentándole el cuello y los hombros eran los brazos de su madre. La brisa que se colaba por las noches por esa misma ventana, abierta por debajo, y que soplaba entre los tablones y le secaba la piel caliente y pegajosa, era su padre. Del mismo modo que le echaba un vistazo por las noches cuando se tumbaba en la cama, con la luz del techo todavía encendida y las sábanas caídas alrededor de sus pies. Lo sentiría allí en el umbral. Después, él se marcharía y ella oiría el clic y el ruido sordo del aire acondicionado cobrando vida. Cuando él volvía, estaba tapada con la manta y con las luces apagadas.

En ocasiones, la propia casa parecía un fantasma. El chirrido de la mosquitera abriéndose, que lo había escuchado miles de veces, pero, cada vez, durante un momento, era su madre, como aquel día que había vuelto con los brazos llenos con una bolsa de cangrejos de río hervidos y le había abierto la puerta a Elise con la cadera.

Y cuando sonaba el timbre, el sonido era el mismo. Elise podía repetirse todos los días que ahora las cosas eran diferentes, pero eso no acababa con las esperanzas de que pronto las voces de sus padres siguieran al timbre saludando a quien hubiera llegado.

Pasos por arriba. Voces en el jardín. A veces, podían ser de cualquiera.

Era una casa enorme y engorrosa. Los Mason podían tratar de hacerle agujeros, podían arrancar las moquetas, llenarla con sus muebles o cubrir las paredes con sus propias fotos, pero ¿y cuando Elise se escondía detrás de una columna en el vestíbulo, o se acurrucaba en el armario de una de las habitaciones del piso de arriba, o se agachaba para mirar a lo largo de las escaleras? Todavía podría estar escondiéndose de ellos, como si estuvieran jugando. Pronto oiría sus voces volviéndola a llamar desde alguna habitación apartada de la suya, cuando finalmente se cansaran de buscarla.

—Vale, ¿dónde estás? —le había dicho una vez su madre—. Elise, ¿sigues aquí?

Meses antes, cuando se había mudado de nuevo a la vieja casa, Elise se había dado cuenta de que los calendarios no significaban nada para ella. Las sombras pasarían por el suelo y las semanas transcurrirían, como planetas precipitándose invisibles por el cielo diurno. Al fin y al cabo, la niña de las paredes ya no tenía cumpleaños. Ya no necesitaba contar los días que faltaban para que acabaran las clases. Las vacaciones no significaban nada para ella. Pero allí estaba, siguiendo el paso de los días en el calendario de la cocina, el paso de la vida marcada por los Mason: el fin de semana, los proyectos domésticos, el próximo cumpleaños de Eddie, el principio de las vacaciones de los niños, el inicio de la escuela de verano y la temporada de huracanes. La niña ajustaba sus rutinas a las de ellos. Buscaba oportunidades para escuchar. Esa semana había pasado las mañanas esperando, vigilando los regalos de cumpleaños empaquetados que habían aparecido hacía poco en el rincón de la chimenea de la biblioteca. Estudió el castillo de Eddie, esperando para ver cuándo quitaría a la bruja que había colocado en la torre. Elise seguía volviendo, quería ver si había hecho algo con ella. Parecía que el niño no había tocado el castillo desde entonces.

Ella no sabía qué pensar acerca de nada de eso.

Estaba viviendo en un patrón de espera. Su vida era como una película pausada mientras el resto del mundo seguía girando sin cesar. Como si fuera un fantasma.

Aunque no eres un fantasma, le dijo la voz en su cabeza. Era una advertencia. *¿Lo sabes, verdad?*

Lo sabía.

Tienes que andar con más cuidado.

FIESTA DE CUMPLEAÑOS

El sábado, los Mason celebraron el cumpleaños de Eddie. La señora Laura cocinó tortitas y huevos para la familia, pero Eddie también comió solo en el comedor como hacía siempre. No invitó a ningún amigo y, por lo que parecía, tampoco tendrían ningún plan especial por la tarde más allá de ir a tomar un yogur helado a Zack's después de comer. Era un cumpleaños discreto, pero parecía ser lo que él quería.

Elise lo entendía. Sus últimos dos cumpleaños, cuando había cumplido diez y once, los había celebrado sola con sus padres. Además de los regalos y de una tarta de galletas, solo había pedido dar un paseo por Uptown con las ventanillas bajadas, ya que quería ver todas las casas antiguas y coloridas envueltas en sus decoraciones de Halloween. Pero, aun así, Elise esperaba que Eddie tuviera una fiesta más grande. O, al menos, algo más interesante para ella.

Cuando Eddie abrió sus regalos (desdoblando cuidadosamente el papel de regalo en lugar de rasgarlo), Elise se escondió en el armario de los abrigos de la sala de estar. En ese espacio profundo y angosto, el señor Nick había almacenado, durante la mayor parte de la semana, un gran escritorio de ordenador. Lo había colocado a lo largo, de modo que separaba los abrigos de los impermeables, y estaba envuelto por ambos lados. Era un lugar perfecto para que Elise se acurrucara, con los pies apoyados en los cajones del escritorio como un bebé en el vientre de su madre. Mientras Eddie desenvolvía sus regalos, Elise lo escuchó y jugó a adivinar lo que estaba abriendo.

—Ah —dijo él tras quitar la tapa de una caja de cartón—. Gracias.

Era algo útil, pero poco emocionante. ¿Ropa? Pantalones. Ropa interior. Probablemente fuera ropa interior.

—¡Pruébatelo! ¡A ver cómo te queda! —lo animó la señora Laura.

No era ropa interior.

Eddie se probó la camisa y posó para su madre en medio de la habitación hasta que Marshall gritó que lo estaba avergonzando. Eddie fue más rápido al abrir el siguiente regalo. Debía haber sido uno de esos paquetes pequeños que había visto. Tal vez el que tenía forma de libro. A Elise le interesaba mucho ese.

—Genial —murmuró Eddie—. Un libro.

Elise levantó el puño. ¡Sí!

—¡Ah, es un libro de ajedrez!

Jolines.

¿Por qué no algo más divertido? Incluso un libro de historia africana o nativo americana habría sido más divertido de hojear. Pero al menos era mejor que el siguiente regalo que abrió: un pack de desodorantes en espray.

—Es esencial para cualquier adolescente —dijo la señora Laura como si intentara disculparse.

El último fue el regalo de Marshall. Elise lo había visto junto a la chimenea de la sala de estar. Una gran bola de papel de regalo azul pegada con cinta adhesiva. Lo había envuelto tan mal y sin tarjeta ni nada que era evidente de quién era el regalo.

—No hace falta decir de quién es este —comentó la señora Laura atravesando la habitación. Debía estar sujetando el regalo con cuidado con ambas manos para que el papel no se desprendiera prematuramente. Eddie lo abrió casi al instante.

—Una mochila —dijo Eddie—. Gracias, Marshall. Ahora tengo dos.

—No, tienes una —replicó Marshall—. Puedes tirar esa tan infantil de rayas moradas que estás usando. De todos modos, es demasiado pequeña.

Durante un momento, la familia se quedó en silencio y los únicos ruidos que se oyeron provenían del gran globo de nailon que raspaba el techo atrapado por una corriente de aire y del papel con el que Eddie intentaba formar una pelota.

—Me gusta esa mochila —dijo Eddie.

—Sí —agregó el señor Nick—. Tampoco está tan mal, ¿no? Solo hace un par de años que la compramos.

—Puede que no esté mal para un niño, papá —dijo Marshall—. Para un niño pequeño. Parece que soy el único que se ha dado cuenta de que ya no lo es.

—Marshall —advirtió la señora Laura en tono tranquilizador—. Es un gran regalo. Has sido muy considerado. Estoy segura de que tu hermano lo aprecia.

—¿Sabes? Puede hablar por sí mismo. Me refiero a Eddie, ya tiene trece años. No vas a tener que mimarlo como a un bebé por siempre.

—Ya es suficiente, Marshall —intervino el señor Nick—. Déjalo.

—Como queráis.

Marshall parecía no recordar que era el cumpleaños de Eddie. Elise pensó que ya podría darse cuenta y callarse. Si eso era ser adolescente, tal vez tendría que olvidar su propia edad cuando se convirtiera en una. No sabría cómo cambiar.

—De hecho, somos muy conscientes de que el más pequeño de los Mason es oficialmente un adolescente y, por lo tanto, hemos decidido ir un poco más allá, así que te hemos comprado otro regalo de cumpleaños —agregó el señor Nick.

—¿De verdad? —preguntó Eddie.

Bien. Todos los regalos que había abierto hasta el momento habían sido una decepción: aparte del libro, todo eran objetos prácticos, ropa y cosas para la escuela. Algo divertido. Un libro. O una caja de Lego, algo nuevo que construir, tal vez un barco pirata.

—Está justo ahí, en el armario —respondió la señora Laura—. Ábrelo. Echa un vistazo.

Elise abrió los ojos como platos.

Cuando había entrado al armario esa misma mañana, no había visto ningún obsequio para Eddie. Nada de papel de colores ni de lazos. Nada que pareciera un regalo. Solo estaban las cajas de cartón del fondo, viejos marcos de fotos, un contenedor de bombillas y alargadores y el escritorio que guardaban ahí.

El escritorio.

Oh, no.

Los pasos de Eddie se dirigieron hacia la puerta. Oyó el crujir de los goznes al abrirla.

—¿Un escritorio?

—Como el de tu hermano —indicó la señora Laura.

No la verían. Los cajones del escritorio la tapaban. Había un estrecho espacio a cada lado, pero los Mason tendrían que pasar e inclinarse para verla.

—Lo sacaré —anunció el señor Nick, acercándose.

Elise sintió la vibración por toda su espalda cuando las manos del hombre agarraron las esquinas del escritorio. Tiró con fuerza suficiente para liberarlo de la fricción de la moqueta sobre la que descansaba. La madera le golpeó la espalda y contuvo un grito.

El señor Nick volvió a tirar del escritorio y esta vez Elise hundió los pies en la moqueta y se preparó. El escritorio se movió un centímetro. Medio centímetro.

—Hemos pensado —empezó la señora Laura dirigiéndose a Eddie— que ahora que vas a ir al instituto, apreciarías tener un escritorio más grande. Nick, ten cuidado de no rasgar la moqueta con esa cosa.

—Se ha atascado con algo —se excusó.

Tiró de nuevo y volvió a golpear ruidosamente la espalda de Elise. Ella agarró todo lo que pudo la moqueta con las manos. Le dolía la espalda. El señor Nick tiró de una esquina y luego de otra. Elise se echó hacia atrás en ambos lados. Le ardían los dedos cuando notó que los hilos de la moqueta que tenía agarrada se soltaban del suelo.

—¿Te gusta? —preguntó la señora Mason.

—Yo, eh… —Eddie hizo un ruidito con la garganta.

—Marshall —dijo el señor Nick—. Ven y ayúdame a sacar esto.

Elise oyó a Marshall incorporándose desde el sillón reclinable que había al otro lado de la habitación. El sillón chirrió cuando el reposapiés volvió a su base. El muchacho fue arrastrando los pies por la moqueta hasta ella.

—¿Y bien? ¿Te gusta? —insistió la señora Laura.

Toda la familia la vería cuando el señor Nick y Marshall levantaran el escritorio y lo llevaran hasta la sala de estar. No podía meterse en ninguna parte. No había escapatoria en el fondo del armario. El señor Nick y Marshall bloqueaban la única salida. Solo el escritorio la tapaba. No tenía dónde esconderse. A dónde ir. Estaban justo encima de ella, todos.

—No lo quiero ahora —dijo Eddie.

—¿Cómo? —preguntó la señora Laura.

Elise casi podía oír a su madre y a su padre volviéndose para mirarlo.

—De verdad, no lo quiero ahora —repitió Eddie—. Más tarde. Lo querré más tarde.

—¿Por qué? —quiso saber el señor Nick. Elise sintió que las manos del hombre volvían a agarrar las esquinas del escritorio, listo para tirar una vez más. Marshall estaba ya en el marco de la puerta. Golpeó el escritorio con una uña. Elise agarró la moqueta con fuerza con las manos y los pies. Había estado conteniendo el aliento y empezaban a arderle los pulmones.

—¡No lo quiero ahora!

Hubo un momento de silencio. Durante ese instante, Elise no habría sido capaz de respirar sin dar una bocanada de aire.

La señora Laura intervino:

—No pasa nada, cariño. Es el cumpleaños de Eddie. Podemos sacarlo después, si es lo que quiere.

El señor Nick se apartó del armario.

—Sí, claro —aceptó. Parecía confundido. Estaba frustrado, pero intentaba ocultarlo—. Supongo que se lo daremos más tarde.

Marshall no se sometió.

—Podemos sacarlo ahora, papá. Llevémoslo a su habitación. Ya se hará el rarito después.

—Marshal, déjalo —ordenó su padre con voz decidida. Las bisagras chirriaron y la puerta del armario se cerró con un clic. Sus pasos se alejaron.

Volvía a estar a oscuras. Un estremecimiento le recorrió todos los músculos de la espalda. Pasaría un tiempo antes de que Elise soltara la moqueta.

LO QUE HABÍA PASADO ALLÍ

El suelo se había caído. Como una mandíbula abriéndose. Un tren chirriando al detenerse repentinamente. Los Mason habían estado sobre ella y el mundo entero se había dado vuelta. Lo notó por todo el cuerpo. Una ráfaga de viento la había recogido y la había arrojado.

Había tenido cuidado.

No lo has tenido.

No podía haber sabido que mirarían en el armario.

No tenías motivos para estar tan cerca.

ESPIANDO

A pedido de Eddie, los Mason tomaron pizza y pastel en platos de papel en el césped trasero junto al jardín. El niño se levantó y caminó mientras comía, apartado de los demás. Sus mechones de cabello oscuro y rizado pasaron junto a los marcos de las ventanas en el patio bañado por el sol. Cuando terminaron, los Mason volvieron adentro y sacaron el escritorio del armario. Llevarlo a la habitación de Eddie no fue tarea fácil, y el señor Nick, Marshall y Eddie gruñeron y tropezaron mientras subían el escritorio por las escaleras. Parecía que tres personas eran demasiadas, que la persona de más solo complicaba el proceso de mover el pesado escritorio de roble por la escalera curva, pero el señor Nick, en lo que debía ser un intento final por celebrar el cumpleaños de Eddie, insistió en que tenían que hacerlo juntos.

—Ahora eres un hombre, Eddie —le dijo—. Ayúdanos con esto. Puedes elegir dónde lo quieres.

Una vez arriba, se escucharon ruidos de muebles arrastrados y reorganizados por toda su habitación. Otros pasos subiendo por las escaleras del desván. Cuando los Mason concluyeron la tarea, cada uno volvió a su rutina. El garaje adjunto pronto sonó con la sierra de mesa del señor Nick. La señora Laura regó las plantas del jardín. Marshall estuvo viendo la tele hasta que uno de sus padres lo llevó al turno de tarde del lavadero de coches. Eddie era el único que permanecía en la planta de arriba, en su habitación.

Todo el largo pasillo en forma de herradura estaba en silencio, tanto el lado de los padres como el de los chicos. Las nubes que pasaban hacían que las líneas del suelo se volvieran tenues y nítidas de nuevo. La puerta de Eddie estaba entreabierta. En el interior, una cortina ondeaba contra las molduras.

¿Qué estaba haciendo?

A través de la rendija, Elise vio que la ventana de Eddie estaba abierta y que él se había sentado en una silla frente a ella, encorvado y con los brazos y la barbilla apoyados en el alféizar. Las cortinas se llenaban de aire, se hinchaban como los grandes pechos de los soldados de juguete que la protegían a ambos lados. Eddie no se movía. Podría haber estado durmiendo.

Un tablón del suelo crujió bajo los pies de la niña. Eddie se levantó.

Elise se quedó petrificada en su sitio.

Pero Eddie solo fue al baño, y cerró la puerta lentamente tras él.

Elise miró a su alrededor, respiró hondo y entró en su habitación.

Habían reorganizado todos los muebles de Eddie. Habían sacado el enorme sillón, habían puesto la cómoda achaparrada en su lugar, con el cajón de abajo abierto y mirando hacia ella. Lo habían movido todo. El gran escritorio estaba donde anteriormente se encontraba la estantería. Habían girado la cama hacia el centro de la habitación, apartada de la pared.

Elise clavó los codos y se arrastró por la alfombra para esconderse bajo de la cama. Todavía no se oía el agua al otro lado de la puerta. ¿Podría sentir Eddie que estaba allí? Por mucho que lo intentara, siempre hacía algún pequeño ruido. La suave presión de un cuerpo contra una moqueta mullida hace ruido. La tela rozando contra sus vaqueros.

Después de lo que había sucedido esa mañana, cuando había estado a punto de ser descubierta, Elise debería haberse ocultado en el desván, entre las paredes. Lo sabía.

Pero no podía esperar. Algo se había expandido en su interior, como un globo lleno de aire. No podía soportarlo. Necesitaba escuchar algo, ver una señal, aunque no estaba segura exactamente de cómo sería.

La vocecita le dijo: *¿Lo sabe?*

El grifo del baño corrió unos segundos. Oyó cómo se movía el toallero. Eddie abrió la puerta y volvió a sentarse en su silla, junto a la ventana.

Fuera, los árboles susurraban con la brisa. El silbido de la manguera de la señora Laura. Abajo, la sierra eléctrica del señor Nick se encendía y se apagaba.

Por la rendija que quedaba entre el volante de la colcha y la moqueta, Elise vio su nuevo libro de ajedrez tirado en el suelo. A su lado, el talón desnudo de Eddie subía y bajaba lentamente como la segunda manecilla de un reloj.

La brisa sería fresca al lado de la ventana, acariciando el rostro de Eddie y atravesando su pelo. Se oían voces del exterior, amplificadas pero rotas por la estática. Era difícil distinguir palabras, pero venían del dique del río. Había dos capitanes de remolcador hablando entre ellos, dirigiendo sus barcazas hacia la orilla.

Eddie la había salvado esa mañana. Cuando el señor Nick y Marshall estaban a punto de sacarla de su escondite, los había detenido. No era un pensamiento reconfortante para ella. Aunque también había cierta especie de alivio. Como una brisa.

Si Eddie lo sabía, le guardaría el secreto. Ya se lo había demostrado por la mañana. No le tenía miedo. ¿Y si hacía tiempo que lo sabía? Todas esas veces que podía haberse girado mientras ella se movía tras él, los errores que cometía con el piano cuando ella se escurría entre las paredes… ¿Habría sido por la bruja de plástico que le había dejado?

Una parte de Elise quería volver a compartir cosas con otra persona. Las cosas que había visto: el búho posado en el roble junto a la ventana una noche, mirando hacia el interior con sus enormes ojos amarillos. El gato que se escondía debajo de la casa. O los propios secretos de la casa: el conducto oculto para la ropa sucia, el rincón bajo los tablones del desván, los espacios entre las paredes y sus entradas. Había algo agradable en el hecho de ver a la gente reaccionar de cierto modo, como ver a un coyote merodeando por el patio delantero una noche, ver la emoción y el miedo en el rostro de la otra persona, saber que realmente vale la pena sentir lo que estás sintiendo.

Pero, de nuevo, no debía.

Por otra parte, podía ser que él todavía no supiera que estaba allí.

¿Y si el motivo por el que les había dicho al señor Nick y a Marshall que dejaran el escritorio en el armario era porque realmente no lo quería en ese momento? Con lo extraño que era, podía ser que recibir tantos regalos a la vez le hubiera resultado abrumador. O tal vez no le gustara el escritorio y no tuviera ninguna prisa por mirarlo, por pasar la mano sobre él y por fingir emoción al abrir los cajones. ¿Y si solo se había salvado por una coincidencia?

Incluso en ese momento, solo estaba ahí sentado, mirando a través de la ventana, sin moverse, ajeno a cualquier cosa que sucediera a su alrededor. Una sombra pasó por delante del sol, haciendo que el mundo se volviera gris.

A través de la ventana abierta, Elise oyó que se abría la puerta trasera y que Marshall hablaba con su madre en el patio. Pronto, el agua se cortó y las puertas del coche se abrieron y se volvieron a cerrar. El motor se encendió y la señora Laura lo llevó al trabajo. Abajo, la sierra vibró intermitentemente tres o cuatro veces más. Luego se quedó en silencio. El señor Nick había terminado esa etapa de su trabajo.

Con cada minuto que pasaba, el mundo seguía flotando. Elise cerró los ojos y escuchó.

SU VOZ
LA DESPIERTA

Elise no estaba segura de cuánto tiempo había estado dormida. Se estiró, con los ojos todavía cerrados, mientras Eddie hablaba cerca de ella. Se llevó una mano a la cara y se frotó el puente de la nariz. Mientras se le pasaba la somnolencia, se centró en la conversación, intentando averiguar quién más estaba en la habitación.

Era raro oírlo hablar así, en una voz mucho más baja y áspera de lo que nunca le había escuchado. Su voz normalmente era mucho más suave, no era aguda ni femenina, pero tampoco era tan enérgica y agresiva, difícil de escuchar, más complaciente, insegura. Eddie debía estar hablando con Marshall porque sonaba como si su voz se hubiera fusionado de algún modo con la de su hermano mayor. Como sucedía en unos dibujos antiguos que la niña había visto, en los que la amada del héroe había sido poseída por un brujo y, aunque su aspecto era el mismo, la princesa hablaba con la voz ronca del villano. Pensó que todavía no estaba completamente despierta. Su mente le estaba jugando malas pasadas al entremezclar los sonidos que escuchaba en ese intervalo gris entre el sueño y la vigilia.

¿Con quién estaba hablado?

Elise inclinó la cabeza hacia atrás todo lo que pudo para mirar hacia el marco de la puerta. Todavía estaba entreabierta, pero no había nadie. Giró la cabeza, rozándose la punta de la nariz con los resortes de la cama. La puerta del baño estaba cerrada, por lo que no se trataba de que Marshall hubiera vuelto del trabajo buscando pelea.

Elise estudió todo lo que pudo de la habitación, levantando la barbilla para ver sobre sus piernas cruzadas y arriesgándose al mover el cuerpo para ver si había alguien al otro lado del nuevo escritorio. Nadie.

—Soy demasiado mayor para alguien como tú —dijo Eddie con esa voz baja y rasposa—. Ahora soy mayor y tengo que actuar como tal.

Elise vio que estaba de pie con las puntas de sus pies descalzos apuntando hacia la cama, a unos centímetros de distancia. Ella observó las uñas cuidadosamente recortadas de sus pies. Eddie no estaba yendo a ninguna parte. Solo estaba ahí. Le llevó unos momentos darse cuenta de que si hubiera estado hablando con alguien sentado encima de la cama, ella habría notado el peso de esa persona hundiéndose entre los resortes. Pero no había nada allí. No había nadie. Eddie le estaba hablando a ella.

Dio un paso hacia adelante pisando la moqueta con los talones.

—No te quiero cerca de mí. No te quiero aquí. No quiero que leas mis libros. No quiero que toques mis cosas.

Elise no podía moverse. La atravesó el impulso de retorcerse y salir, pero la cama estaba sobre ella. No podía moverse.

—Quiero que me dejes solo —agregó Eddie. Ahora hablaba como si estuviera gruñendo—. Quiero que salgas de aquí.

Elise inhaló, un jadeo pequeño. Demasiado alto. No pudo evitarlo. Se le tensaron los músculos del rostro. Tenía los puños apretados a sus costados con las uñas clavadas en las palmas de las manos. La cama era como una roca encima de ella. Durante un instante, Elise vio cómo se tensaban los músculos de las delgadas pantorrillas de Eddie y parecía que iba a agacharse y a poner su furioso rostro junto al de ella. Se le llenaron los ojos de lágrimas. Quería gritar.

Pero Eddie no lo hizo. En lugar de eso, fue hacia la ventana, a la misma silla en la que había estado sentado. Se dejó caer con fuerza, con tanta fuerza que Elise pensó que la silla se rompería.

De cara a la ventana, él le dijo:

—Vete.

Ella se quedó quieta.

—Vete.

Así que lo hizo.

Elise salió de debajo de la cama y se levantó. Notaba las piernas flojas. Eddie no se movió. La niña retrocedió hacia la puerta sin apartar los ojos de él, preparada para echar a correr en cuanto se girara, en cuanto dejara de mirar por la ventana para mirarla a ella, pero no lo hizo. Eddie solo miró hacia el patio. Ella se metió en el estrecho espacio que había entre la puerta y el marco y su columna chocó contra el pomo. Las bisagras dejaron escapar un suave gemido.

—No puedo creer en ti —murmuró él—. No existes.

Ella observó cómo Eddie, todavía dándole la espalda, se llevaba las manos a los oídos y se los cubría.

Giró por el pasillo con el pulso resonándole tan fuerte como sus pasos en las orejas.

Elise continuó avanzando. Pasó por todas las puertas. Miró por encima del hombro a lo largo del pasillo. Tenía las pantorrillas en tensión, preparada para correr.

Pero él no la seguía.

Elise dobló la esquina. Por un momento, se sintió perdida. No sabía a dónde ir.

La puerta del desván crujió al abrirse, pero nadie la oyó. Las escaleras que llegaban hasta arriba estaban a oscuras. Con la bombilla del techo apagada, no se podía ver dónde empezaban ni terminaban.

No existía.

Elise cerró la puerta tras ella.

No podía.

DEJA UN RASTRO

Esperó en el desván hasta que oyó el chirrido de las tuberías de abajo. Eddie estaba en el baño cepillándose los dientes. Entró una vez más a su habitación sintiendo el pulso en la garganta y robó todos los libros que le gustaban de su estantería.

Los mitos de la antigua Grecia, La sirenita y otros cuentos de hadas de Hans Christian Andersen, una antología de tres volúmenes de *Las crónicas de Narnia* y otros, todos los que pudo meter en la pequeña mochila morada que había traído consigo cuando había vuelto a casa. Se fue y esperó hasta más tarde, cuando toda la familia dormía. A continuación, bajó a la biblioteca y abrió la puerta lateral hacia la noche.

No era el mejor plan, pero si Eddie iba a hablarle a alguien más sobre ella, el muchacho tendría que decirles que ya no estaba allí.

A la mañana siguiente, antes de que sonaran los despertadores, el señor Nick irrumpió en los dormitorios de sus hijos gritando para que lo oyera toda la casa y exigiendo saber quién había sido el último en usar esa puerta. ¿Quién la había dejado abierta? Se había llenado de mosquitos. ¡Había un maldito sapo en la mesa del café! Cualquiera podría haber llegado por el dique, atravesado el patio y entrado a la casa. ¡Dentro! Crecer también conllevaba un aumento de la responsabilidad, y la responsabilidad significaba cerrar las malditas puertas al pasar por ellas.

Elise oyó el miedo en la voz del padre. Para él, debía haberlo hecho uno de sus hijos. La idea de que alguien más abriera la puerta y se moviera por su casa en la oscuridad... El señor Nick insistió en que tendría que haber sido alguien de dentro el que había cometido un error.

—Si la hubiera usado, creo que me habría acordado de cerrarla —espetó Marshall.

Eddie, sin embargo, guardó silencio.

—¿Por qué ibas a usar esa puerta? —le preguntó el señor Nick.

Elise escuchó con la oreja pegada al suelo del desván. Podía imaginárselo allí, todavía tumbado en la cama, intentando pensar.

Eddie recibió la ira de su padre en silencio. Después, como cualquier otro domingo, se prepararon para ir a la iglesia. Eddie, en el patio, se frotó los zapatos con el dorso de la mano antes de sentarse en el asiento trasero y cerrar la puerta. Fuera lo que fuese que Eddie pensara que era ella, no se molestó en explicárselo a los demás. Tal vez creyera que era algo que no podía explicar.

¿Era suficiente? ¿Seguiría oyéndola?

¿La escucharía?

Con ese pensamiento, Elise se dio cuenta de lo que había estado haciendo. Una parte de ella (que crecía lentamente) quería ser escuchada.

Ahora que lo sabía, Elise acallaría esa parte.

HACERSE DE MENOS

Las niñas comen tres veces al día. Elise no necesitaba comer tanto. Podía comer dos veces: desayunaba cuando todos se habían ido a la escuela o al trabajo y cenaba en el desván algo frío que no oliera ni se pusiera malo durante el día, como cereales secos o judías asadas en una bolsita de plástico. El almuerzo estaba demasiado cerca de las horas en las que podía aparecer alguien por casa. Reajustó el significado de los cantos del reloj de los pájaros. Por la tarde, el límite para estar fuera de las paredes retrocedió del cardenal al búho real; su solemne ulular a primera hora de la tarde era ominoso, amenazador.

Las niñas se mueven por la casa, ocupan espacio. Se mueven por capricho, impulsadas por la luz o por las voces de la sala de estar. Ella no necesitaba desplazarse tanto como antes. Las excursiones fuera de las paredes por las habitaciones, cuando los demás todavía estaban en casa, eran algo extravagante e innecesario. Antes había cedido. Se había rendido a cosas que solo sienten las niñas pequeñas. Elise ya no lo era.

Los Mason se movían por la casa debajo de ella, y mientras lo hacían, ella se quedaba tumbada boca arriba todos los días, todo el día. Los más mínimos movimientos eran lo único que necesitaba.

Apenas vivía. No estaba viva. Casi no respiraba.

GRUPO DE APOYO

Una vez, cuando volvía a casa del trabajo, al girar por el camino de entrada, sé con certeza que vi apagarse las luces del piso de arriba. Mi marido asegura que me imagino cosas. Tenía que callármelo. No sé qué hacer. Acudiría a un psiquiatra, pero no necesito un diagnóstico. No busco flufenazina.

A veces oigo golpes por los conductos de la calefacción encima de mí. Pero lo que oigo es algo más que el simple calentamiento del metal. Los conductos son demasiado pequeños para algo así, pero suenan como si hubiera alguien moviéndose en cuatro patas. Puedo sentarme a leer un libro, pero cada fibra de mi ser late como si alguien me estuviera vigilando entre las grietas de la ventilación.

Todos los días y todas las noches son difíciles y he hecho todo lo que podía. ¿Cómo puede hacerlo alguien por su cuenta?

¿Podrá venir alguien a echar un vistazo?

Yo también he oído ese ruido. ¿Te falta alguna de tus
pertenencias? ¿Comida de la despensa? ¿De la nevera?

Últimamente he intentado cambiar la imagen en mi cabeza. Imaginarme que quienquiera que se esconda ahí tiene
el rostro de alguien que recuerdo. Alguien que he perdido. No siempre es fácil, pero creo que resulta de ayuda.

ASUNTO: Yo también los oigo

Sé lo difícil que es encontrar a alguien más que crea.

No es fácil exponer tus miedos. Ni parecer un crío asustado por los golpes que se oyen por la noche.

Tienes que tener cuidado de a quién se lo dices. La gente te dará por perdido. Dirán que son paranoias. Ansiedad.

Ilusiones.

¿Te lo puedes creer? Como si solo fuera nuestra imaginación. ¡Como si estuviéramos locos!

Pero da igual lo que digan, seguiremos viendo señales de ellos. Los oímos tropezar y dar pasos a nuestro alrededor. Es lo primero antes de que salga el sol. En la aburrida tarde. Toda la noche.

Veo señales de ellos incluso en otras casas. Paso por la calle y me doy cuenta de que hay una luz encendida hasta tarde en una estancia de la planta baja. O una televisión encendida aun cuando el camino de entrada está vacío. Es difícil decir por qué, pero está claro que están ahí. A veces tengo que detenerme junto a la acera, parar el motor y mirar. ¿Me ven a través de las persianas de la ventana? ¿Nadie más se da cuenta?

A veces salgo de la camioneta y doy todas las vueltas que puedo alrededor de la casa. Miro por cada ventana. Estudio todas las grietas por las que es posible ver.

En algún momento, sucederá. La puerta de un armario se moverá y se abrirá ligeramente. Asomará algo de pelo por el borde. Saldrán a la habitación y arquearán la espalda. Estirarán sus bracitos y sus delgadas piernas.

Mirarán.

Cuando por fin los encuentres, tendrás que sacarlos a rastras. Sean hombre, mujer, niño o niña, tendrás que sacarlos por los tobillos o por el pelo.

Fijarlos debajo de ti y sentir su piel bajo tus manos. Sentir el alivio de tenerlos allí.

Un día, cuando los atrape, los miraré a los ojos de manera que no puedan girarse. Entenderán que lo he sabido todo el tiempo. Que no habían logrado esconderse.

Quiero que sepáis que estoy aquí.

Avisadme cuando los encontréis. Quiero ayudar. Yo también necesito verlos.

J. T.

TEMPORADA DE TERMITAS

Empezó el Día de la Madre por la noche, poco después de que los Mason volvieran a casa luego de haber cenado en el centro. La gravilla se revolvió en el camino de entrada y los burletes se agitaron sobre las baldosas del vestíbulo. Los Mason se movían por las habitaciones de la casa como abejas en un panal. Las luces, encendidas, salían a través de las ventanas hacia un césped en el que abundaban los insectos y la hierba proyectaba sus propias sombras negras y esbeltas.

El padre de Eddie sirvió un par de copas de vino en la cocina. Su madre, se acurrucó frente al televisor para ver una grabación de *El ala oeste de la Casa Blanca* que se habían perdido esa semana mientras acababan el suelo de la habitación de invitados. Marshall estaba arriba y el techo ya retumbaba debajo de él. Probablemente, a juzgar por el ritmo al que se sacudía el techo del comedor, estaría haciendo una serie de flexiones con palmada, en el suelo, empujándose con la suficiente fuerza como para poder juntar las manos.

Pum.

Debía tener las venas de los antebrazos muy marcadas. La ventana abierta hacia la brisa.

¿O eran saltos de tijera?

Eddie, desde su sitio en la mesa, entrecerró los ojos hacia la luz del techo. Podía escuchar el pequeño candelabro, el chirrido de las cadenas mientras Marshall hacía ejercicio, con todas las bombillas emitiendo un suave zumbido, como una avispa atrapada entre los cristales. Podía oírlo (o al menos se lo imaginaba) sobre los sonidos que hacían sus dientes y su lengua al masticar bocados de jambalaya templado. En la habitación de al lado se oyó un anuncio publicitario y su padre apretó el botón de avance rápido en el control remoto. Eddie no había estado prestando atención a la serie, pero siempre sabía cuándo aparecía la publicidad, puesto que el volumen era un poco más alto, aunque no llegara a entender lo que decían. A veces, cuando él miraba la tele, prefería tumbarse en el sofá y meter la cabeza debajo de un cojín cuando llegaban los anuncios. Siempre tenían colores demasiado brillantes y eran repentinos y estridentes, como si alguien le hubiera dado una patada a la puerta y le estuviera gritando. Se comió el arroz de la cajita negra de poliestireno que había preparado el camarero y se tapó las orejas con las palmas de las manos.

No había ventanas en el comedor. Era parte del motivo por el que le gustaba. Siempre comía allí él solo desde que se habían trasladado. Necesitaba espacio entre él y su familia cuando comían, para alejarse de esos horribles ruidos húmedos que hacían al masticar. Eddie visualizaba los dientes mentalmente, la saliva extendiéndose en finos hilos entre el paladar y la masa marrón y suave de comida sobre la lengua. Los diminutos pelos de la barbilla subiendo y bajando. Un rato antes, en Brennan's, no había hecho falta que sus padres le preguntaran; conocían la rutina: tres menús para tomar allí y uno para llevar y degustarlo más tarde en casa. Mientras su familia comía, él se cubrió la cabeza con los brazos sobre la mesa.

El comedor siempre le proporcionaba distancia. El zumbido vespertino de las cigarras se oía menos allí que en cualquier otro lugar y, cuando llovía, sonaba suave como un susurro. La estancia parecía incluso apacible, con la pintura de color verde claro y el papel de pared con estampado de hiedra recorriendo la base del techo. La madera del piano brillaba como si estuviera engrasada y la gran vitrina de roble para la vajilla revelaba platos limpios y blancos con pájaros grises por el borde. Esa era su habitación preferida de la nueva casa, tal vez incluso más que la suya.

No obstante, desde la semana de su cumpleaños, Eddie había reparado en algo nuevo acerca del comedor. Estaba colocado en el centro de la casa, rodeado por todos los lados de más habitaciones y más casa. Tal vez antes le hubiera parecido reconfortante, como una manta cálida y pesada sobre el pecho. Pero ¿ahora? Le parecía agobiante.

Mientras Eddie comía, escuchó, como hacía siempre. Era incapaz de ignorar el sonido de uno de los globos moribundos medio desinflado arrastrado por las aspas del ventilador de la sala cerca de la pared; era incapaz de prestar atención a las habitaciones que lo rodeaban, como si en cualquier momento algún desconocido pudiera aparecer por el marco de la puerta. Oía muchas cosas en el corazón de la casa. Aun así, a los insectos no podía oírlos. Aquella noche, con todos los que volaban desde las briznas de césped del patio y flotaban atraídos por la luz ambarina, a Eddie después le resultó extraño no haberlos oído. Más tarde, en la cama, tuvo que recordarse que los sonidos que evocaba eran los que se había imaginado: el aleteo de dos mil alitas doradas contra el cristal de la ventana.

—¡Termitas! —gritó la madre de Eddie desde la sala de estar.

—Oh, no —dijo su padre y acto seguido dio una palmada contra el sillón de cuero—. ¡Mierda! Sí, ya están aquí. De acuerdo.

—¡Chicos, apagad las luces! —exclamó la madre.

Se oyeron tropiezos con los muebles y la puerta que daba a la sala de estar se oscureció. El padre de Eddie apareció en el marco de la puerta, subiéndose las gafas por el puente de la nariz. Sin disculparse, se estiró y apagó el interruptor del comedor, dejando a Eddie y a lo que le quedaba de comida a oscuras.

—¡Marshall, apaga esas luces!

La televisión de la sala de estar emitió un tenue brillo azul y, cuando Eddie se inclinó en su silla, vio las siluetas de sus padres pasando uno junto al otro hacia habitaciones separadas. Los pasos del padre resonaron por la escalera.

Eddie parpadeó. Apartó su silla de la mesa y se dirigió a tientas a la sala de estar con una mano en la esquina del piano y la otra en la puerta. Uno de sus padres, antes de salir de la habitación, había pulsado el botón de STOP en el control remoto. Eddie vio un pequeño insecto arrastrándose por la pantalla de la tele. Se sentían atraídos incluso hacia la luz azul. Eddie tenía el rostro lo bastante cerca de la tele como para sentir la electricidad estática en las mejillas. Aparecieron otros dos insectos sobre el cristal.

Su padre y su hermano gritaban en el piso de arriba, discutiendo sobre una ventana.

—¿En serio? ¿Cómo no te has dado cuenta? ¡Está abierta de par en par! ¡Nos están invadiendo!

La ventana de Marshall. El hermano de Eddie la había mantenido abierta mientras hacía ejercicio para que entrara la brisa con la luz del dormitorio encendida. No era la primera vez que la familia lidiaba con una plaga de termitas, pero sí era la primera vez que lo hacían en esa casa. Antes, en la vieja casa de Northshore, Eddie había dejado la ventana abierta y se había despertado por la noche con el cosquilleo y los picores de unos cuantos bichos en los brazos y en las piernas. Supuso que se habrían sentido atraídos por el calor de su cuerpo. Por suerte, aquella noche la luz de la habitación de Eddie estaba apagada. A menos que la hubieran encendido. No que la hubiera encendido Marshall, sino alguna otra cosa cuando la familia no estaba en casa.

Pero ¿estaba la luz encendida cuando el coche había entrado por el camino? Eddie negó con la cabeza y se sacó esa idea de la mente. Recolocó los cojines del sofá y se sentó. Su luz estaba apagada. Eso era todo.

Su habitación estaba a salvo de los insectos y, en la planta de arriba, su padre no se enfadaría con él. Recientemente, después de que la puerta lateral de la biblioteca hubiera quedado abierta toda la noche, su padre había cancelado las clases de piano de Eddie diciendo que podía volver a pedirlas cuando demostrara más madurez. Por supuesto, él no las pediría, nunca le habían gustado. Solo las aguantaba por sus padres. Parecían complacidos por su afición. Tal vez su padre supiera que le daban igual y hubiera usado la puerta abierta como excusa para cancelarlas. Eddie no estaba seguro. Era difícil saberlo. A veces, era complicando entender por qué la gente hacía las cosas.

Su madre entró como una silueta oscura en el comedor. Pasó junto a él mientras Eddie se sentaba en el sofá para cerrar las cortinas. La tela de la camisa de su madre le rozó el pelo. Vio el contorno de su cabeza de perfil mirando hacia abajo por los muebles en busca del mando a distancia. Lo encontró en la vieja otomana y apagó la televisión. El agudo zumbido de la máquina (demasiado agudo para que los demás lo notaran aunque la televisión no tuviera volumen) se extinguió. Eddie cerró los ojos. Volvió a abrirlos. Durante un momento, no notó la diferencia. Su madre salió de la habitación y él esperó que se le adaptaran los ojos.

Pensó que la casa era porosa. Sorprendentemente, era así. Grietas mal cerradas por debajo de las puertas y en la parte inferior de las viejas contraventanas. Había agujeros en los cimientos. El agua de la lluvia se colaba por el techo y los insectos se deslizaban por el linóleo. No había mucha cosa que separara el interior del exterior. Eddie se tumbó boca arriba en el sofá y entrecerró los ojos hasta que pudo distinguir las aspas del ventilador girando sobre él. Sus padres seguían dando tumbos por la casa, apagando cualquier luz que siguiera encendida. El reloj del vestíbulo dio las campanadas del cuarto de hora.

Una pared no crea dos lugares separados, es solo algo en medio de un mismo lugar. ¿Cuántos bichos habría ya en la casa? La araña que se sostenía en una esquina del techo del baño, encima de la bañera, llevaba meses allí; de algo tendría que estar viviendo. Puede que, simplemente, los bichos fueran buenos para ocultarse y nadie lo supiera.

¿Qué más hay en la casa?

No quería pensar en esas palabras.

¿Quién había estado ahí?

No te molestes. Se ha acabado, se ha ido. Haya sido producto de la imaginación o algo más, se ha ido.

—Ni siquiera pienso en ello —dijo en voz alta a la habitación vacía.

PASEO NOCTURNO

Más tarde, esa misma noche, cuando el enjambre hubo terminado, Eddie sintió el picor de patitas pequeñas sobre su
cuerpo, pero, cuando encendió la lámpara, no había nada sobre
su piel. La puerta del baño estaba cerrada y una toalla colocada
en la rendija inferior todavía impedía que las termitas que habían
entrado a la habitación de Marshall por la ventana pasaran a la
suya. Eddie saltó de la cama y salió al pasillo. Todo estaba en su
cabeza. Como le había dicho su padre: cuando una pesadilla te
asusta, un paseo espanta el miedo.

En el pasillo, Eddie apoyó los antebrazos y la barbilla en el
grueso marco de la contraventana. Inhaló, y el polvo le hizo cos-
quillas en la nariz. En el exterior, la luna se veía grande y brillante, como si fuera un foco entre los árboles. La luna nunca le había
parecido realmente una cara. Había agujeros para los ojos, pero
¿dónde estaba la boca? Parecía estar toda cubierta de ojos.

—¿Quién es? —siseó su hermano a través de la puerta de la
habitación de invitados—. ¿Eres tú, Eddie?

—Soy yo.

Eddie oyó el movimiento de las sábanas. Miró a través del
umbral y vio en la penumbra a su hermano sentándose y frotándose la cara.

—¿Qué te he dicho de deambular por las noches? ¿Qué mierda haces ahí?

—Estaba… —No quería admitir que había tenido una pesadilla. Marshall se burlaría de él. En lugar de eso, dijo—: Solo estaba mirando.

—¿Qué? ¿Qué significa que estabas… mirando? —inquirió Marshall. Negó con la cabeza—. Lo cierto es que me da igual. Deja de pasearte y métete en la cama.

—Vale — respondió Eddie.

—Lo digo en serio. Si vuelves a asustarme así, te daré un puñetazo en la barriga.

—Vale.

Marshall se tapó la cabeza con el edredón y Eddie volvió a su habitación y cerró la puerta. Una vez dentro se quedó de pie, escuchando. No podría dormir hasta que no mirara. Eddie volvió a su rutina, la que había empezado la noche de su cumpleaños cuando había metido sus Lego en bolsitas de plástico y los había guardado en el desván. Cuando contó los libros de sus estanterías para asegurarse de que todos estuvieran allí.

Eddie se arrodilló para mirar debajo de la cama. Revisó detrás del sillón mullido. Apartó a ambos lados la ropa colgada en el armario.

Nada. Así que finalmente Eddie se metió en la cama y apagó la lámpara.

ALGUNOS PROBLEMAS DE LA NIÑA QUE NO EXISTE

Elise se sentó a la mesa de la cocina mientras tomaba un tazón de cereales con pasas. Los Mason se habían quedado sin leche, así que comió los cereales secos, sacando primero las pasas con los dedos y colocándolas en una servilleta junto al tazón. Solo quedaron los copos marrones, secos y sosos. Un desayuno horrible.

Esa mañana, uno de los Mason había derramado el zumo de naranja sobre la mesa y el charquito estaba junto a su mantel de tela, triste y amarillo, y empapaba lentamente la madera de la mesa. Probablemente, por la tarde el líquido habría tornado la madera de un gris parduzco (seguramente irreparable), con pequeñas marcas de humedad.

No era el problema de Elise.

Anteriormente, podría haber deslizado su servilleta unos centímetros para limpiarlo, en consideración a la familia. Resolver el problema antes de que llegara a convertirse en uno sin que ellos lo supieran. Mantener la ira de la señora Laura lejos del pobre muchacho que no se hubiera dado cuenta del derrame que había causado. Ahora, no se molestaría en hacerlo. Las niñas que no existen no pueden arreglar los líos de la gente que sí.

POR QUÉ ELISE ESTABA MOLESTA

1. Había dormido mal esa noche.

El día anterior, con el enjambre de termitas, Elise había pasado las últimas horas de la tarde en oscuridad total en el desván, temiendo que su pequeña luz de lectura pudiera atraer a los insectos. Se sentó a oscuras horas antes del canto de los estorninos de abajo, cuando normalmente consideraba que era de noche. Finalmente, cuando ya no pudo soportar el aburrimiento, la espera y la inquietante idea de que los insectos se estuvieran reuniendo en una nube oscura sobre su cabeza, encendió la luz de lectura para investigar. No se paseaban sobre ella, gracias a Dios, pero sí vio casi una docena arrastrándose por el suelo debajo del tragaluz del desván. Sus claras alas parecidas al papel ya se habían esparcido por el alféizar de la ventana. Sus ojos rojos y sin pupilas eran como pequeñas gotas de sangre bajo la luz. Elise no sabía qué era peor: si dejarlos vivir para que se pasearan toda la noche sobre el desván subiéndose sobre ella, o aplastarlos y tener las plantas de los pies llenas de tripas de insectos. Al final, había optado por un término medio, lo que le brindó lo peor de ambos mundos.

2. Los alimentos del desayuno.

No iba a dejarlo pasar. El desayuno es (o debería ser) la mejor comida. Huevos fritos, tortitas con sirope, galletas de mantequilla, gachas calientes, una tostada con mermelada de uva o beicon con los bordes quemados como lo cocinaba su padre. Ningún niño debería someterse nunca a los cereales con pasas que tenía delante, menos aún sin un tazón de leche. Elise se sintió tentada de dirigirse directamente a la lista de la compra que la señora Laura tenía colgada en la nevera y escribir, debajo de los plátanos y los espaguetis que habían pedido su esposo y sus hijos, «CE-REALES BUENOS, POR FAVOR», todo en mayúscula. De verdad. No hacía falta que fuera comida azucarada. Simplemente, que no fueran cereales con pasas.

3. Era miércoles.

Eso antes era algo bueno: le garantizaba que tendría toda la mañana para estar sola en la casa. Pero la tarde la acechaba como un siniestro pronóstico del tiempo. Hacía que tuviera que interrumpir su lectura o su programa de la tele para asomarse al vestíbulo y volver a comprobar la hora. Tenía que asegurarse de que el canto del ganso que acababa de escuchar no era en realidad el cardenal que se había quedado afónico. Las tardes entre semana se habían vuelto más restrictivas. Desde el cumpleaños de cierto niño, Elise tenía que pasarlas en...

El desván.
El conducto de la ropa sucia.
Las paredes.

A menudo incómoda y agobiada, y tan quieta como podía estar. Era lo más seguro, el único modo tener la certeza de que Eddie no se diera cuenta de que en realidad no se había marchado a ninguna parte. De que, de hecho, se había quedado justo donde estaba y de que todavía escuchaba desde su rincón en el desván el mismo chirrido cuando él subía y bajaba de la cama, el mismo abrir y cerrar de los cajones de su cómoda, y de que, de vez en cuando, todavía lo veía en esa parte del patio por la que paseaba, entre los sauces y los robles, donde él creía que nadie lo veía. Y, ahora que lo pensaba, eso no era nada bueno, porque significaba:

Que ella había estado en posición de verlo, por lo que...
Él había estado en posición de verla a ella.

Lo que significaba que seguía cometiendo errores, que debía aumentar la precaución, volverse aún más pequeña y silenciosa que antes. Tenía que darse cuenta de que no había ningún momento seguro ni completamente suyo. Incluso la noche le había sido arrebatada, como el día anterior, cuando había tratado de escabullirse al baño del primer piso para limpiarse los pies de los insectos muertos y Marshall la había asustado desde la habitación de invitados dándose la vuelta y entrecerrando los ojos hacia ella en la oscuridad. Elise se había aplastado contra la pared al lado del marco de la puerta. El corazón le latía con tanta fuerza que podía oírlo y escuchó mientras el muchacho le decía:

¿Eddie? ¿Eres tú?
¿Quién es?
¿Quién está ahí?

Se quedó allí parada casi media hora, apretada contra la pared, hasta que estuvo segura de que Marshall lo había achacado a su imaginación y se había vuelto a dormir. Por fin.

4. La primavera se estaba acabando y todo se pondría peor.
Eddie y Marshall ya no tendrían clases y pasarían más tiempo en casa, tal vez todo el día. Además, dos días antes, Marshall había

vuelto a casa del lavadero de coches diciendo que iba a dejar el trabajo porque el gerente lo trataba como a un niño. La voz del señor Nick se elevó desde la habitación de invitados marcada por la incredulidad que ella misma sentía. ¿Marshall en casa todos los días de todo el verano? Ninguno de los dos chicos parecía tener amigos con los que quedar y salir de casa. Los dos estarían allí y Elise sabía que tendría que limitarse todavía más, mucho más. Y que tendría que reorganizar su horario. Adaptarlo, encogerlo.

Encontrar tiempo para:
Desayunar.
Ducharse.
Estirarse.
Moverse.
Respirar.
Básicamente, todo lo que consideraba vida.

5. Pero eso no era todo lo que la molestaba porque...

Ay, Dios, querido Odín, queridos dioses protectores de niñas inexistentes y de todo lo que está oculto, perdido y metido en los pequeños espacios de otra gente en otra parte. Un calambre le recorrió el cuello a Elise. Sintió un dolor sordo en el hombro. Por supuesto, cuando alguien duerme en el estrecho espacio que queda entre los tablones del desván con una sudadera enrollada como almohada, no es de extrañar. Pero ¿tenía que ser esa mañana?

—Los cuellos que no existen no duelen —murmuró haciéndose un duro masaje con los nudillos en el músculo dolorido—. Sigue con el programa, Buck-o.

LA VIDA ES ABURRIDA

Elise lavó el tazón en el fregadero de la cocina, lo secó con un trapo y volvió a guardarlo en el armario. Tomó una de las vitaminas de gominola de Eddie de la despensa y la masticó, mirando por la ventana más allá del jardín de la señora Laura y los árboles del patio trasero hacia el otro lado del campo, en dirección a la casa azul de la señora Wanda, medio rodeada por el bosque. Elise vio a un niño pequeño, diminuto a la distancia, saliendo de la maleza y cruzando el patio vecino. Se subió a una cortadora de césped que había al lado de la casa y, de pie en el asiento, presionó la cabeza contra la oscura ventana con las manos al lado de la cara. Intentó abrirla y entrar, agitando las piernas en el aire mientras lo hacía.

Cerrada. Elise suspiró y negó con la cabeza. Lo entendía. Ella se sentía bloqueada, aun estando dentro. El niño debía ser un sobrino de la anciana señora Wanda que probablemente hubiera ido a visitarla esa mañana. Iría como mucho a segundo o a tercer curso.

Elise bostezó y arqueó la espalda, intentando soltar los músculos tensos. ¿Se había sentido tan dolorida alguna vez? ¿Lo había estado siempre desde que había vuelto a casa? ¿Era eso lo que significaba crecer? ¿Sufrir más dolor? Elise tomó nota mentalmente para comprobar las marcas de lápiz que había al lado de una de las estanterías de la biblioteca que sus padres usaban para medir su altura. Eran unas marcas que ahora comprobaba con menos orgullo.

Ese otoño, si Elise todavía hubiera ido a la escuela, habría estado en quinto. Tal vez en algún momento se habría sentido emocionada por haber alcanzado esa edad. Puede ser. Pero ahora, ser de quinto le parecía ser demasiado mayor. Desgarbada. Fuera de lugar. ¿Cómo podría una niña tan mayor moverse entre las pequeñas grietas de la casa? ¿A dónde iba a caber? ¿Cómo podría una niña así existir en alguna parte?

Suspiró y vio las sombras de las nubes sobre el jardín de la señora Laura en el patio trasero. El suelo todavía estaba oscuro por las semillas de melón y sandía que había plantado la tarde anterior. Todas las hojas de los árboles se balanceaban con la brisa, como si tuvieran su propia mente.

Elise presionó la nariz contra la gruesa contraventana y, con cuidado, se arremangó la camisa para limpiar esa mancha ofensiva. Elise se perdía esas cosas. El exterior. El simple hecho de salir.

Pero volver a un hogar después de que hubiera pasado un tiempo es abrir la puerta y darse cuenta de que todas las sombras han cambiado. Ser abordada por los olores de la casa, ya sea la colada, velas, comida o moho. Encontrar cosas cambiadas de sitio, correo esperando y los zapatos de otra persona junto a la puerta. Volver, en cualquier momento, es regresar en cierto modo como una extraña. Cada minuto que estás fuera te vuelve un poco más extraña, y la casa se hace un poco más extraña para ti.

Elise ya había sido esa extraña cuando había vuelto a casa ese diciembre y se había encontrado con los muebles de los Mason en lugares en los que antes había habido cosas de sus padres. Había ambientadores eléctricos enchufados con un intenso olor a naranja. Arañazos nuevos en el parqué. Pelos, más oscuros que los de ella y los de sus padres, arremolinados en los desagües de la ducha.

¿Quién querría volver a ser eso?

Elise no lo quería, siempre y cuando se pudiera quedar dentro.

Se quedaría allí todo el tiempo que fuera necesario. Como su padre solía decir, «contra viento y marea». Hasta el fin de los finales.

El sol salió de detrás de una nube y tiñó el exterior de un verde eléctrico intenso, el que aparece cuando parpadeas (un destello de la vida de las luces), y de rojos y amarillos que persistían en el interior de sus párpados. Los colores de los últimos días de primavera moviéndose contra el viento, que seguían allí cuando Elise se giró para observar una habitación que se había vuelto gris a su alrededor.

La niña se quedó allí, donde lo único que se movía era el polvo flotando en el aire como una nube de mosquitos grises y muertos, solo visible a través del hueco iluminado de la ventana.

CRIATURAS DEL PANTANO

Al otro lado del dique, el agua del río subió.

Durante meses, a medida que la nieve se derretía en el norte, las pequeñas corrientes de agua alimentaban los arroyos, crecían los riachuelos medio helados que se deslizaban colina abajo serpenteando sobre rocas, arena y barro mullido durante días y semanas hasta llegar al Mississippi. El río marrón se hinchaba, como sucedía cada primavera, hasta que se estrellaba contra los diques que lo encerraban, tragándose esa delgada capa y sumergiendo los esbeltos cipreses.

Cuando el aire se enfriaba por la noche, salían a la orilla ranas verdes de río y sapos del sur grandes como el puño de un hombre, que daban pequeños saltos por el lado de cemento del dique. Llegaban hasta la cima y se sumergían en el césped. A continuación, atravesaban la carretera y llegaban hasta el patio de los Mason.

Eddie seguía su camino entre el sauce y el roble incluso después de la puesta de sol. Doce pasos y medio hacia las raíces de un árbol y doce pasos y medio de vuelta, hacían veinticinco. Ir y volver cuatro veces eran cien pasos. Llevaba las botas de agua hasta la rodilla que le habían regalado en las últimas navidades, las que se ponía todas las tardes en el patio trasero aunque ya le habían crecido los pies; los dedos le rozaban en las puntas y se había vuelto una tarea complicada ponérselas y quitárselas. Todo cambiaba con el tiempo.

Eddie ajustó el paso para saltar sobre un sapo que había aparecido en su camino. Una lagartija se deslizó por la raíz que había planeado pisar y pivotar. Era difícil mantenerse centrado en su propia mente cuando el mundo debajo de él pululaba y se retorcía.

—¡Eddie! —llamó la voz de su hermano—. ¡Si todavía estás ahí fuera, mamá dice que entres!

La puerta trasera se cerró de golpe.

Se estaba haciendo tarde. Eddie llevaba ahí desde que había llegado a casa de la escuela, contando sus pasos e imaginándose como un caballero. El patio trasero estaba cubierto de cardos amarillos y, esa tarde mientras paseaba, sus tallos habían sido criaturas con púas, y sus enemigos, apostados sobre la hierba alta, conspiraban mientras él preparaba las defensas del castillo. Sabía que era demasiado mayor para pensar en esas cosas. Ni siquiera había hecho sus deberes, aunque ahora tenía menos porque el año escolar estaba llegando a su fin. Eddie miró hacia la casa, que se había vuelto gris con la oscuridad. La silueta de su padre pasó por la ventana del despacho. Una lámpara parpadeó. Tenía que entrar ya. Eddie se dio cuenta de que había estado evitándolo.

—¡Joder! ¿Quieres darte prisa? —insistió la voz de su hermano—. No me dejará en paz hasta que entres tu puto culo en casa.

La hierba crujía en el campo detrás de él. Había sombras saltando por todo el patio. Cuando Eddie abrió la mosquitera, encontró una lagartija atrapada en la red. Tenía las extremidades retorcidas y los ojos amarillos apagados. La piel seca era de un color marrón oscuro. No sabía si el animal estaba muerto o si estaba mirándolo.

JUSTO ANTES DEL FIN DEL MUNDO

E lise se sentó en el banco de la cocina a comer casi todo lo que quedaba de los cereales con pasas. Una ardilla en el césped se limpió la cara con las manos. El animal se detuvo como si estuviera nervioso y sintiera algo moviéndose cerca.

¿El gato?

Elise estiró el cuello para buscar entre las azaleas que había junto a la casa y el liriope que crecía al lado del garaje adjunto, pero no vio señales del gato tricolor. Hacía semanas que no lo veía. Incluso había roto la promesa que se había hecho a sí misma semanas antes de dejar al gato en paz y había buscado bajo la casa esperando encontrarlo allí. Si lo hubiera hallado, Elise casi habría esperado enfurecerlo. Arquearía la espalda, la golpearía y rugiría con una voz muy diferente a la de Eddie. Pero, por supuesto, nada de eso sucedió. El nido estaba vacío. El gato había llegado y se había marchado.

Elise tomó una pasa entre el índice y el pulgar y la aplastó. Todos los días transcurrían en una monotonía de cereales de maíz secos. Solo ella. Y una ardilla. Y los cereales.

Ay, Odín. Iba a ser otro día muy, muy largo.

Algunos días deseaba poder saltárselos, se quedaba en su rincón y roncaba, medio dormida, mientras las sombras se alargaban de derecha a izquierda por el suelo del desván y la madera de pino se calentaba y se volvía a enfriar junto a ella. Pero, por muy fácil que fuera y por muy agradable que pareciera, se había dado cuenta de que eso podía ser más arriesgado que cualquier otra cosa. Saltarse las comidas, el agua y las visitas al baño podía ponerla en un aprieto mayor después, al sentir la necesidad cuando todos los Mason estuvieran en casa. Además, dos noches antes, había soñado que era un esqueleto debajo de los tablones del suelo, inmóvil, observando cómo se pudría el techo hasta que solo quedaban estrellas encima de ella girando salvajemente en el cielo nocturno. La asustó lo mucho que lo había disfrutado.

Por lo tanto, Elise no podía permitirse dormir hasta tarde y deprimirse, saltarse las comidas ni la oportunidad de volver a llenar la botella de agua. No podía permitirse debilitarse o ponerse enferma. Tenía que seguir adelante con la vida para poder seguir adelante con la vida. Así que seguiría adelante.

En el exterior, la ardilla bajó las patitas y la miró con tristeza.

Elise no necesitaba compasión. Y menos de una ardilla.

Saltó del banco. Volcó el resto de los cereales que no había comido en su caja. Fue a la despensa y, trepando por los estantes como si fuera una escalera, dejó la caja justo donde estaba. Fuera, la ardilla subió disparada hasta una rama más alta, fuera de su vista, pero todavía podía oír sus chillidos. Los estorninos cantaron desde el reloj de la nieta. Iba con retraso, esa mañana había tardado en levantarse. Lavó el tazón en el fregadero.

Otro día, otro plato. El silbido del agua en el grifo era como la electricidad estática de la televisión. La esponja amarilla rodeó los bordes del tazón, sumergiéndose en la curvatura blanca. Secó el tazón con un trapo y tarareó mientras volvía a colocarlo en el armario. Estaba distraída, por lo que no oyó el traqueteo del pomo de la puerta de la biblioteca girando en su sitio, el movimiento que atravesó la biblioteca y el vestíbulo, ni los pasos vacilantes sobre la alfombra de la sala de estar.

Elise estaba pensando en pájaros, en los estorninos reales que había visto el año anterior. Se había despertado por la mañana con su ruido en el patio: era cacofónico, todos cantaban y gorjeaban a la vez, como una advertencia. Elise nunca había oído a unos pájaros tan escandalosos. Su madre, al pasar por el pasillo, se había detenido cuando se había dado cuenta de que Elise estaba despierta. Había entrado en su habitación y había abierto una cortina.

—Mira.

Cientos de pájaros de un color negro azulado saltando por el patio, susurrando entre las ramas, moviendo las alas plegadas. Y había todavía más sobre los árboles. Eran como pequeñas nubecitas volando en apretados y orquestados círculos. Su madre los llamó con un susurro. Le dijo a Elise que siempre se había preguntado cómo podían volar tan cerca unos de otros sin chocarse.

El recuerdo se desvaneció cuando Elise se dio cuenta de que había alguien observándola.

Se dio la vuelta y lo vio allí.

Él estaba en la puerta de la cocina. Era real. La estaba mirando directamente. No era un Mason. Y le bloqueaba la salida.

—Oh —dijo el muchacho—. Guau.

INTRUSO

Por instinto, Elise trató de esconderse. Se le aflojaron las rodillas y se metió debajo de la mesa de la cocina. Entre las patas de la silla, sintiéndose ridícula, ¡vio los pies de él justo ahí! Se levantó de un salto, abrió el cajón de los cubiertos y agarró la primera arma a la que pudo ponerle la mano encima.

Elise se volvió hacia el muchacho y lo vio moverse a poca distancia. El niño dejó torpemente una pequeña radio en la encimera. Era pequeño, más pequeño que ella.

—Oye, ¿cómo lo haces? —le preguntó el niño.

—Aléjate —contestó ella colocando el cuchillo de la mantequilla entre los dos.

—Vale —dijo él. Luego encendió la radio. Hizo girar la ruedecita por varias emisoras. *Country. Rap. Rock* suave. La apagó—. Tu casa es muy grande —comentó saliendo a la sala de estar.

Elise se quedó junto a la encimera con el pequeño cuchillo todavía temblando en la mano. Tras unos momentos se acercó a la puerta, pero el niño ya se había ido. Debía haber girado hacia el vestíbulo. Elise corrió hacia la ventana de la cocina para mirar, lo mejor que pudo, el camino de entrada. Pero allí no había ningún coche aparcado.

Elise se deslizó junto a la nevera y escuchó con el ceño tan fruncido que dolía. Dejó el cuchillo en el suelo y se esforzó para tratar de escuchar voces adultas. Algún amigo de los Mason que hubiera pasado por allí. Tal vez algún obrero que hubiera traído a su hijo para que esperara mientras él trabajaba. Pero no oyó a nadie en absoluto.

¿Acaso el niño estaba solo? ¿Qué estaba pasando?

¿Y por qué le sonaba ese niño?

Elise entró sigilosamente en la sala de estar, inclinando la parte superior del cuerpo de lado a lado para ver alrededor del sillón reclinable y del sofá. Presionó la espalda contra la pared y miró hacia el comedor. Nada. Siguió adelante e hizo lo mismo con el vestíbulo. Primero, revisó alrededor de las columnas blancas y luego se agachó para fijarse en la escalera. Avanzando poco a poco, ahora en cuatro patas, miró en la biblioteca. Estaba allí.

El niño se rascó la nuca y estudió la vieja chimenea y las estanterías. El cabello castaño y despeinado le caía sobre la frente. Su mono vaquero parecía heredado de una persona mucho más alta. Debajo de las perneras embarradas, sus pies estaban descalzos.

Ay, Señor, qué pies.

Estaban cubiertos por una espesa capa de barro que se había secado sobre su piel, se había agrietado y luego había vuelto a cubrirse con una segunda capa de barro fresca. El niño los movió volviéndose hacia ella, dejando un par de huellas mohosas en el suelo pulido.

—Qué silenciosa. No sabía que estabas ahí.

Elise gritó. Se levantó de un salto y se escondió detrás de las columnas del vestíbulo. Tenía que alejarse de él, necesitaba un lugar en el que ocultarse. Miró por el borde de la columna y lo vio allí, observándola.

—Oye…

—¡Vete!

Elise huyó atravesando la sala de estar hasta la cocina. Dio media vuelta, presa del pánico. Toda la estancia parecía abierta de par en par, descaradamente expuesta. Se metió en la despensa y sujetó el pomo con fuerza. El niño habría oído la puerta cerrarse, así que tendría que mantenerlo fuera. Pronto, una sombra oscureció la rendija debajo de la puerta.

—¡Déjame en paz! —gritó Elise.

—¿Qué estás haciendo ahí?

—¿Qué quieres de mí?

El pomo intentó girar en su mano.

—¿Por qué estás ahí dentro?

Sintió un repentino estallido de desdén que superó a su pánico durante un instante. ¿Por qué no iba a estar ahí dentro?

El pomo se movió débilmente en su mano.

—¿Quién eres? —preguntó Elise—. ¿Quién está contigo?

Necesitaba saber si había alguien más, de más edad, o si solo estaba el niño. Tenía el pequeño panel de acceso a las paredes justo encima de ella. Si oía un ruido fuerte, pasos pesados al otro lado de la puerta, treparía por los estantes para escapar.

—No hay nadie conmigo —respondió el niño.

—¿Estás solo?

—No, solo no —le dijo.

A Elise le dio un vuelco el corazón.

—No estoy solo porque tú estás aquí —continuó el niño.

¿Qué narices le pasaba? La idea de abrir la puerta y empujarlo por el pecho con la palma de la mano no le resultó del todo desagradable.

—¿Qué haces aquí? —preguntó Elise.

Al otro lado de la puerta, el niño titubeó. Se lo imaginó toqueteando el pomo, encorvado y con su extraño corte de pelo en forma de cuenco. Entonces se dio cuenta de dónde lo había visto antes.

—Un momento —dijo Elise—, hace un par de días. ¡Trepaste por la ventana de la señora Wanda!

—¿Me viste?

—¿Por qué estás en mi casa? ¿Estás intentado robar?

El niño murmuró algo.

—¿Qué?

—¿No?

—¿Cómo has entrado? —inquirió Elise.

—La puerta no estaba cerrada con llave.

—¡Mientes!

Siempre se aseguraba de que las puertas estuvieran bien cerradas cuando los Mason no estaban en casa. Si había puertas cerradas, significaba que ninguno de ellos estaba al acecho en el patio.

—La puerta lateral estaba abierta.

¿La puerta lateral? Fuera quien fuese ese niño, había entrado en la casa del mismo modo que lo había hecho ella meses atrás. ¡Ese estúpido cerrojo roto! Fue suficiente para que se preguntara cuánta gente habría atravesado esa puerta a lo largo de los años.

—¿Vas a salir o no? —preguntó el niño.

—¡No!

—Bueno, vale —murmuró él.

La sombra se apartó de la rendija de la despensa. Elise siguió sujetando el pomo con fuerza y esperó. No oyó sus pasos ni cómo se abría ni se cerraba la puerta principal, pero era difícil oír algo desde la despensa. Le resonaban los oídos por haber gritado en un espacio cerrado. Le dolían los dedos por haber apretado con tanta fuerza el pomo de la despensa. Finalmente, cuando creyó que era seguro, Elise entró en la cocina.

MANTÉN LAS PUERTAS CERRADAS

En el vestíbulo, la puerta principal estaba cerrada, al igual que la puerta lateral de la biblioteca. Elise miró a su alrededor en busca de algo que pudiera empujar delante de la puerta de la biblioteca para formar una barricada. Ahora estaba sola y tenía que asegurarse de seguir así. Lo que usara Elise para bloquear la puerta, tendría que apartarlo antes de que los Mason volvieran a casa, pero ahora lo necesitaba. Otra pared en la que había sido descubierto el agujero. Tenía que bloquearlo.

Agarró la mesa de café y la arrastró hasta la puerta con cuidado de no rayar la madera. Miró a su alrededor en el silencio de la habitación y se dio cuenta de que no se sentía sola. Los lomos de todos los libros eran como sus propios ojos separados de su cuerpo. Las fotografías le sonreían plácidamente.

Entonces los escuchó. Un ruido de pasos encima de ella. No estaba sola. El niño seguía en la casa.

TÁCTICAS

Elise resistió el impulso de subir las escaleras, apretar los puños y gritarle al niño que se fuera. Tenía la cintura regordeta, pero no era más alto que ella. Tenía una oportunidad.

No. Primero tenía que calmarse. Necesitaba pensar. Usar la cabeza.

Elise podía esconderse. Colarse entre las paredes. Esfumarse del mundo y de quien fuera ese niño que estaba arriba. Sin problema. Los Mason se encargarían de él. La niña de las paredes se mantiene a salvo porque se esconde. No se mete en problemas que puede evitar.

Pero ¿qué estaría haciendo él arriba? ¿Tocar cosas? ¿Moverlas? Entonces se le ocurrió una idea: ¿y si el niño lo desordenaba todo y se marchaba antes de que volvieran los Mason? Si Elise le dejaba hacer lo que quisiera por la casa, Eddie podría verlo y pensar que había sido ella. No sería nada bueno. Podría contárselo todo a los demás. Elise no podía permitir que sucediera. ¡Estúpido niño! Tendría que arreglar cualquier estropicio que hubiera causado antes de que volvieran.

En ese momento, Elise se acordó de las huellas. De esos pies tan asquerosos. Tendría que rastrear las huellas y descubrir todos los lugares por los que el niño hubiera pasado. Y también todo lo que hubiera tocado, ya que, probablemente, también debía tener las manos sucias.

Por encima de ella, algo cayó y rodó por el suelo.

Tal vez no tendría que limpiar, después de todo. Entonces, ¿qué? ¿Debía mantener la esperanza de que los Mason lo encontraran allí? Irían a casa, lo verían, lo perseguirían, lo atraparían… y Eddie sabría que no era ella la intrusa. Podría funcionar. Tal vez Eddie pensara que había sido el niño todo el tiempo, el de su cumpleaños. Eddie no la había visto en su habitación, por lo que no sabía si era chico o chica. Así que ese era el plan, pero (Elise miró el reloj del vestíbulo), no. ¡Tardarían horas en llegar a casa! Y Elise no podía llamar a la policía para que lo atraparan antes.

«Hola, señor, me gustaría denunciar a un intruso».

«Por supuesto, señorita, ¿puedo preguntar quién está haciendo la llamada?».

«Ah, bueno… solo otra intrusa».

Bueno, pues ¿podría evitar que se marchara? ¿Pelearse con él? ¿Atraparlo o meterlo en un armario? De todos modos… ¿cómo se arrastra de verdad a otra persona? ¿Por el cuello de la camiseta? ¿Por el pelo? ¿Y si lo ataba con las cuerdas elásticas del garaje?

Elise sabía que nada de eso funcionaría. Aunque el niño se marchara por casualidades del destino, y todo estuviera como siempre cuando los Mason volvieran a casa, el mayor problema seguiría ahí.

Él sabía que ella estaba en la casa.

CONFRONTACIÓN

Durante un rato, Elise pensó que podría estar escondido. Su casa era grande, laberíntica, podría tragarse incluso a un desconocido. Caminó lentamente por los pasillos de arriba con los brazos tensos a sus lados, sin saber qué hacer con las manos. El sistema de aire acondicionado resonó y el frío aire de la rejilla de ventilación del techo le acarició el pelo. La habitación de los padres estaba vacía. También lo estaban la habitación de invitados y el despacho.

Pasó junto al desván, ignorando de momento ese espacio. La vieja escalera del desván no estaba barnizada y se acumulaban insectos muertos a los lados de los escalones. No había luz hasta que no estabas realmente arriba. El niño no podría haber subido solo tan rápido. Pese a haber crecido allí, a Elise le llevó años reunir el coraje para hacerlo. Dobló la esquina del pasillo, pasó por el armario de la ropa de hogar y bajó a los dormitorios de los niños. Abrió la puerta de Eddie.

Con todos los muebles movidos, daba la sensación de que la habitación pertenecía a otra casa. Además, olía diferente con el intenso olor al desodorante que le habían regalado a Eddie por su cumpleaños. Incluso desde la puerta, podía ver que estaba vacía. El volante del edredón había sido doblado y metido por debajo del colchón, dejando al descubierto la parte inferior de la cama. La puerta del armario había quedado abierta, con la ropa colgada a un lado y al otro. Le habían quitado la tapa al cesto de la ropa sucia, que estaba apoyado contra la puerta del armario mostrando solo un pijama amontonado en la parte inferior.

Elise atravesó la habitación y abrió la puerta del baño. No había nada detrás de la cortina de la ducha. Estaba vacío. Pasó a la habitación de Marshall y el olor a sudor le llenó las fosas nasales. Comprobó el espacio que había detrás de la puerta. Por algún motivo, sintió miedo de no encontrar al niño sino al hermano mayor escondido allí, esperando para agarrarla por los hombros. Sintió que la casa se abría a su alrededor. Que se profundizaba bajo sus pies escuchándola moverse. Buscó por el resto de la habitación de Marshall, pero también estaba vacía.

Elise volvió sobre sus pasos, preguntándose si tal vez el niño habría llegado hasta sus paredes y ahora la estaría siguiendo, paso a paso, por el estrecho espacio oscuro. Pero, en una segunda inspección por las habitaciones, lo descubrió en una esquina del despacho. Lo había pasado totalmente por alto antes. Estaba de pie dándole la espalda, sosteniendo uno de los CD de ordenador del señor Nick junto a la ventana y captando la luz iridiscente con la parte inferior. El sudor oscurecía las axilas de la camiseta del niño, y cuando se dio la vuelta, también tenía perlado el prominente labio superior.

Con el niño delante de ella, allí de pie, mirándola, Elise tuvo que luchar nuevamente contra el impulso de girarse y echar a correr.

—No —dijo Elise. Notaba la lengua seca y espesa en la boca. Se le pasó por la cabeza que no sabía cuánto tiempo había pasado desde la última vez que había hablado con alguien—. ¿Dónde vives? ¿De dónde vienes?

—De Delacroix Street —contestó él—. ¿Esa casita marrón con perros rescatados en el redil? Está justo pasando el campo y atravesando el bosque. —Señaló en dirección al dique, pero luego se lo pensó y señaló a través del patio trasero—. ¿Sabes? Me gusta tu casa. Creo que cualquiera podría perderse aquí.

Miró el CD con los ojos entrecerrados y vio cómo los colores se deslizaban por el plástico. Tenía medialunas de tierra bajo las uñas. Agitó el disco delante de su cara para mostrarle lo que estaba mirando. Dejó huellas grasientas en la parte de abajo.

—Soy Brody —se presentó.

Con el niño mirándola y con esa extraña sensación de nuevo (la de ser vista), la niña olvidó durante un momento lo que había planeado decir.

—Y bien —empezó Brody—, ¿cuál de estas es tu habitación?

CASA ENCANTADA

Una casa es como un árbol y las habitaciones son sus ramas. Cada movimiento en ellas provoca los más mínimos temblores por la corteza. Se suponía que no tenía que haber nadie en casa de los Mason, pero era como si un colibrí revoloteara entre las habitaciones: una puerta abriéndose y volviéndose a cerrar, un golpeteo de pies por el pasillo y las escaleras, una televisión encendida, voces infantiles discutiendo...

Una niña ordenándole a un niño:

—No. Márchate.

En la planta baja, Elise abrió la puerta de la mosquitera con el hombro y empujó suavemente el pecho del niño con una mano, guiándolo hacia los escalones de atrás.

—No le hables de mí a nadie.

—Vale —aceptó Brody—. Pero entonces puedo volver mañana.

Elise cerró la mosquitera con pestillo.

La niña de las paredes necesita discreción. La niña de las paredes se queda sola.

«No vuelvas nunca». Sabía que tendría que haberle dicho eso y tal vez el niño la habría escuchado. Tendría que habérselo dicho con frialdad, con la voz de un fantasma. Decirlo con la seguridad de alguien que ya está muerto. Declarárselo a él y al mundo exterior, y así él se marcharía.

Mantente alejado de mí. Eres peligroso.

Pero, en lugar de eso, Elise hundió los hombros y dobló la espalda. Se apoyó contra la mosquitera como un gato, exhausta y encogida por el frío.

—Más temprano —agregó Elise—. Más temprano, pero tampoco demasiado pronto. Mañana a las diez de la mañana. Nos veremos aquí, en la parte trasera. Y nadie puede verte.

Cerró la puerta y echó el cerrojo.

Cuando el niño se fue, Elise se quedó plantada en el porche. ¿Qué acababa de hacer exactamente?

La casa le parecía muy abierta a su alrededor. Como si hubieran arrancado el techo y algo oscuro volara haciendo círculos por encima. Subió las escaleras y se metió entre las paredes. Agarró su libro y lo aferró contra el pecho.

—¿Qué he hecho? —preguntó. Respiró hondo, estremeciéndose. La oscuridad estaba vacía a su alrededor. Tenía los ojos cerrados. Sin nadie en el mundo con quien hablar, le contó a Odín lo que había pasado.

Y, desde la oscuridad, el dios sabio le dijo: «Bueno, estás metida en un lío».

Había cometido un error. Otro error.

Pero hasta él había cometido errores anteriormente, ¿verdad?

—Muchos —resonó la voz del viejo dios con tristeza a través del espacio vacío de las paredes—. Todavía cometo errores a menudo.

Pero, de un soberano a otro, Odín le deseó la mejor de las suertes.

Elise se quedó quieta entre las paredes durante un rato. Se recompuso. Entonces salió.

Tenía que hacerlo.

Fue al armario de la ropa y sacó una escoba. El niño había dejado huellas grises por todo el suelo.

—Bien. Buena suerte también con eso —agregó Odín.

MÁS TRABAJO

—¡Pero el garaje está bien como está! —protestó Marshall—. De todos modos, ni siquiera lo usamos.

—Ese es el problema —repuso su padre.

Cuando la familia de Eddie se había mudado a la casa nueva, el pequeño garaje ya estaba medio lleno con maderas y cartones que había dejado la familia que había vivido allí antes que ellos. Como los Mason se estaban trasladando a una casa mucho más grande que la que tenían en Northshore, Eddie recordaba las palabras que se repetían sus padres cuando estaban haciendo las maletas y revisando la gran colección de juguetes y ropa de los niños de cuando eran pequeños, un cortacésped que necesitaba reparación y los enormes kayaks que la familia llevaba años sin usar.

«Hay mucho espacio en la casa nueva. Ya clasificaremos todo allí», decían.

La casa había engullido sus objetos con bastante facilidad, pero el resultado eran espacios caóticos en el desván y sobre todo en el garaje, donde se apilaban bolsas de basura blancas y negras llenas de ropa y viejo equipaje deportivo encima de cosas necesarias como alargadores, herramientas y productos de limpieza. Había bicicletas con las cadenas oxidadas encajadas detrás del banco de su padre, cajas de cartón llenas de una variedad de cosas ya olvidadas y perdidas que habían sido reemplazadas. Los padres de Marshall le habían encargado que lo limpiara.

—Voy a pasarme todas las vacaciones de verano trabajando en vuestros proyectos, ¿verdad? —preguntó Marshall dejando caer su mochila en el vestíbulo cuando llegaron a casa de la escuela.

Su padre comprobó el correo.

—Tal vez tendrías que haber pensado en eso antes de haber dejado tu trabajo.

Aquella noche Eddie se sentó en el sofá de la biblioteca con un libro, escuchando todo el tiempo, a unas habitaciones de distancia, a Marshall arrastrando cajas, maldiciendo y dando patadas. Arriba, su padre estaba trabajando en su despacho mientras su madre pasaba la mopa por los suelos de parqué. Incluso desde la biblioteca, Eddie podía oler el friegasuelos con aroma a limón. Un tábano, que probablemente se había colado por la puerta abierta del garaje, voló en espiral sobre él y tarareó incansablemente.

Eddie intentó golpear al insecto con la parte trasera del libro cada vez que atravesaba la luz de la lámpara de pie, pero en cuanto se levantó, el insecto se perdió de vista. Su zumbido lo distraía de un libro al que ya le costaba prestarle atención, un libro denso e histórico de su abuela sobre la guerra hispano-estadounidense, escrito para adultos y cuya lectura había pospuesto durante meses. La solución más fácil era subir, soportar el olor a friegasuelos del pasillo y leer en su dormitorio. Pero, desde su cumpleaños, no disfrutaba de su habitación.

Al otro lado de la casa, Marshall no era más productivo. Llevaba trabajando más de una hora, pero antes de eso, había pasado todo el tiempo que había podido en su habitación, retrasando el trabajo. No había empezado hasta que su padre había llamado a su puerta exigiéndole que moviera el culo y se pusiera manos a la obra. E incluso desde entonces, Marshall había entrado varias veces por la puerta de la cocina preguntando si tenían que quedarse con un Frisbee roto, un paquete de cacahuetes o un cubo para la ropa sucia. Se quedaba un rato dentro cada vez y encendía la televisión unos minutos. Se quejaba diciendo que si sus padres hubieran contratado a alguien para que trabajara en la habitación de invitados, no hubiera tenido que hacerlo todo él solo. Fue a la biblioteca a decirle a Eddie que era ridículo que el hermano pequeño no tuviera que ayudar también en el garaje.

—Tampoco es que tú tengas un trabajo.

Sobre la hora de la cena, Marshall volvió a subir hasta la mitad de las escaleras para llamar a su padres.

—¿Qué cenamos esta noche?

—Algo que haya en la despensa para ti y para tu hermano —respondió su madre alzando la voz—. Puede que todavía queden algunas sobras del restaurante en la nevera.

—¿De Brennan's? Ya sabes que no queda nada.

—Marshall, cuidadito con tus palabras —replicó ella—. Me he pasado toda la tarde limpiando la suciedad que los dos habéis esparcido por toda la casa. Ve a buscar algo, ¿vale?

Marshall bajó las escaleras, atravesó la biblioteca con sus vaqueros negros anchos y el pequeño cinturón, y se paró al lado de Eddie mientras este leía. Agarró el libro por ambos lados y lo cerró.

—Hora de cenar —le dijo.

PEQUEÑAS SEÑALES

Eddie se sentó a la mesa de la cocina y observó a su hermano rebuscando en la despensa. Marshall levantó una bolsa de alubias carillas, leyó el dorso y la dejó caer en el estante. Hizo lo mismo con una lata de maíz y de nuevo con una de judías verdes. El metal de las latas golpeaba la madera y Eddie hacía una mueca cada vez.

—Aquí no hay nada —dijo Marshall—. No hay nada para cenar.

—No tengo mucha hambre —comentó Eddie. Parte del motivo era que Marshall se había dejado la puerta del garaje abierta y el olor a serrín y a moho había empezado a revolverle el estómago. La otra parte era que, si podía elegir, prefería no comer antes que estar cerca de Marshall.

—Que sí, gilipollas —contestó Marshall—. Que tú no comas y yo sí no me hará quedar muy bien delante de papá y mamá. No seas tonto. Pero, de verdad, ¿qué se supone que tenemos que comer? ¿Cereales? Hasta esas cajas están casi vacías. —Marshall salió de la despensa y agitó la caja de cereales con pasas—. No me había dado cuenta de que alguno de nosotros comiera esta mierda.

Eddie posó la mirada en la vidriera que había sobre la rejilla de ventilación de los fogones, la que ahora solo llevaba a la parte más oscura de las paredes.

—¿Te comes esta porquería?

—No.

—¿De verdad? —Marshall abrió la caja de cereales con pasas y miró en su interior. Cerró la tapa y la arrojó al estante superior, donde cayó de lado. Luego observó a Eddie, que tenía los labios fruncidos.

—¿Por qué me miras así? —preguntó Eddie.

Recientemente, Marshall había empezado a fijarse en Eddie de vez en cuando como si fuera cualquier otro chico, no su hermano. Como si Marshall estuviera pensando qué hacer con él. Esa mirada hacía que Eddie se sintiera como un desconocido. Podía estar sentado al lado de Marshall en el sofá durante hora y media, viendo la tele, y, si se giraba para ver su expresión, sabía que podía acabar con uno de los cojines de su madre en la cara.

Marshall se enderezó. Fue hacia la nevera y la abrió. Inclinó la cabeza hacia atrás y miró dentro con la parte inferior de sus ojos.

—Hum. —Cerró la nevera—. Bueno, pues alguien sí. —Marshall se movió por la encimera de la cocina sin dejar de mirar a Eddie.

Eddie se sintió aliviado cuando su hermano se dio la vuelta y salió de la habitación. Pero cuando dejó de oír a Marshall arrastrando los pies y volviendo a subir las escaleras, el vacío de la cocina aumentó a su alrededor. Eddie estaba solo en la planta baja. La vidriera que daba a las paredes captaba la luz de la lámpara del techo, por lo que la flor de lis pintada se iluminaba como si al otro lado brillara una vela. La tetera de porcelana con forma de gallo que había en la parte superior de la vitrina de la vajilla hizo un salvaje contacto visual con sus ojos saltones.

Ahora hasta la tetera lo afectaba. Eddie se frotó los huesos de debajo de los ojos y luego las sienes. No había nada escuchándolo en la casa. Eran imaginaciones suyas. ¿Por qué no podía quitarse esa sensación de encima?

Eddie se levantó y cerró la puerta del garaje. Fue hasta el umbral que separaba la cocina de la sala de estar y luego pasó por el pie de las escaleras. Su hermano estaba discutiendo con sus padres. Eddie se apoyó contra el reloj antiguo, oyó su constante tictac y observó el movimiento del péndulo. El tábano empezó a zumbar en otra habitación.

Desde la planta de arriba le llegó la voz de su madre.

—¡Iré a comprar pronto, Marshall!

—Mamá, no estoy diciendo que...

—Entonces no te sigo —contestó ella—. Oye, por favor, estás justo encima del montón de suciedad que acabo de barrer.

—Vale, da lo mismo. Bueno, lo que intento decir...

—¡Marshall!

Eddie se imaginó a su padre abriendo la puerta del despacho, todavía encorvado en su silla con ruedas, asomado al pasillo.

—¿Tenemos que escuchar otra vez lo de tus malditos Pop-Tarts?

—Papá, no estoy hablando de...

—Marshall —interrumpió su padre—. Por el amor de Dios, ¿puedes parar? Esto no es *Tom y Jerry*. Puedes tomarte un descanso y dejar de ser tan infantil. Esta noche, como estamos ocupados, ¿puedes pensar y comportarte como un niño normal?

La madre de Eddie dijo algo demasiado bajito como para que él pudiera escucharlo. Probablemente se estaría dirigiendo a su padre, diciéndole que se calmara. Pero cuando Marshall habló, Eddie pudo oírlo perfectamente.

—Papá, puedes irte a la mierda.

Marshall bajó ruidosamente las escaleras mientras su padre lo llamaba y se detuvo al llegar abajo respirando pesadamente por la nariz con el rostro enrojecido y haciendo pucheros con el labio inferior. Eddie se apartó de él por el otro lado del reloj, dejándole espacio para que pasara.

Marshall lo miró. Cuando habló, lo hizo con voz tranquila.

—Estás en esta casa. Estás aquí. ¿Y papá me llama «crío» a mí? ¿Me llama «rarito»? —Levantó la mirada hacia el techo, apretando los puños—. ¿Sabes qué? —continuó Marshall—. No necesito esto. Que lo jodan a este puto lugar. Que la jodan a esta familia.

BRODY

Ese era su acuerdo: Brody podía volver ese día, siempre que no le dijera a nadie que se habían visto. Elise no le había dicho nada más. Cuando él le había preguntado cuál era su habitación, ella le había respondido que prefería dormir en el sofá. Afortunadamente, para un niño como Brody, pareció que era suficiente.

Esa mañana, en la puerta trasera, Brody llegó treinta minutos antes y llamó a la ventana, dejando manchas en el cristal. Elise señaló un reloj imaginario en su muñeca, se agarró dos mechones de pelo y simuló que se los arrancaba. Abrió la puerta, pero mantuvo la mosquitera cerrada mientras apuntaba a los pies del niño, que seguían descalzos y cubiertos de barro.

—Si quieres que esto pase, no será así —le dijo.

Elise limpió la ventana y lo mandó dos veces a la manguera que había al lado de la casa para que se lavara los pies. La segunda vez le pidió que aumentara la presión (la preocupación se reflejó en el rostro de Brody), hasta que finalmente tuvo los talones, los empeines y las plantas limpios y la piel rosada por la fuerza del chorro. Le lanzó una toalla y, mientras él se secaba, hizo que respondiera a unas preguntas que había pensado durante la larga noche anterior.

—¿Con quién hablaste anoche? ¿Le has hablado a alguien de mí? ¿Quién sabe dónde estuviste ayer y dónde estás ahora?

—No.

—¿No a qué?

—¿A todo? No se lo he dicho a nadie. Mi tía está trabajando, así que he venido.

—¿Por qué no estás en la escuela?

—Me educan en casa. Mi tía no cree en Halloween. Me sacó de la escuela el año pasado cuando preparamos *cupcakes* con forma de calabaza y decoramos el calendario con murciélagos. ¿Vas a dejarme entrar?

—¿No le has hablado a nadie de mí?

—No.

—¿Eres un espía?

—Sí.

Ella lo consideró. Probablemente, esa fuera la respuesta más segura.

—Puedes pasar.

Cuando estuvo dentro, Elise se dio cuenta del poco control que tenía realmente sobre el niño. Era como conducir a una cabra montesa solo con sus palmas desnudas. Brody se paseó por las habitaciones, abrió armarios y cajones, masticó hielo del congelador e insistió en ver cuán rápido iban los ventiladores del techo. Encendía la televisión, subía el volumen y salía disparado a otra habitación, todavía escuchando los programas. Ella podía hacer sugerencias y ponerse firme cuando Brody quería pasarse de la raya (deslizándose por las barandillas o jugando a «el suelo es lava»), pero, más que nada, se sentía como una niñera tras un niño pequeño.

Elise no podía mantenerlo alejado de los dormitorios. Él se abalanzó sobre la cama de los padres y rodó sobre las sábanas. Los pósters de *death metal* de Marshall lo fascinaron.

—¡Malo! —Elise lo sobresaltó en la habitación de Eddie—. ¡Está todo abierto!

Aunque Elise le tiró de la parte de atrás del cuello de la camiseta, él saltó entre las habitaciones de los niños tropezando con la ropa sucia que había en el suelo.

—¿Hay videojuegos aquí? —preguntó pasando los dedos por el teclado del ordenador de Marshall.

Brody lo tocó todo.

Así se acabaría. No había modo de que pudiera limpiar todo eso. Había entrado en todas las habitaciones, había movido muchas cosas. ¿Cómo podría recolocarlo todo? El día anterior, apenas había podido con todas sus huellas.

—Mi primo tiene *Duck Hunters* y *Alien Invaders*. Jugué la última vez que fui; él vive en Calmette, al otro lado del río junto a las grandes refinerías de petróleo. ¿Cómo encendemos el ordenador para ver lo que tiene?

—No lo encendemos.

Elise se mostró firme en eso. De ningún modo le permitiría tocar esa máquina incomprensible con sus extraños timbres y sonidos. Se imaginó que tendría que arreglar lo que fuera que quisiera hacer Brody y se quedaría atascada porque no tenía ni idea de cómo hacerlo. Pensó en Marshall, en las afiladas puntas de sus omóplatos sobresaliendo por la parte de atrás de su camiseta como alas de un dragón. En sus enormes nudillos. Era fácil imaginárselo volviendo a casa, descubriendo que había algo más, y que, enfadado, acabara dando un puñetazo a la pared.

—Tienes que irte ya.

—Pero me habías dicho que podía quedarme hasta que ululara el búho del reloj de abajo.

—Te vas ya.

—Puedo irme cuando quiera.

—No, no puedes. Vete.

Había algo salvaje e inamovible en los ojos de Elise. Lo supo por el modo en el que Brody la miraba. El niño se dio la vuelta en la habitación, resignado a su destino. Hundió la cabeza mientras ella lo acompañaba afuera.

LA VIDA Y LO QUE FALTA

Pero al día siguiente Elise lo vio a través de la habitación de invitados, caminando por el dique con su extraño cabello en forma de tazón que reflejaba la luz. Llevaba una bolsa de Doritos y el juego de mesa *Life* debajo del brazo.

Elise abrió la ventana y lo llamó:

—¡Eh! ¡Oye! ¡Ven aquí!

Después de dar la vuelta y, de nuevo, lavarse los pies con la manguera, hizo una mueca con la barbilla pegada al cuello, todavía enfurruñado por lo del día anterior.

—No me has dicho tu nombre.

Con la boca llena de los Doritos de Brody, Elise le dijo:

—No es asunto tuyo.

Cuanto menos supiera, mejor. La voz que la regañaba en su cabeza tenía razón en eso, aunque Elise ignoraba sus fuertes protestas sobre dejarlo pasar en ese momento. Se había desgastado la tarde anterior, escuchando las rutinas de los Mason debajo de ella, esperando que finalmente se acostaran, sabiendo que al día siguiente oiría el mismo silencio absoluto en la casa, las mismas rutinas por la tarde, y que la mayoría de los días serían idénticos, hora a hora, semana a semana.

Elise hizo que Brody vertiera el contenido del juego de mesa *Life* sobre la mesa del comedor. Entonces descubrió que faltaba la mayoría de las piezas, incluido el último billete del juego de colores brillantes. Y aunque lo hubieran tenido todo, jugar era imposible porque habían dejado el tablero mucho tiempo al sol y gran parte del texto se había blanqueado hasta volverse ilegible. Elise miró a Brody con los ojos entornados esperando que se justificara, pero el niño solo se encogió de hombros como si estuviera tan sorprendido como ella.

—¿Quieres investigar tu casa? —propuso Brody.

—Creía que querías jugar a un juego de mesa.

—Tienes una casa muy buena.

—Ya sé cómo es.

—Vale, pues yo voy a investigar.

—Ni hablar —espetó ella—. Vas a mover cosas, cambiar otras cosas y encender otras. Ayer lo dejaste todo hecho un desastre, ¿lo sabías? Por todas partes. Y no estuviste tanto tiempo. Me llevó una eternidad arreglarlo.

Brody gimió.

—¿Por qué siempre estás arreglando cosas? Siempre lo mueves todo donde estaba y limpias enseguida. ¿Te dicen tus padres que tienes que hacerlo?

Elise no estaba segura de qué responder.

—Ni siquiera mi tío es tan exigente con la limpieza. —Brody estiró el cuello para ver el candelabro que había sobre ellos y giró su silla para mirar por encima del antiguo armario de la vajilla—. ¿A ti también te educan en casa?

—No —contestó ella—. Bueno, sí. Más o menos. Es solo que ya no voy.

—¿Y qué pasa con tus hermanos? —preguntó Brody.

—No son mis hermanos. —No tendría que haber dicho eso, pero la idea de mentir le pareció agotadora, tanto como su modo de ocultarse.

—Ah —murmuró Brody. Miró los cuadros que colgaban en las paredes—. Me lo había planteado. Tienes un aspecto raro. Tienes el pelo despeinado y sucio. Pareces recién salida del suelo. Me preguntaba cómo te permitían ir así.

Elise se acarició suavemente el pelo. No creía que lo tuviera tan mal.

—¿Estás castigada? ¿Por eso estás siempre sola?

—No. —Por alguna razón, esa pregunta le dolió—. No. Estoy aquí porque quiero estar aquí. Nadie me dice qué hacer. Nadie más lo sabe.

¿Qué estaba haciendo?

—¿De verdad? —inquirió Brody. Abrió mucho los ojos y se recostó en su silla—. ¿Tú también te cuelas en casas?

—¿Qué? —exclamó ella—. No. —Lo miró con los ojos entrecerrados—. ¿Eso es lo que haces todo el día?

—¿Te has colado en alguna otra casa de por aquí? ¿Vives en otra casa cuando no estás aquí? —Volvió la cabeza hacia un lado—. ¿En cuál?

—No. Esta es mi casa —repuso ella—. Vivo aquí. Un momento, ¿en cuántas casas te estás colando tú?

Brody no respondió. La miró fijamente con la boca abierta y las cejas arqueadas en una expresión de fascinación infantil.

Una parte de ella le suplicó que no se hiciera eso a sí misma, pero Elise la ignoró rindiéndose al impulso, al intenso calor que sentía al tener unos ojos llenos de entusiasmo puestos en ella. Alguien que quería saber más, que se preocupaba por saber más acerca de ella. Oculta durante meses y meses, cuando parte de la sensación de estar viva es que alguien te mire, que reaccione ante ti.

—¿Te lo enseño?

REVELANDO UNA CASA

Elise lo llevó al desván, a su rincón debajo del suelo de madera contrachapada, y le mostró los objetos esparcidos entre las vigas transversales donde dormía. Observó su rostro para ver cómo respondía.

—¡No puede ser! —exclamó Brody—. No es posible que duermas ahí. ¿Es aquí donde vives? ¿Lo sabe alguien más? —A continuación, tras entrar con incredulidad en ese espacio, agregó—: ¿Estas son tus cosas? ¡Es basura!

—No es basura.

Brody levantó un rollo de papel higiénico que ella pensaba usar como pañuelos. Lo dejó caer y tomó una bolsa de plástico llena de migas.

—¡Es basura!

Sin embargo, la opinión de Brody cambió cuando ella le enseñó la grieta, la estrecha boca que conducía al espacio que quedaba entre las paredes de la casa. El aire fresco que venía desde abajo les acarició las caras y el niño retrocedió dos pasos. Su curiosidad luchaba contra su autopreservación mientras se inclinaba con temor.

—Está cerca de donde duermes —comentó—. ¿No te preocupa caerte?

—Mira esto.

Elise se arrodilló y se hundió en la oscura boca. Sus pies, guiados por la experiencia, encajaron en grietas de la pared que el niño tan solo podía imaginar. Sus extremidades trabajaron y desapareció de la vista. Sintió una sombra acechando sobre su rostro mientras se alejaba del foco del desván, creciendo hasta que vio el rostro de Brody, pálido como la luna, haciendo una mueca sobre ella. Brody se fue encogiendo de tamaño hasta que, finalmente, Elise giró y él desapareció.

—¿Estás bien? —preguntó él desde arriba. Su voz rebotó por las costillas de la casa y sonó con contundencia—. ¿Me oyes?

Rodeando a Elise, había silencio. Una tubería de agua caliente a la que estaba agarrada y el susurro del aire a través del conducto del aire acondicionado no muy lejos de ella. Sintió los latidos de su corazón en las muñecas.

Esa vocecilla suya le suplicó: *¿Qué has hecho? Lo has echado todo por la borda. Tu casa. La casa de tu madre y de tu padre. Por un desconocido. Los has arruinado. ¿Por qué?*

Cuanto más le dijera al chico, más difícil sería para ella aferrarse a lo que tenía. Cuanto más revelara, menos segura estaría la niña de las paredes. Sería menos. Con Brody allí, su impulso de esconderse y escabullirse no la había abandonado. Cada vez que giraba una esquina a otra habitación, tenía la tentación de retroceder. En cualquier momento, podría haberse ocultado y haberlo dejado allí para que anduviera a tientas por la enorme casa, llamándola. Lo único que tenía que hacer era abandonarlo en esa casa grande, oscura y vacía. Para él, sería como si hubiera estado hablando con un fantasma.

Ahora Elise estaba en las profundidades de las paredes. Todavía podía olvidarse de él. Cerraría los ojos y el mundo se resetearía a la mañana siguiente. Pero la niña lo había intentado la primera noche, después de volver a su casa, cuando había dormido sobre una pila de extraña ropa veraniega en su viejo y frío desván. Y no había funcionado.

Brody había visto su casa, había visto los espacios en los que se refugiaba. Había visto sus cosas, sus pertenencias y las de sus padres, metidas en un rincón debajo de la madera contrachapada. Ya no podía esconderse. Al menos, no de él.

Métete en una esquina.

Tenía que hacerlo.

Así que, a través de la oscuridad, le gritó tan fuerte como pudo:

—¡Oye, Brody! ¡Me llamo Elise!

QUIÉN ERA

Estaba medio muerta y no muerta. Estaba perdida y se negaba a perderse. No iba con el mundo mientras este avanzaba, sino que ella era la estela.

La niña de las paredes era una niña entre las habitaciones de una casa (de esa casa) y ahora era una araña que temía las pisadas, el viento y las ramas que caían en una telaraña rota.

La niña de las paredes era una niña que no entendía cuándo sería lo bastante mayor para decir: «He perdido a mi madre y a mi padre y no volveré a verlos nunca». No entendía cómo podía crecer para llegar a ser esa mujer.

En las paredes nunca cambia nada. Había polvo, que era la piel de sus padres descompuesta, anteriormente cálida, pero ahora fría e infinita. Esta niña vivía entre las paredes porque no había ningún otro lugar que todavía los contuviera.

La niña de las paredes quería vivir, pero tenía que andarse con cuidado, ya que cada día era un paso a través de una caída mortal; las ramas se doblaban bajo sus pies, amenazando con romperse. Tenía que andarse con cuidado o los perdería.

Antes de que Brody se marchara esa tarde, Elise le contó todo eso con muchas palabras. Lo condujo por la casa y le mostró todos y cada uno de los lugares en los que se ocultaba.

Elise reveló sus escondites, entregándose a él. Así, le dijo quién era, en quién se había convertido. Y lo dijo tanto para él como para ella misma.

COSAS OCULTAS

Cuando terminó, Brody cerró los ojos. Asintió con dos movimientos secos de la barbilla. Durante el resto de la mañana estuvo registrando la casa con ella. Con cuidado, moviendo los objetos con cautela, levantando los cojines del sofá, mirando debajo de las cómodas y las partes traseras de los armarios, la ayudó a buscar por toda la casa cosas que se hubieran perdido. Al cabo de un rato, fue Brody el primero que encontró algo. Cuatro ojos ven más que dos.

En una de las rejillas de ventilación del suelo de la biblioteca, con la rejilla de metal levantada y colocada a un lado, el conducto de aire era un compartimento que parecía un pequeño cofre. Encontró un marcapáginas de cuero azul deshilachado por los bordes, lleno de polvo por haber estado en la rejilla de ventilación, que (como Elise bien recordaba) era de su padre. Brody se lo entregó y Elise lo estrechó como si fuera una mano viva.

—No recuerdo a mis padres —le dijo Brody—. Pero sé que me gusta tener cosas que fueron de ellos.

Elise se lo guardó en el bolsillo de los vaqueros. Dejó la mano allí, en contacto con el marcapáginas.

COSAS TRAÍDAS

Suministros, o al menos así era como él se refería a las cosas nuevas que le llevaba cada vez que iba, metidas en una sucia bolsa de tela azul que se colocaba sobre el hombro.

Le llevó cuentas del Mardi Gras, un oso de peluche pequeño y una bolsa de la compra llena de piedras que había recogido a la orilla del dique. Le llevó juegos: *Jewels in the Attic* y el ajedrez, hojas mojadas y secas y un cono de magnolia lleno de suaves semillas rojas. Le llevó una vieja pistola de agua en miniatura hecha de plástico quebradizo por el calor y un bote medio vacío de espray de serpentina que ella no le permitió rociar ni siquiera en el patio.

Le llevó cosas útiles: Listerine, servilletas y desodorante para chicas. Le llevó cosas que ella no usaría para nada, como gafas de sol, un volante de bádminton, un juego de llaves oxidadas y un timbre de bicicleta. Cosas inútiles que le dijo que se llevara al acabar cada mañana. Al final del día, Brody se olvidaba de llevarse algunas cosas. Y, a veces, después de tenerlas a su lado en su rincón toda la noche, cambiaba de opinión y decidía que quería quedárselas. Cosas como un cronómetro antiguo, un bote de esmalte de uñas azul brillante y un cactus en miniatura que colocó en una zona iluminada por el tragaluz del desván, camuflado dentro de una gran corona navideña.

Le llevó comida: latas de alubias y melocotones, un paquete de galletitas saladas, un par de mandarinas frescas de un árbol, con la piel todavía manchada de moho negro. Le llevó cereales, pero, por mucho que se quejó, no le trajo de los buenos. (¿Por qué narices iba a querer más cereales con pasas?). También le llevó comida inútil.

—¿Qué se supone que debo hacer con una mezcla para bizcocho, Brody?

—¿Un bizcocho?

—No puedo hornear un bizcocho.

—Bueno, de todos modos, tampoco quiero un bizcocho.

Algunas cosas de las que le llevó estaban muy bien. Eran cosas caras. Como una Game Boy con un cartucho del *Mortal Kombat II*.

—Por si te aburres —le dijo.

—¿Es tuya? —preguntó Elise—. Es muy vieja. —La encendió y una pequeña luz en el borde de la pantalla se iluminó de un verde brillante. Un relámpago destelló sobre la cabeza de un dragón plateado—. Guau.

—Ya me lo he pasado —comentó Brody—. Ten cuidado con el ninja que sale casi al final, escupe veneno.

—Gracias —respondió Elise, como le decía cada vez y cada día que llegaba a su casa. Ese extraño hormigueo en la nuca y en el cuero cabelludo, la sensación que tenía cuando alguien hacía algo solo por ella. Hacía mucho tiempo que no lo sentía.

Pero cuando se acababan las mañanas, tras haber limpiado la casa juntos asegurándose de que todo estuviera como lo habían dejado los Mason, todavía quedaban señales de él allí. Eran señales pequeñas que en su mayoría desparecían cuando volvían los Mason, o pasaban inadvertidas durante días. Huellas por el patio. Un pequeño charco al lado de la manguera. Huellas dactilares en el pomo de la puerta. Elise y Brody podían pasarse el día entero sin hacer nada, sentados frente al televisor desde los estorninos hasta los cardenales, y aun así habría señales.

No ayudaba nada el hecho de que él fuera tan curioso. Cuando Elise lo dejaba solo, rebuscaba por las cajas de almacenamiento y los cajones de los escritorios. Esa casa era mucho más grande que la suya. Tenía muchos rincones, habitaciones, alcobas, grietas y armarios que explorar. Contenía muchos objetos diferentes, objetos que él nunca había tenido y otros secretos escondidos en el fondo de un cajón de escritorio.

Si la niña de las paredes quería sobrevivir, ese tipo de cosas no podían durar. Esas amistades.

Los que viven en las paredes deben adaptarse, y retorcerse en su hogar estirándose hasta ser tan delgados como el aire. No todos pueden hacer lo que ellos hacen.

Otros podían intentarlo, pero tarde o temprano no podrían evitarlo. En la casa quedarían señales de su presencia.

Con el tiempo, todo aquello que se esconde acaba siendo encontrado.

VOLVIENDO A CASA

Algo no va bien.

Se supone que esto no tiene que estar aquí.

A veces se ignora el cambio, se olvida con la misma rapidez con la que lo nota. Encontrar un tapete movido en la pequeña mesa del pasillo no es un cambio tan grande como para que una madre o un padre no lo recoloquen inconscientemente en su sitio y sigan adelante. Pero otros cambios son evidentes. Para él, lo primero fue ver que el mando de la televisión se había movido. No estaba en la mesa de café delante del sofá, donde su padre insistía en que lo guardaran.

Marshall miró un momento por encima de la mesa. Estaba perplejo. Víctima de una pequeña traición. Se rindió y fue a apretar el botón de encendido del lateral de la televisión.

Los botones negros estaban metidos por detrás del marco del aparato. Marshall curvó los dedos y buscó a tientas. Los probó apretándolos todos hasta encontrar el correcto, pero, antes de dar con él, con la mano junto al lateral de la tele, notó que el aparato estaba caliente, caliente como algo encendido, como si hubiera estado todo el día en marcha.

Marshall encendió la televisión. Bajó el volumen. Apagó la televisión.

EN EL TEJADO

Se sentaron en el tejado a altas horas de la noche y observaron las nubes. Cuando Brody iba, siempre era entre semana en las horas seguras y los domingos mientras los Mason estaban en la iglesia. Las noches siempre habían estado fuera de los límites, ya que los Mason estaban en casa. Pero esa noche era diferente. El día anterior, el señor Nick había estado limpiando los canalones y había olvidado entrar la escalera, dejando una ruta perfecta para que alguien subiera hasta el tejado desde el exterior. Ya era pasada la medianoche, pero nadie echaría de menos a Brody en su casa: su tía tenía el turno de noche en la farmacia y su tío, cuando volvía a casa, si era que volvía, no se molestaba en ir a verlo.

Allí arriba, se rociaron con repelente para insectos. Cuando notaron el amargo sabor en la boca, escupieron por el lado del techo. Era un sufrimiento innecesario, las noches de verano pertenecían a los insectos. No habían pasado ni dos semanas desde que el señor Nick había cortado el césped por última vez y ya estaba lleno de insectos. Polillas, mosquitos, grillos, saltamontes negros con los ojos fracturados en montones de ojos más pequeños, miles en total, observándolos en la oscuridad. Elise y Brody se rociaron hasta que apestaron a químicos, pero al menos no tendrían que estar dándose manotazos cuando les picaran. Elise solo esperaba que el olor no fuera tan fuerte como para que los Mason lo notaran después en ella.

Brody picoteó de un paquete de cacahuetes y señaló hacia las estrellas, mostrándole las constelaciones que conocía.

—¿Ves esa estrella brillante y la gran caja que la rodea? ¿Y la cola que sale por detrás, que va justo hasta debajo de la luna?

—Creo que sí —dijo ella—. Sí, la veo.

—Es Godzilla.

Las tejas debajo de ellos seguían irradiando calor del fuerte sol de la tarde. Su textura era áspera, como un papel de lija más granulado, pero permanecer quietos evitaba que les rozaran demasiado y no parecía más áspera que la goma de un parque infantil. Elise estaba fuera, pero la casa se mantuvo firme debajo de ella, la sostenía y la sujetaba. Seguía allí. Un búho ululó desde algún lugar cerca de ellos y cuando las luces de un coche iluminaron el patio delantero, Elise distinguió un grupo de plumas en la rama de un roble.

Miró hacia el cielo y le dijo a Brody cuáles conocía ella.

—¿Ves ese rectángulo grande que parece como si tuviera las esquinas estiradas? Es Orión. Fue un gran cazador en la antigüedad. Allí puedes ver su arco. Y su cinturón con su cuchillo. Era tranquilo y paciente. Podía esconderse durante días y días boca abajo en un campo, como el de allí, en la copa de un árbol o encima de un tejado. Se escondía para poder cazar monstruos. Cazó a tantos que los dioses lo pusieron en el cielo nocturno, para que pudiera pasarse la eternidad esperando en la oscuridad y cazando.

—Me cae bien —comentó Brody—. Me recuerda a mí.

—Yo estaba pensando que se parecía más a mí.

—¿De verdad? —Brody se metió otro puñado de cacahuetes en la boca y se encogió de hombros—. Vale, también me recuerda a ti.

Elise sonrió, estiró las piernas y se recostó en el tejado inclinado, apoyándose en el antebrazo.

—Y ahí está la Osa Mayor. ¿La ves?

—¿Qué tipo de osa es? —preguntó Brody.

—Te la estoy señalando. Mira.

—Sí, pero ¿de qué tipo es?

—Es…

—¿Es una osa monstruosa?

—No. Es un tipo de…

—Seguro que es un monstruo.

—Te digo que no.

—Orión tendría que echarle un ojo a esa osa. —Brody fingió apuntar un arco y una flecha hacia el cielo—. ¡Fiuuuu! —murmuró simulando que soltaba la flecha y ensartaba la constelación.

A su alrededor, los árboles susurraban. Era una noche tranquila y un petrolero navegaba lentamente río abajo. Dentro, los Mason estarían durmiendo en sus camas sin oírlos. Si los oyeran, no sería más que un murmullo, un sonido que podía venir de cualquier parte: de vecinos gritándose a medio kilómetro de distancia o de las llamadas de los tripulantes de los barcos. Elise bien podría haber tenido su propia casa esa noche, sobre el techo. Una casa que compartiría. Mientras le contaba a Brody la historia de Hércules y sus doce trabajos, explicándole todos los monstruos a los que este había matado para convertirse en un hombre mejor, Elise pensó en cuánto le recordaba eso, esa noche, a su hogar.

DENTRO

Eddie estaba despierto en la cama escuchando la casa. Sus oídos se habían vuelto lo bastante sensibles para escuchar el canto de los pájaros en el reloj y los débiles ronquidos de su padre en el pasillo. La habitación de Eddie estaba abierta a su alrededor. Lo único que necesitaba era sentarse y mirar en todas las grietas. Eddie no estaba seguro de cuánto tiempo seguiría así. Ese mismo día, su padre había abierto la puerta para pedirle que le ayudara con algo en el cobertizo. El padre miró la estancia con la boca apretada en una fina línea, pero no dijo nada de lo que había hecho Eddie, y él se planteó por qué su padre no se lo preguntaba. No habría sabido qué decir, pero tal vez la pregunta habría sido de ayuda.

Poco después de acostarse esa noche, Eddie se despertó con las voces de sus padres discutiendo en su habitación. Sus voces sonaban cansadas. No estaban gritando, pero podía reconocer una discusión. A medida que se acercaba el verano, sus padres iban tomando impulso durante las horas del día, agitados, sin dejar de moverse. Los tacones de trabajar de su madre se quedaban en el pasillo delante de la habitación de invitados, desde donde murmuraba mientras seguía trabajando. Su padre iba gritando por toda la casa exigiendo saber quién había movido su cuaderno de calificaciones. Se acercaba la temporada de huracanes y su madre hablaba de la necesidad de vender propiedades. Se acercaba también la escuela de verano, lo que significaba más trabajo del mismo tipo para su padre. El suelo de la habitación de invitados les estaba llevando más tiempo del esperado y todavía tenían planeado pintar las paredes a finales de mes. Tenía mucho sentido que Eddie se despertara con la tensa y cansada ira de sus padres. Cada vez era más difícil imaginarlos en reposo, dormidos.

Eddie se mantuvo despierto escuchando el golpeteo de los dedos de Marshall en el teclado del ordenador y el rugido de su procesador. Pasó otra hora y Eddie quiso salir de la cama, estirarse y caminar junto a la ventana, pero no quería que Marshall volviera a oírlo moviéndose por la noche. Cuando finalmente el hermano mayor apagó el aparato y el tenue rayo de luz de la rendija bajo la puerta desapareció, Eddie se durmió, aunque se despertaba cada tanto mientras la casa se iba acomodando a su alrededor.

Los sonidos se volvieron más confusos cuando lo invadió el sueño. Algo que podrían ser pisadas o un dedo golpeando un vaso de agua. Algo que podría ser una ventana abriéndose o nada en absoluto. Voces. La sensación de que alguien se había agachado delante de la puerta de su dormitorio para ver si su respiración se había ralentizado.

En mitología y en los libros de fantasía que Eddie solía leer, las explicaciones simples nunca servían para describir lo que existía realmente. Un agujerito en la base de un árbol, el rayo de luz de una cueva que podía descender a un mundo totalmente diferente. El suelo sólido que podía partirse bajo los pies de una persona, criaturas que podían salir del musgo e imperios antiguos que podían prosperar debajo de las montañas. Cuando era más pequeño, Eddie se imaginaba que la ciencia solo podía dar explicaciones acerca de una parte de las maquinaciones que sucedían a su alrededor, y que los dioses se alzaban sobre los cúmulos de nubes y debajo de sus pies en el manto fundido de la Tierra, donde había duendes avivando las llamas.

Había renunciado a esos pensamientos. Ahora ya era adolescente, pero por la noche era más difícil de recordar.

Con el final del curso, Eddie sabía que debería ser diferente, del mismo modo en que sus compañeros de clase eran diferentes. Como en su vieja escuela en Northshore, se sentaba en una esquina detrás de la clase. Pasaba la hora del almuerzo en una mesa separada en la cafetería, pegado a la pared junto a las máquinas expendedoras. Pero en su antigua escuela todavía conversaba en el recreo. Sobre todo con niños más tímidos que se sentaban junto al almez mientras sacaban orugas del tronco con hojas. Sin embargo, en esta escuela ya no compartía esa historia con ningún niño de su edad. No más historia común para cruzar el puente entre una persona y otra.

En la escuela a la que iría al día siguiente, parecía que todos sus compañeros habían tenido esa edad toda su vida. Eddie escuchaba las conversaciones antes de entrar a clase, hablaban de sus fines de semana y de los planes que habían hecho. Hablaban como si fueran ya medio adultos. Él no era como ellos. De algún modo, durante los últimos dos años, se había demorado en crecer y había dejado mucho terreno por recorrer.

Eddie se dio la vuelta en la cama y observó cómo el ventilador de techo giraba lentamente sobre él. Siguió un aspa con los ojos durante un rato. Jugueteó con la goma de sus calzoncillos. Metió la mano debajo de ellos, pero simplemente la dejó en el muslo. Podría hacerlo y lo ayudaría a dormir, eso lo había descubierto. Lo tranquilizaba durante bastante tiempo para dormirse, pero aunque se pusiera un cojín en la cama y se colocara de lado para minimizar el movimiento de las sábanas, todavía se sentiría observado. ¿Cómo podría pensar en otra cosa?

Eddie se incorporó y miró por la rendija debajo de la puerta. Marshall tenía razón. Tenía que ser normal. No había nada allí con él. Tenía que deshacerse de esos pensamientos infantiles. Poner punto final al miedo a su imaginación. Empezaba en ese momento, de noche. Cada mañana comenzaba la noche anterior, cuando estaba allí solo en su dormitorio.

Sus viejos libros, los que desaparecían, se los habrían llevado su hermano mayor o sus padres como una señal de que necesitaban que creciera. Una explicación sencilla. No lo había preguntado nunca y no lo haría, pero tenía que ser algo así de simple. Los sonidos que creía oír, las sensaciones que tenía, eran imaginaciones suyas sobre cosas que no existían ni habían existido.

Eran esos pensamientos lo que hacían que fuera raro. Si Eddie hubiera podido detenerlos, habría dejado de ser tan extraño. Era como en los libros: Rumpelstiltskin era extraño, Gollum era extraño. La extrañeza los hacía feos. Hacía que los odiaran. Los mantenía solos.

ASUNTO: He visto tu publicación

Te creo. Te entiendo. Tal vez mejor que nadie.

Sé que nadie escucha. De pequeño me pasó lo mismo. Se lo conté a mis padres y dijeron que me lo había inventado. Se lo conté a los niños de la escuela. Reaccionaron como si me hubiera crecido otra cabeza. Se lo dije incluso a mi sacerdote. Durante mucho tiempo, acabé pensando que era yo. Pero ¿sabes qué? Por aquel entonces, teníamos todas las señales.

Cosas desaparecidas. Ruidos en el desván. Puertas cerradas que por la mañana estaban abiertas. Olores extraños repentinos. Tos en una habitación vacía. Alfombras movidas cuando no había nadie en casa. Con el tiempo, dejé de decirlo. Mamá lloraba. Me preguntaba por qué la asustaba.

Pero ¿por qué iba a inventarme algo así?

Sé lo difícil que es saber. Es horrible y aterrador. Solitario. El saber que están por ahí en una casa como la tuya. Espero que te parezca bien que te haya escrito directamente.

Quería decirte que, con los años, he aprendido a ocuparme de esto. Puedo ayudar, si quieres. Es más seguro hablar con alguien que ya lo sabe. Eres inteligente. Pero, sin ánimo de ofender, también sé que eres demasiado joven.

Lo primero que tienes que saber es que tienes que prestar atención a lo que dices en voz alta. Si están en la casa, puede que estén escuchando. Y si saben que lo sabes, podrías estar en peligro.

Háblame de tu casa. ¿Cuántas habitaciones tiene? Cuenta los armarios por separado. ¿Escaleras? ¿Desván?

¿Sótano? ¿Tienes mascotas? ¿Habitaciones en las que no pasas mucho tiempo? Hazme una lista de los ruidos que oigas. Busca cosas que se hayan movido o que hayan desaparecido. Cuéntame todo lo que notes. Específicamente. Presta atención. Si escuchas, la casa se abre a ti.

No todos escuchan como nosotros. No todo el mundo capta la idea. Tienes que diferenciar a las personas en las que confiar. En las que se puede y en las que no. Cuenta conmigo para el primer grupo.

J. T.

EN LA TELEVISIÓN

Una familia, sonriéndose unos a otros, de barbacoa en una terraza. La imagen duró unos segundos en pantalla antes de que la pareja y sus tres hijos desaparecieran reemplazados por una tormenta. Los árboles del patio se agitaron, la lluvia azotaba la pantalla en diagonal. La voz profunda e incorpórea de un hombre resonó sobre la lluvia y el viento. «Esta es la importancia de la protección de las terrazas».

La cámara pasó a un primer plano de la madera, y mostró cómo las gotas de lluvia azules se rompían, se despezaban y se diseminaban por la fórmula protectora de la terraza. La tormenta no tuvo ninguna oportunidad. Con la lluvia derrotada, el patio volvió a mostrarse brillante y cálido y la familia se reunió alrededor de la parrilla.

Era un anuncio horrible y Elise lo había visto demasiadas veces como para poder llevar la cuenta. Intentaba distraerse mirando a todas las otras partes de la pantalla que se suponía que no tenía que mirar. Por ejemplo, esa vez, justo al final del anuncio, Elise se fijó en el espacio que había detrás de la familia. Más allá de sus vestidos de verano y sus polos de colores brillantes, había un cuenco aún más brillante asomándose entre sus extremidades. Una ensalada de frutas con melón, melón chino, sandía e incluso cerezas.

—Vaya, hombre —murmuró Elise—. Me encantaría tomar algo de fruta.

—¿Tienen algo por aquí? —preguntó Brody.

—No —respondió ella—. Tienen manzanas, pero se darán cuenta si falta alguna. Hace mucho tiempo que no compran uvas.

—Hum… —dijo Brody. Se sentó a su lado en el sofá rascándose los callos de los talones—. Ya sabes que hay sandías en el jardín.

—¿Ya? —inquirió Elise—. No hace tanto que las plantó la señora Laura. ¿Estás seguro? Bueno, de todos modos tampoco podemos llevarnos ninguna. Se pasa allí todas las tardes, lo sabría enseguida.

—¿Y si pensara que se la ha comido un animal? Los he visto entrar en otros patios. Creo que son mapaches.

—Sería demasiado lío. El jugo caería por todas partes. Dejaríamos la mesa pegajosa.

—¿Y por qué no nos la comemos allí?

DESARRAIGO

El mismo aire existe en todos los lugares, la misma luz y la misma sombra. Era algo que tenía que recordar cuando Elise puso el volumen de la televisión al máximo y la dejó encendida cuando salieron de la habitación. Lo había hecho como una especie de preparación. Elise todavía escucharía los gritos de batalla de Xena, la princesa guerrera, incluso cuando abriera la puerta trasera y se quedara en el umbral. El sonido del interior la retenía. Pero salir por primera vez a esas horas de la tarde, en verano, para cualquiera que viviera en el sur de Luisiana, siempre sería embriagador y molesto.

El calor repentino le envolvió el cuerpo como el humo ardiente de un fuego invisible y, al otro lado de la puerta, el rugido de las cigarras se disparó. El sudor empezó a empapar la nuca de Elise mientras bajaba por los escalones de ladrillo del porche trasero. El césped estaba caliente y húmedo por el rocío. Con cada pisada, esperaba que se le clavara una espina en el empeine o que le picara una hormiga roja entre los dedos. Brody abría el camino, pero cuando vio que ella iba detrás, dio media vuelta, la tomó de la mano y tironeó como si Elise fuera un becerro rebelde.

—Ha salido un día brillante, ¿eh? —comentó Elise—. Realmente brillante.

Brody entrecerró los ojos hacia las nubes.

—No tanto.

—Pero hace calor —replicó Elise. Cuando se acercaron a la red del jardín de la señora Laura, que les llegaba a la cintura, agregó—: ¿Está Wanda fuera? ¿Nos ve?

—¿Quién? Espera, ¿por qué me estiras? ¡Para!

—Yo solo...

La casa se cernía detrás de ella, en cierto modo enorme a la vez que diminuta. Le preocupó que la brisa hubiera cerrado la puerta a sus espaldas. Que la puerta estuviera bloqueada. Que se hubieran quedado atrapados en el exterior.

—Necesito comprobar la puerta —informó Elise.

Pero Brody clavó los pies en el suelo y tiró de ella con fuerza, haciendo que se tambaleara.

—Ya has estado fuera anteriormente —le dijo—. ¡En el tejado estuviste bien!

—¡Era diferente! —exclamó. Y lo era. El techo era como otra estancia—. ¡La estaba tocando!

—Escucha —dijo él, agarrándola por los hombros. La soltó y sacó del bolsillo delantero del mono el mazo de goma que había tomado del garaje antes de salir. Se lo tendió como si fuera algo muy valioso—. Te dejaré golpear a ti primero.

Elise bajó la mirada hacia las sandías. Eran dos y estaban justo delante de ella, debajo de las frondosas plantas de alubias y de tomates. Solo tenían el tamaño de un puño. No era de extrañar que no las hubiera visto desde la casa. No estaban ni cerca de madurar.

—Imagínate el mundo entero justo ahí, lo más estúpido de todo delante de tus narices —continuó Brody—. Y luego, ¡lo aplastas!

Elise lo ignoró. Se arrodilló junto a la sandía. Ahí se estaba fresquito con la tierra negra debajo de las rodillas. Se sintió protegida bajo la sombra de las plantas. Su madre tenía su propio jardín plantado junto a la casa, aunque no era tan grande. Sus plantas y sus hierbas eran más pequeñas. Había dejado que Elise trabajara junto a ella cavando hoyos con una pala y regando con un cubo pequeño. Probablemente, Elise era más pequeña de lo que era Brody actualmente y debió haber sido bastante inútil a la hora de ayudar. Pero, esas pocas veces, disfrutaba involucrándose, observando cómo habían crecido las plantas cuando pasaban junto a ellas de camino al coche. La puerta trasera todavía estaba abierta y Elise pudo escuchar el débil murmullo de la televisión desde el patio. No estaba tan lejos. Miró el patio que la rodeaba. No demasiado lejos.

A Elise le temblaron las manos cuando levantó la sandía con toda la rama. Se centró en la fruta. Golpeó sus extremos con las uñas. Era densa, muy pesada para su tamaño.

—No la estás aplastando —dijo Brody.

—Todavía no está lista —repuso ella.

Cuando se llevó la fruta a la cara, todo lo que había detrás empezó a girar haciendo que se mareara. Todo despedía su propio color. Los colores eran muy intensos: el verde amarillento del césped, el pálido azul del cielo. Elise no podría aguantar mucho allí.

Brody se volvió y deambuló por las proximidades del patio. Elise se agachó clavando los dedos de los pies en el suelo para sujetarse con fuerza y observó la trayectoria retorcida de una libélula. Se sacudió un saltamontes de la pierna. Se notaba mareada. Sentía el sol ardiendo sobre su piel, aunque tan solo hacía unos minutos que estaba fuera. Se puso de pie protegiéndose los ojos del sol. Volvió. Brody, resignado, la siguió hasta la casa. Ella cerró la puerta en cuanto el niño entró. En la otra habitación, la televisión seguía funcionando como si no hubiera pasado nada. La casa no había cambiado. La tenue luz que la rodeó fue como darse un chapuzón en agua fría.

Estaban a mediados de mayo. Pasarían semanas hasta que la sandía madurara. Elise se dijo que más adelante volvería a salir.

En unas semanas estaría fuera, con la casa mirándola desde arriba y con la dulce fruta rosada llenándole la boca.

REUNIÓN

Durante la cena, mientras Eddie comía solo en el comedor, Marshall entró con un plato a medio comer y un vaso de leche negra y espesa por la proteína en polvo. Eddie dejó de comer en cuanto Marshall se sentó frente a él y apoyó los cubiertos encima de la mesa, aunque no levantó la mirada del plato.

—¿Marshall? —llamó su madre desde la cocina.

—Estamos bien —respondió él. Ensartó una patata con el tenedor, se la llevó a los labios y la masticó lentamente en una mejilla. Cuando volvió a hablar, lo hizo con voz pastosa por la comida, pero en voz baja—. Mira, sé que te molesta tenerme aquí cuando estas intentando… —Marshall señaló el plato de Eddie con su tenedor, haciendo un movimiento circular—. Pero necesito hablar contigo, así que aguántate.

Eddie mantuvo la cabeza gacha y miró hacia arriba a través de su flequillo. La mañana anterior, de camino a la escuela, Marshall había reclinado su asiento casi hasta el regazo de Eddie, como si él no estuviera allí. Marshall no se sentó recto hasta que su padre le golpeó el muslo con el dorso de la mano.

—Te lo pido —prosiguió Marshall. Dio otro bocado y, para sorpresa de Eddie, sacó una servilleta del bolsillo trasero y se cubrió la boca mientras masticaba. Parecía que todos sus movimientos fueran cohibidos, casi femeninos.

—¿Por qué? —preguntó Eddie.

—Porque necesito hablar contigo de algo muy estúpido.

—¿Estás enfadado? ¿Conmigo?

—No —contestó Marshall. Bajó la servilleta—. Bueno, un poco. Eres más aburrido que una ostra y es una pesadilla vivir contigo… —La sonrisa que había empezado a dibujarse en el rostro de su hermano se disolvió—. Y, claramente, no pillas las bromas. No, Eddie, no estoy enfadado contigo.

—Pareces enfadado.

—Cállate. Por el amor de… No estoy enfadado.

—¿Y qué quieres?

—¡Quiero hablar! —Levantó las manos como si fuera lo más obvio—. Quiero hablar —repitió Marshall y miró hacia la puerta de la sala de estar como si esperara ver allí a sus padres de brazos cruzados.

No estaban allí, no estaban escuchando, pero Eddie deseó que estuvieran.

—¿Alguna vez entras en mi habitación?

Eddie no dijo nada. ¿Por qué le preguntaba eso si no estaba enfadado? Marshall debía estar mintiendo… estaría muy enfadado. La frente del hermano mayor se frunció formando gruesas arrugas. Tenía el rostro pálido y los músculos del delgado cuello muy tensos. Marshall volvió a comprobar la puerta y, cuando se giró para mirar a Eddie a la cara, sus ojos no mostraban nada, eran totalmente inexpresivos.

Eddie negó con la cabeza.

—¿No entras en mi habitación cuando yo no estoy?

—No —dijo Eddie.

Se movió en su silla presionando la columna vertebral contra el respaldo. Tal vez hubiera cruzado alguna vez a la habitación de su hermano cuando eran más pequeños, pero ahora estaba fuera de los límites, como lo había estado todo el tiempo que llevaban viviendo en esa casa. No era su espacio, no le pertenecía, se hubiera sentido observado aun sabiendo que Marshall no estaba. No obstante, se dio cuenta de que todo eso podría acabar con un puñetazo en su brazo o un plato de comida en su regazo.

—¿No comes cosas de la despensa que se supone que son para mí? —insistió Marshall—. ¿Las barritas de granola o los Pop-Tarts que le pedí específicamente a mamá?

—No. —A Eddie nunca le habían gustado esas cosas, las barritas estaban demasiado secas y los Pop-Tarts eran demasiado dulces. Hacían que le doliera el estómago. Pero Marshall se inclinó sobre la mesa, lo suficientemente cerca como para ensartar con su tenedor las judías verdes de Eddie y comérselas directamente del plato—. No —repitió Eddie.

Marshall se dio la vuelta y volvió a mirar hacia la puerta. Exhaló y Eddie notó el aliento de su hermano en el rostro. Marshall se recostó en la silla, hundiéndose. La diferencia de altura entre ellos desapareció.

—Eddie —dijo Marshall—. Te creo. —Marshall cerró los ojos y golpeteó el borde de la mesa con los dedos. Los abrió y miró hacia el techo—. ¿Y si te dijera una estupidez? Es decir, me parece que es una estupidez. Es que… no lo sé. ¿Puedes simplemente decirme esto? Me siento bastante tonto preguntándotelo, pero creo que prefiero decírtelo a ti que a cualquier otra persona, y definitivamente, antes que a mamá y a papá. Evidentemente. Joder, es que estoy seguro de lo que va a decir papá. Y porque ya lo han ignorado antes. Y bueno, me doy cuenta de que estoy siendo aún más confuso hablando con alguien que no entiende la mitad de toda la mierda que sucede a su alrededor, así que… no lo sé.

—¿Qué quieres, Marshall? —Eddie tenía el estómago revuelto desde que Marshall había entrado en la habitación. Quería decirle que acabara con lo que tuviera que decir de una vez por todas. Por favor. Y que luego se marchara.

—Esta es mi pregunta, Eddie: ¿alguna vez has sentido que, aparte de mí, de ti, de papá y de mamá, hay alguien más en casa con nosotros?

Marshall lo miró fijamente sin parpadear. Era una sensación intensa, como si hubiera una cuerda tensándose entre los ojos de ambos. Eddie no recordaba la última vez que Marshall había estado esperando a que él le dijera algo. Pero no quería responder la pregunta que le había planteado su hermano. En cuanto lo hiciera, la habitación se ensancharía a su alrededor. El techo subiría, la puerta se alejaría. Las paredes también podían ser piel humana con sus pelos sensibles retorciéndose.

—Creo que sí —contestó Eddie. Retorció la servilleta con los dedos en su regazo—. Sí, lo he pensado.

Marshall asintió. Con una voz que no fue mucho más que un suspiro, añadió:

—Yo también lo creo.

HERMANOS

quella noche, después de cenar, Marshall llevó a Eddie a su habitación.

—Mira esto —dijo Marshall sentándose en la silla de su escritorio. Encendió el ordenador y le indicó a Eddie que atravesara el pasillo—. Trae una silla del despacho.

Eddie volvió con un puf azul. Lo dejó en el suelo mientras su hermano abría el navegador. Eddie se hundió en el puf, sintiéndose rodeado por su relleno. Se dio cuenta de que la última vez que se había sentado en él había sido en Northshore, años atrás, cuando solía observar a Marshall jugando a Mario en su vieja Nintendo 64. Eddie tenía demasiado miedo para jugar él mismo (miedo a caerse de un precipicio o de que un fantasma se materializara detrás de él), pero observar a su hermano era como ver una película que lo escuchaba, que acataba sus órdenes de pararse, retroceder y mirar algo durante más de tiempo.

Marshall lo miró, confundido.

—Creía que traerías una silla de verdad.

—Me gusta esto —repuso Eddie.

Marshall se levantó y fue a cerrar la puerta de su habitación. Entonces, abrió el armario y entró en el baño para mirar detrás de la cortina de la ducha. Volvió a sentarse como si lo que hubiera hecho no fuera nada extraordinario. Eddie se preguntó cuánto tiempo llevaban los dos haciendo esas comprobaciones.

—Vale, mira lo que he encontrado —dijo Marshall.

Abrió una de las páginas que tenía guardadas en marcadores y se cargó un foro lleno de tiras de fragmentos de textos. Había pequeñas imágenes de avatares a la izquierda de la pantalla, la mayoría con una silueta que se ponía por defecto y con un signo de interrogación en lugar de rasgos faciales.

—Puse una pregunta en este sitio hace unos días sobre algunas de las cosas que he estado notando en casa. Solo describí ciertas cosas. No fue mucho. Pero mira las respuestas. —Marshall bajó hasta el final de la pantalla que mostraba tres páginas completas de publicaciones—. Algunas son de la misma gente varias veces, pero, Eddie, me ha dejado boquiabierto. Estas cosas pasan de verdad.

—¿Pasan?

—La gente nos cree. Algunos, como este de la foto del sabueso, dicen que conocen a gente a la que le ha pasado, tienen enlaces a noticias. Cuando lo publiqué, este tipo empezó a enviarme correos con consejos de verdad. Todos juran que les ha sucedido.

—Tener a alguien…

—Tener a alguien allí escondido en sus casas. A veces durante mucho tiempo. Salen por la noche y asaltan la despensa, se llevan cosas. Viven en casa de personas mayores que no pueden moverse mucho. Ese tipo me envió un artículo sobre una anciana que falleció y nadie lo supo durante mucho tiempo porque, todas las noches, seguían encendiéndose las luces del interior. El correó se acumuló y el césped creció. Y nadie tenía ni idea.

—¿Por qué? —preguntó Eddie—. Quiero decir, ¿por qué empezaste a pensar esto? ¿Qué te llevó a planteártelo?

Marshall giró la barbilla y lo miró con un solo ojo.

—Han sido muchas cosas.

—¿Como qué? ¿Has oído algo? ¿O visto?

—¿Qué te parece esto? —Movió la silla hacia atrás y abrió el cajón del escritorio. Del fondo, de una esquina, sacó un viejo estuche verde. Mientras abría la cremallera, no miró el estuche, sino a Eddie. Del interior, Marshall sacó una navaja doblada con una empuñadura negra de plástico. Era una navaja pequeña, pero cuando la abrió, que fuera curvada, dentada cerca de la base y con una punta larga e inclinada, hizo que pareciera totalmente diferente de los cuchillos de cocina de su madre, aunque la mayoría eran más largos y afilados.

—Mamá me mataría si supiera que tengo estas —afirmó Marshall—. O que las tenía. Había dos. —Marshall estudió la navaja en la palma de la mano, la cerró y se la entregó a Eddie, sosteniéndola entre el índice y el pulgar de un modo que indicaba que debía tener cuidado—. Le compré dos a un chico de la escuela. La otra navaja es más pequeña, pero es del mismo tipo. Del tipo que tendría un sicario de verdad. La navaja se despliega si aprietas el botón. Las tenía a las dos en este cajón, y ayer por la noche saqué el estuche y una había desaparecido. Mamá y papá no se la habrían llevado. No sin antes gritarme y decirme de todo. Y, por supuesto, no se habrían llevado solo una. Y tú ya me has dicho que no has entrado en mi habitación.

—No —confirmó Eddie.

—Bien. —Marshall le quitó la navaja a Eddie—. Están pasando muchas cosas en esta casa. Pero esto es algo que no tiene explicación. —Cerró la navaja y, en lugar de meterla en el cajón, se la guardó en el bolsillo delantero.

Eddie se sintió mareado. Alguien, en su habitación, en la habitación de su hermano, tocando y llevándose sus cosas. Todas esas veces que había notado a alguien (quienquiera que fuera) había habido alguien de verdad en su casa. Todo ese tiempo, él y su familia habían estado en peligro. Resistió el impuso de levantarse y registrar la habitación de Marshall. Notaba un aire maligno.

Marshall se desplazó por las páginas mientras Eddie se miraba las manos.

—Puedes ver que hay todo tipo de personas hablando de ellos —explicó Marshall—. No estoy seguro de si el nuestro entra

y sale o de si está oculto en algún lugar de la casa. Pero creo…
estoy bastante seguro de que es solo uno. Lo llamaremos «eso»
de momento.

«Eso». Ese pronombre no parecía nada preciso en absoluto.
Un «eso» podía ser un ratón en la pared, o un gato al anochecer
merodeando demasiado lejos como para verle los ojos. Un «eso»
era como el clima, como una casa, que te rodea pero es algo separado. Un «eso» no te escucha, no responde a las palabras que dices, no se levanta cuando le dices que se vaya.

—¿Qué crees que quiere? —preguntó Eddie. Los sonidos que
escuchaba, los pasos y los golpes en la pared, los libros desapare-
cidos, la bruja de plástico y la sensación que tenía a veces cuando
estaba solo en su habitación. El día de su cumpleaños… ¿qué había en el espacio para los pies de su escritorio en el armario? Y
después, debajo de su cama, el sonido de algo marchándose. Pero
¿cómo iba a contarle a Marshall algo de eso? ¿Cómo explicarle
que antes no le había parecido peligroso? Que, en cambio, simplemente no sabía lo que le había parecido, que no había pensado
en ello. Que no se había dado cuenta.

¿Cuán estúpido parecería? Cómo iba a decir que, a veces,
cuando le parecía tan real, no había dicho nada porque, sí, la idea
de que hubiera alguien allí, alguien que fuera menos que una
persona completa, como una nube pequeña, había hecho que se
sintiera bien. Le había hecho sentir que, cuando estaba solo, no lo
estaba. Que cuando se sentaba en una alfombra, el suelo se levantaba para recibirlo. Que cuando entraba en una habitación, algo
sin forma le daba la bienvenida en silencio.

¿Y si nada de eso era real? Marshall podría estar gastándole
una broma. Podría ser una prueba para ver si Eddie realmente
seguía siendo un niño asustado. O incluso aunque Marshall lo
creyera de verdad, podría haberse visto arrastrado por su propia
imaginación.

Tras sus primeras noches allí, sus padres les habían dicho que
las casas viejas hacían muchos ruidos. ¿Y si le estaban poniendo

rostro a un reajuste de los travesaños y las paredes? ¿Y si Marshall simplemente había olvidado dónde había escondido la otra navaja? Y aunque hubiera algo allí con ellos, ¿y si aquello de lo que hablaba Marshall era algo totalmente diferente de lo que Eddie había escuchado o había creído escuchar?

—Me han desaparecido algunos libros —informó Eddie—. Unos pocos, de mi habitación. Hace un par de semanas. Es como si alguien se los hubiera llevado.

—¿De verdad?

—A veces también oigo cosas.

—¿Como qué?

—Pasos. No sé si son reales.

—Sí que son reales.

—¿Vamos a decírselo a mamá y a papá?

Marshall entrecerró los ojos hacia la pantalla. Tras unos instantes, negó lentamente con la cabeza.

—No nos creerán —aseguró—. Sinceramente, creo que cuanto más convencidos parezcamos nosotros, menos lo estarán ellos.

—¿Por qué no nos creerán? —A Eddie se le quebró la voz en cuanto dijo esas palabras y una vergüenza repentina se apoderó de él. Quería mencionar la navaja perdida (el miedo de que «eso» les hiciera daño ahora que sabía que lo sabían), pero temía que le temblara la voz y que su conducta lo hiciera ver como un niño pequeño.

—Shh. —Marshall giró en su silla para mirar a su hermano con el labio curvado por la comisura. Los rostros mostraban tantas expresiones que a veces era difícil descifrarlas cuando expresaban demasiadas a la vez, pero a esa Eddie la conocía bien. Asimetría. Solo podía significar vergüenza o desprecio. Se merecía ambas cosas.

—¿Dónde has estado? —exclamó Marshall—. ¿No has prestado atención mientras estabas en ese mundo tuyo? He estado diciéndoles todo esto a papá y a mamá. Llevo un tiempo diciéndoles que algo no va bien, que he oído cosas, que falta comida y, Eddie, cada vez se ríen más. Papá dice que soy un crío. Se comporta como si fuera un rarito. Me tratan... como si fuera tú.

Eddie hizo una mueca.

—¿Y qué? —continuó Marshall—. ¿Debería contarles lo de la navaja? Tendría que decirles dónde la compré y eso no me hará quedar nada bien, Eddie. «Oye, mamá, le compré armas a un tipo mayor en la escuela y ahora creo que hay un desconocido en nuestra casa». De verdad. No quiero que me busquen un terapeuta.

Eddie miró al suelo. Lamentaba haber ido hasta a allí, a la habitación de Marshall. Tendría que haberse limitado a decirle que no en la mesa del comedor, que no había nada, que no había notado nada. Marshall habría acabado dándose por vencido y yéndose. ¿Y lo que había en la casa? Tal vez lo habría oído. Así que no cambiaría nada. Eddie evitaría los ruidos en la oscuridad y no les haría caso.

—Ya sabes que no quería decir eso de ti —añadió Marshall—. Lo de que eres raro. Me refería a que en realidad es parte del motivo por el que estoy hablando contigo. Solo contigo. ¿Por qué? Porque eres raro. Eres la única puta persona que no va a llamarme «friki» por pensar esto. —Eddie levantó la mirada—. Además, estúpido, eres mi hermano. ¿A quién más tengo? Todos mis compañeros de clase son un asco.

Marshall hizo clic con el ratón y cargó otra página del foro. Durante un rato se quedaron los dos así, Marshall leyéndole publicaciones y Eddie sentado detrás de él escuchando los títulos de los artículos enlazados. «Encuentran a un hombre viviendo en el cobertizo de su exnovia». «Hallan restos de intrusos en la casa de un anciano fallecido».

—No crees que la casa esté encantada o algo así, ¿verdad? —preguntó Eddie.

—Por Dios, Eddie —espetó Marshall—. Ya estoy bastante asustado, no metas también a un fantasma.

Eddie sonrió a pesar del miedo. Marshall estaba bromeando. Eso era algo de lo que se podía bromear. Aterrador, pero también ridículo. Y Eddie no era el único que lo sabía.

Su hermano se lo había confiado. Eddie era alguien con quien valía la pena compartir confidencias.

—Esto es lo que vamos a hacer —indicó Marshall—. Vamos a encargarnos nosotros. Miramos por toda la puta casa y, si encontramos pruebas, se las enseñamos a papá y a mamá. Y si vemos algo, somos dos. Nos las apañaremos.

—¿Esos es todo?

—Es todo. Se lo restregaremos a papá y a mamá por delante de las narices. No podrán ayudarnos hasta que no nos crean. Probablemente, no harán más que ponernos trabas. —Marshall sonrió y se inclinó hacia Eddie—. ¿Quién sabe? Después de eso, puede que por fin papá y mamá nos escuchen. Que nos traten con algo de respeto. Puede que no tengamos que pasar todos los findes con sus putos proyectos.

—¿De verdad?

—Bueno, conociéndolos, probablemente no —agregó Marshall—. Pero, bueno, podríamos ser noticia. La gente te miraría de un modo distinto en clase. Sería como todos esos artículos, solo que con un buen final. Descubriremos cómo entra y sale esa persona, dónde se esconde cuando está aquí, y la sacaremos, la dejaremos fuera.

Marshall tenía el rostro justo al lado del suyo. Eddie podía ver su barba irregular sobre las mejillas, la constelación de espinillas sobre sus cejas. Le sonreía a Eddie con el cuello tenso por la emoción.

—¿Podemos hacerlo? —inquirió Eddie—. ¿Estás seguro?

—Sí —contestó Marshall apretándole el bíceps a su hermano—. Joder, claro que podemos.

LA HABITACIÓN DE INVITADOS

Elise estaba tumbada entre las paredes de la habitación de invitados escuchando las cortas pinceladas de la señora Laura contra el zócalo. Había visto el cubo de pintura en el porche trasero la noche anterior con una pequeña mancha de color en la tapa metálica. Marrón. Marrón chocolate. Habían pintado las paredes de color beige y las molduras serían marrones. Con los cristales blancos, la transformación de la habitación en un gran pastelito *s'more* estaría completa. Elise podía imaginarse el rostro de su madre con la boca abierta y horrorizada.

Otra cosa que había sido de sus padres (las paredes de color melocotón y los adornos de perlas) desaparecería. Todavía no había tenido oportunidad de mirar, pero Elise supuso que la nueva capa de pintura también borraría las débiles siluetas de sus caballos junto a la puerta. Elise tenía cinco años cuando las había hecho. Mientras sus padres instalaban el lavavajillas en la planta baja, se había llevado los lápices que usaba en la escuela al zócalo y había dibujado tres caballos tan realistas como había podido. Por supuesto, la habían castigado, la habían enviado a la cama dos (¡dos!) horas antes. Había sido brutal, pero ella sabía dónde se estaba metiendo, aunque solo lo hubiera hecho por puro aburrimiento. Cuando su madre, que casi nunca se enfadaba, los había visto, había inclinado la cabeza y se había mordido el dedo índice para contener las lágrimas. Elise todavía recordaba la vergüenza que había sentido al verla así, esperando que le dijera algo. La niña había deseado al mismo tiempo que la tomara entre sus brazos y alejarse de ella, perderla de vista. La casa parecía grande y destartalada, y su madre, muy cansada.

Pero cuando llegó su padre, este se tiró al suelo, cruzó las piernas y estudió los dibujos. Encontró una solución simple, con un borrador podría hacer desaparecer los animales de grafito. Después de limpiar no quedarían más que unas suaves marcas, como inversiones medio invisibles de los huesos. Por supuesto, como todos los proyectos de esa casa, le llevó más de una semana borrarlos, lo suficiente como para que Elise empezara a preguntarse si tal vez a él le gustaba verlos allí, con sus piernas largas y sus salvajes pestañas.

Sin embargo, incluso esas marcas iban a desaparecer ahora. Normalmente, Elise hubiera estado de mal humor todo el día, afligida por los restos de un recuerdo pintado y borrado. Pero había tenido una buena mañana y esa sensación se aferró a ella como la calidez de una siesta bajo el sol. Esa mañana le había mostrado a Brody cómo esconderse de verdad, como lo hacía ella, cómo desaparecer de tal modo que ni siquiera ella pudo encontrarlo. Sin sonidos provocados por su nerviosismo, sin que se oyera su respiración. Había llegado casi a convencerse de que Brody no se estaba ocultando, sino que en realidad no había ido y que solo había soñado su llegada por la mañana. Brody no estaba detrás del sofá del comedor ni en ninguno de los armarios, y ella sabía que no tenía ningún interés en colarse en los espacios entre las paredes. («Eso sí que no», le había dicho una vez mirando el panel de acceso de la despensa»). Así que se las había apañado con lo que tenía. Demasiado bien. Elise empezó a buscar en lugares ridículos como la campana del extractor o el congelador, temerosa de que se hubiera metido en algún sitio y se hubiera ahogado. Se rindió.

—¡Vale! —exclamó—. ¡Fin de la partida! ¡Tú ganas! ¡Sal!

Y él salió, sonriendo con satisfacción, de debajo del armario de la habitación de invitados. Se había deslizado por la abertura de la parte inferior, que había quedado expuesta cuando los Mason lo habían apartado de la pared.

—¡Mira esto! —había dicho Brody acercándose a ella y colocándole las manos ahuecadas delante de la cara como si quisiera mostrarle un bicho que hubiera capturado. En sus manos había pedacitos de pintura enroscados como gusanos, con el nuevo color beige de la habitación por un lado y el antiguo color melocotón por el otro. Elise se había enfadado, primero porque le hubiera ganado en el juego y segundo por pensar que él había estado rascando la pared con la uña mientras esperaba que lo encontrara. Pero Brody le dijo que solo había recogido los pedacitos que había en el suelo con la palma de la mano.

—Son preciosos —había comentado Elise. Y, en cierto modo, lo eran—. No te los comas.

Esa tarde, Elise estaba escuchando tararear a la señora Laura mientras pintaba. No había melodía, solo notas ocasionales e inconexas. Cada pocos minutos la mujer gruñía al ponerse de pie, daba unos pocos pasos y se volvía a sentar. No había querido que la ayudaran ni los niños ni su marido en ese paso. Eran un trabajo minucioso. Había quitado la cinta de pintor y ahora la madre de los Mason llenaba los espacios que había omitido y retocaba los errores. Elise disfrutaba pasando tiempo a su lado. ¿Por qué sería? Supuso que, en cierto modo, las mujeres provocaban una sensación diferente al tenerlas cerca aun sin hablar. Tal vez haya algo en una madre que está en todas las madres. Tal vez haya algo en una madre que ya está presente en las niñas.

Era miércoles por la noche y a la tarde siguiente los niños habrían acabado las clases. No era posible que estuvieran haciendo deberes, pero aun así estaban encerrados en sus habitaciones. (¿O Eddie estaría fuera, en ese sitio que le gustaba entre los dos árboles junto al cobertizo? Elise no había prestado tanta atención últimamente). El señor Nick estaba acabando de poner notas en su despacho. La casa estaba más que silenciosa. Parecía vacía. Elise siempre había preferido una casa ruidosa por las noches, una que cubriera los sonidos que ella pudiera hacer con los de la casa, pero, esa noche, era justo lo que quería. La señora Laura se levantó de nuevo y bostezó. Estaba estirándose.

Un rato antes, cuando era casi la hora de que Brody se marchara, los dos habían discutido cómo lo harían: cómo podría volver el niño cuando los Mason estuvieran en casa durante el verano. Siempre tendrían los domingos por la mañana, cuando la familia fuera a la iglesia. Y seguro que los Mason se irían de vacaciones, de excursiones de fin de semana a la playa o a visitar a su familia en el norte. Y habría otras veces en las que el señor Nick estaría dando clases en la escuela de verano, la señora Laura en su trabajo, Marshall encontraría otro empleo a tiempo parcial en alguna parte y Eddie... Bueno, esperaba que en su futuro cercano hubiera un campamento de verano.

En el caso de las salidas improvisadas de los Mason para una comida familiar o algo así, Elise colgaría su camiseta de unicornio en la ventana de la habitación de invitados, una bandera para que, si Brody pasaba por el dique, supiera que no había moros en la costa. Podían lograr que funcionara y, mientras lo planeaban, el peso que se le había acumulado a Elise sobre los hombros durante los últimos días empezó a aliviarse.

En la pared de la habitación de invitados, el libro de mitología nórdica era su almohada. Había dejado de leerlo por un tiempo, y ahora se dedicaba a hojear los otros libros que había sacado de la habitación de Eddie. Casi lo había terminado y se sentía ansiosa por permitir que fuera uno más de la pequeña pila que tenía en un rincón con los que ya había leído. Un libro acabado ya no puede seguirte cuando duermes. Cuando lo completas, es solo un objeto, algo para guardar, para recordarlo, pero que ya no tiene vida propia. Era un peso muerto que tenía que mantener oculto. Continuó leyendo las historias, pero con vacilación. En la más reciente de las que había leído, los hijos de Odín, Thor y Loki, eran enviados a investigar el reino de los malvados gigantes de hielo. Para poder atravesar de un modo seguro y sin ser descubiertos las fronteras de los gigantes, los dos varoniles dioses se disfrazaban de hermosas y delicadas mujeres. Era una historia tonta, pero estaba llena de acción, aventura y engaños y, mientras Elise la leía, tenía que forzarse para no pasar las páginas del libro demasiado rápido. En un momento, cuando los gigantes de hielo le decían a Thor que nunca habían visto a una mujer con una barba tan poblada y densa, Elise tuvo que morderse la mano para no soltar una carcajada atronadora. En su mente, Thor se acarició pensativamente la tupida barba roja antes de colocarla donde la había escondido, debajo del encaje de volantes que llevaba en el cuello. Thor le dijo al rey del hielo cómo mantenía el cabello tan suave: acondicionándoselo todas las noches. A su lado, su hermano Loki asintió con la cabeza. Para Elise, Loki se parecía a Brody, con una capa y una máscara negra de fiesta y un enorme sombrero lleno de flores.

Alguien pasó por el pasillo y oyó la voz del señor Nick en el umbral.

—Eh —dijo con una suavidad en la voz que hacía mucho que Elise no le oía—. ¿Cómo va todo por aquí?

—Progresando —contestó la señora Laura.

—Está quedando muy bien. —Permaneció de pie en la puerta, en silencio. Debía estar observando su trabajo—. Ha sido una locura, ¿verdad? Este año. Esta casa.

El pincel de la señora Laura golpeó el lado del bote de pintura. Elise se la imaginó girándose hacia su marido con los labios fruncidos en otra sonrisa cansada.

—¿Sabes qué se acerca? —preguntó él—. ¿O has estado tan ocupada reconstruyendo esta mansión que no te has acordado?

La señora Laura sonrió suavemente.

—¿Acordarme de qué? —Movió las piernas sobre el plástico del suelo—. ¿Acordarme de ti? ¿Acordarme de mí? —suspiró—.

Lo único que recuerdo son todos los pasillos de la tienda de bricolaje y el nombre exacto de cada tono de pintura.

Elise podía notar la sonrisa del señor Nick.

—¿Así que no hay celebración este año?

—¿Este año? —repitió la señora Laura—. Pongamos primero la casa en orden. Eso será en… ¿2055? ¿Para nuestro septuagésimo aniversario?

—Creo que necesitamos una celebración. Pronto. Los dos. Un respiro de verdad.

—Si eso fuera posible…

—Salgamos de la ciudad —propuso el señor Nick.

La señora Laura se quedó en silencio. Mojó el pincel con la pintura y siguió pintando.

—Solo una noche —insistió el señor Nick—. Salir de casa. No me llevaré redacciones para corregir. Dejemos el trabajo. Dejémoslo todo aquí.

—¿Y a dónde piensas ir?

—A Burloway, a la vieja finca fuera de Baton Rouge. Lo he mirado. Alquilan habitaciones. Podemos quedarnos allí una noche.

—¿Y cambiar una casa enorme y destartalada por otra?

—Cambiar una casa vieja por otra que no es nuestro problema.

La señora Laura resopló.

—Vale —aceptó—. ¿Y los niños?

—¿Qué pasa con ellos?

—¿También vienen?

—Solo es una noche. Tienen trece y dieciséis años.

—Eddie, no —repuso la señora Laura. Luego titubeó—. Ya sabes a qué me refiero. No puedes decir que tiene trece años y actuar como si eso fuera todo. Y Marshall…

—Es Marshall —completó el señor Nick. Exhaló pesadamente por la nariz—. Mira.

—Y Eddie ha movido todas esas cosas en su habitación…

—Ya lo hemos hablado.

—¿Lo hemos hecho?

—Bueno, tal vez tengamos oportunidad de hacerlo. Tal vez podamos hablar sin que ninguno de los dos pierda los nervios. Sin estar agotados. Sin dormirnos antes de... —Su voz se había vuelto firme. Cuando habló de nuevo lo hizo intentando suavizarla conscientemente—. Laura, es una noche. Cariño, lo necesitamos. —El señor Nick atravesó la habitación. El suelo crujió cuando se arrodilló junto a ella y bajó la voz casi susurrando—: Acabo de pasar al lado de la habitación de Marshall. Los he oído. Están allí juntos. Están charlando.

—¿Sí?

—He oído a Eddie riéndose —añadió él—. A los dos. Piénsalo. ¿Cuándo fue la última que oíste a Eddie riéndose?

—Me alegro de escucharlo. —Las cerdas del pincel de la señora Laura volvieron a deslizarse por el zócalo.

El señor Nick se plantó a su lado. Esperó en silencio.

—¿Laura? —preguntó finalmente.

—Estaba pensando... —Dejó el bote de pintura en el suelo—. ¿Cómo sonaba? ¿Cuándo has oído a Eddie reírse?

DICHO Y HECHO

En la oscuridad, Elise se dio cuenta de que no podía evitar sonreír con las mejillas llenas y apretadas. Los padres se irían una noche. No parecía tan feliz como sabía que eran los aniversarios, pero aun así le recordó al de sus propios padres. A las veces que se acordaba de su madre descalza con su vestido delante del espejo de cuerpo entero de la habitación. Elise, en la cama, le ayudaba a desenredar sus pendientes. Como recompensa, su madre le rociaba las muñecas con perfume de lavanda. La maquinilla de afeitar de su padre rugía desde el baño. Salían, él con la chaqueta sobre el brazo y ella con sus tacones altos resonando en el vestíbulo, como un actor y una actriz de una película antigua. A Elise la dejaban en casa con la niñera, lo que, para ser justos, también la divertía, porque la mujer de pelo canoso se quedaba dormida en el sillón de la sala de estar casi en cuanto se sentaba. Un año, Elise había aprovechado y se había comido los dulces del Mardi Gras que había recogido en los desfiles de la semana anterior. Se había dado un triunfante atracón de cuatro o cinco pastelitos. Había estado leyendo en el porche delantero después de que anocheciera y, cuando el azúcar finalmente abandonó su cuerpo y se sintió cansada, de camino a la cama, había enterrado a su niñera con cojines.

Un aniversario, incluso uno de los Mason, era algo bueno. Para ellos y para Elise. Menos gente en casa y más espacio. Marshall y Eddie estarían encerrados en sus respectivas habitaciones en cuanto llegara la noche y la casa estaría vacía a su alrededor. Si se andaba con cuidado, tal vez incluso podría traer a Brody. Convencerlo para que guardara silencio suficiente, y a lo mejor podrían jugar a las damas en el porche trasero. Las habitaciones de los niños estaban muy lejos de las escaleras y no los escucharían.

Bueno, a las damas mejor no, por el ruido de las fichas en la caja y por los chasquido sobre el tablero. Era demasiado arriesgado. En lugar de eso, tal vez podrían leer el uno al lado del otro en la biblioteca. O fuera, en el porche delantero. O, bueno, probablemente Brody no fuera un gran lector y sería mejor que ella le contara lo que pasaba en su libro. En silencio.

—¿El finde que viene? —le dijo la señora Laura a su marido antes de terminar de retocar las molduras y de amontonar los trozos de cinta de pintor en el suelo en una bola—. El sábado. Lo guardamos todo. Lo dejamos aquí. Supongo que será una recarga. Los niños podrán cuidarse solitos. Y ¿volveremos a primera hora de la mañana?

—Es una cita.

JUNTOS, NO DEJAN NI UNA PIEDRA SIN MOVER

Era el primer día de las vacaciones de verano de los niños y su padre había ido a prepararse para la escuela de verano. La madre tenía una cita de fin de semana para enseñar una propiedad y no estaría en casa hasta las tres.

Estaba lloviendo y las ventanas brillaban por el agua mientras las gotas golpeaban el tejado. Los niños empezaron por el garaje. Buscaron incongruencias. ¿Cómo serían las señales? Se imaginaban mantas acolchadas, zapatos y una mochila de un desconocido, puede que incluso una gran caja de cartón metida detrás de los kayaks, como si un vagabundo de las calles del centro se hubiera llevado allí sus pertenencias. Los hermanos no estaban seguros de qué estaban buscando. Lo sabrían en cuanto lo encontraran.

Amontonaron los tablones sueltos de la pila de leña del garaje y se fijaron en los estrechos espacios que quedaban entre ellos; comprobaron la parte trasera de la hidrolimpiadora, del arado cincel y de las escaleras, miraron alrededor del cubo de los viejos guantes de béisbol y de las pelotas que usaba Marshall cuando tenía la edad de Eddie, antes de que las pruebas se volvieran competitivas y no lograra entrar en el equipo. Echaron un ojo detrás del desorden de redes de bádminton y raquetas que había comprado su padre para la familia y que solo habían probado un par de veces en el patio trasero de su antigua casa en Northshore.

Siguieron adelante. Se movieron hasta la parte trasera del armario de la sala de estar y separaron los abrigos de sus padres a ambos lados. Abrieron los armarios de la cocina y sacaron una olla de cocción lenta y un deshidratador de alimentos para mirar detrás de ellos. En la despensa, Eddie se subió a la espalda de su hermana y miró en el panel de acceso, pero solo vio una oscuridad envolvente hacia el interior hueco de la casa. Se pusieron de rodillas para comprobar debajo de las camas de la planta de arriba. Sacaron una pila de toallas del armario de la ropa de hogar y revisaron las prendas colgadas en el guardarropa.

Estaban preparados por si encontraban a alguien. Marshall llevaba en el bolsillo trasero la otra navaja automática. Había intentado afilarla más con una de las piedras de afilar de su madre en la cocina, pero no le había salido bien, así que ahora la hoja estaba raspada por los lados. Sin embargo, vio que todavía cortaba bastante cuando la presionó contra el dedo. La punta estaba más que aguzada para pinchar.

Eddie llevaba la mochila que le había regalado Marshall por su cumpleaños. Un viejo bate de béisbol de aluminio se asomaba por la parte superior. Cada vez que abrían la puerta de otro armario o se arrodillaban para mirar debajo de la cama, Eddie lo sostenía haciéndolo oscilar frente a él. El bate era tan ancho como la parte superior de su brazo o incluso más. En realidad nunca había usado uno, ya que en clase de educación física siempre se sentaba en la barra de equilibro que había al lado de las barras de dominadas. Se sentía bien blandiéndolo entre él y la oscuridad del armario mientras Marshall se estiraba y encendía las luces. Cuando cerraba los ojos y apretaba el mango, el bate era como una espada grande y ornamentada propia de un caballero. Pero cada vez que buscaban en un sitio nuevo, abrían una puerta o miraban detrás de una esquina, tenía que asegurarse de mantener los ojos abiertos. Intentó no parpadear.

EL DESVÁN, PARA EL FINAL

Probablemente ese fuera el lugar correcto. Mientras registraban la casa, pasaron por la puerta una y otra vez ignorándola de momento, como si diera mala suerte. Aunque el resultado que querían evitar no estaba del todo claro para ellos: no sabían si esperaban que no hubiera nadie allí y que su imaginación les hubiera jugado una mala pasada, o que, de hecho, fuera cierto que alguien se estaba ocultando en ese espacio.

Cuando se pararon en la puerta del desván, Eddie sintió un ligero consuelo al saber que la casa que habían registrado estaba a salvo y que, fuera lo que fuese, los esperaba en una dirección a la que podía señalar. El inconveniente era que el desván también podía estar acechando, esperando.

—¿Estás preparado? —preguntó Marshall. Abrió la puerta sin aguardar respuesta.

Bajo los sonidos de la lluvia en el tejado el ventilador zumbaba y, a lo largo de las escaleras, los esperaba la tenue claridad que entraba por el tragaluz. Subieron las escaleras lentamente, uno al lado del otro, con la madera crujiendo bajo sus pies. A mitad de camino, los azotó un repentino torrente de calor. Eddie recordó que el aire caliente se elevaba. Era como meterse en una piscina de agua caliente de arriba abajo.

En lo alto de las escaleras, los chicos se detuvieron para mirar a su alrededor a través de las sombras, en los espacios de detrás de las cajas y en los muebles y equipos de repuesto. Había gruesos clavos sobresaliendo de la madera como hierbajos.

—Voy a encender la luz —dijo Marshall y se acercó para tirar de una cadena que produjo un resplandor naranja e incandescente. El centro de la habitación estalló en colores, pero la parte que quedaba más allá de las cajas de cartón y de plástico y de las maletas permaneció oscura e indefinida.

—¿Cómo lo hacemos? —preguntó Eddie. Estaban rodeados por todos lados. Bien podrían haber estado en una casa completamente diferente.

—Supongo que podemos empezar por mover las cajas —propuso Marshall. Se abrió camino entre una pila de cuadros y bolsas de basura llenas, agachándose para no darse con los clavos de los techos bajos—. Miraremos de fuera hacia dentro. —Sacó una linterna del bolsillo trasero y enfocó la grieta donde el techo se unía al suelo. Giró y apuntó la luz lo más lejos que pudo, hacia el otro lado del desván—. Allá vamos.

Los muchachos se desplazaron y el suelo del desván gimió como si la propia casa se estuviera moviendo. Como si fuera un cuerpo enorme puesto de lado. Los chicos abrieron cajas y empezaron sacando ropa de invierno y juguetes viejos. Querían ver si algo se había enroscado debajo. Revolvieron montones de adornos navideños. En un momento dado, Marshall dejó escapar un grito. Eddie gritó como respuesta y agarró salvajemente el bate de béisbol que llevaba en la mochila.

—¡No es nada! —exclamó Marshall. Levantó una mano y le indicó a su hermano que se calmara—. Solo es un cactus. Me he pinchado. Joder, estaba metido en una corona de Navidad. —Se chupó el dedo y miró a su alrededor—. De todos modos, ¿qué mierda hacía eso ahí?

Continuaron abriendo los cajones de un armario antiguo, poniéndose de rodillas para iluminar el espacio que había debajo de un gran aparato metálico de aire acondicionado. El viento salpicaba humedad contra la pequeña ventana y la lluvia seguía golpeando el tejado. Los chicos estuvieron buscando diez minutos, veinte. Cuando finalmente Eddie lo encontró, le sorprendió lo pequeño que era. Toda esa búsqueda y podía taparlo por completo apoyando las manos en el suelo. Eddie llamó a su hermano al tragaluz.

—Aquí —le indicó.

Una huella de un pie descalzo, más pequeño que el suyo, ya secándose, medio desvanecida en la madera que tenían debajo. Al otro lado de la ventana, los charcos del tejado se ondulaban con cada nueva gota de lluvia. En el suelo, los dedos de la huella señalaban hacia adentro. Era como si alguien, al haberlos oído rebuscando en la planta de abajo, hubiera abierto el tragaluz para salir al tejado. Entonces, a mitad de camino, con un pie sobre las tejas mojadas, se había detenido y había decidido no marcharse y volver a entrar.

—Todavía hay alguien aquí dentro —dijo Eddie.

ESTABAN SOBRE ELLA

Debajo de los pies de los niños, el suelo de madera contrachapada se arqueó hasta el vientre de Elise. Los travesaños se le clavaron a los brazos. Estaban sobre su pecho. El peso de los chicos le comprimía los pulmones. Era como estar enterrada. Estaban sobre ella, pero no hablaban. Solo estaban ahí de pie. Sintió que se hacían señales. Que giraban sobre sí mismos. Elise se esforzó para que le entrara aire en el aprisionado pecho, daba pequeñas bocanadas moviendo los labios como un pececillo.

¿Estaban intentando aplastarla?

Finalmente los chicos se movieron, soltándola. Elise se estremeció. No pudo evitarlo. El tablero de madera contrachapada que había sobre ella golpeó el marco. Tensó todo el cuerpo, pero los muchachos no dejaron de caminar. No la habían oído. Se colocaron en el centro del desván y se quedaron por un momento en el hueco de la escalera.

La frente de Elise presionaba la madera. Le dolían los huesos del pecho al respirar. La sangre le latía en las sienes. Trató de escuchar lo que se decían.

Un rato antes, cuando Elise los había oído rebuscando debajo de ella, había intentado escapar arrastrándose por el tejado, pero no había podido. Con esas pesadas gotas de lluvia sobre la puerta, el cambio repentino de temperatura y humedad, el alféizar de la ventana resbalándose de su mano... le había parecido más seguro quedarse en el interior.

Pero ahora estaban susurrando. Elise no podía oírlo. Se dio cuenta de que hablaban en voz muy baja porque sabían que ella estaba cerca. Marshall y Eddie descendieron las escaleras al unísono. Las bisagras chirriaron y la puerta del desván se cerró lentamente.

Elise no se movió, se quedó así todo el tiempo que pudo.

VETE

Cuando llegó la mañana siguiente, había dejado de llover y el cielo del amanecer estaba despejado. La luz que entraba a través de las ventanas era de un rosa intenso, como niebla en el aire. Para aquellos que apenas dormían, era un color irreal, la fatiga les estaría jugando una mala pasada a sus ojos. De ningún modo un amanecer podía hacer que una casa se viera tan nublada y centelleante. Mirar hacia el patio era ver lo mismo: los robles, el barro del césped, la gravilla gris del camino de entrada… todo bañado por un tono rosa anaranjado. Como dice esa antigua canción que cantan los marineros, «cielos rojizos por la mañana».

Las horas pasaron mientras los pájaros de abajo se turnaban como guardianes cantando a su hora. Los Mason se levantaron y se prepararon para ir a misa. Se marcharon todos juntos en el Saturn rojo del señor Nick. El hermano mayor se volvió para echarle un último vistazo a la casa, una mirada severa, como si la estuviera desafiando a revelar sus fauces y a morderlo mientras él se distanciaba. Pero ¿cómo podía Marshall haberse equivocado tanto? Con el coche alejándose por el camino de entrada, la casa no mordía, sino que finalmente exhalaba convirtiéndose en algo magullado y sin forma. ¿Cuánto se hundirían los travesaños antes de romperse? ¿Cuán rápido podían colapsar y romperse las partes compuestas (tejas, revestimientos, conductos, rejillas de ventilación, tableros del suelo) y pudrirse en el suelo antes de que incluso Odín, el que todo lo ve, pudiera reconocer lo que habían sido?

Como diría el tuerto, «inclinarse es agacharse». Y si uno se agacha demasiado, ya no podrá volver a levantarse.

Aun así, ella se inclinó.

El niño llegó a la hora indicada, la hora de los petirrojos, poco después de que los Mason se hubieran marchado. Llamó a la puerta trasera como ella le había enseñado: uno, un dos, uno. Pero ella no estaba allí, esperándolo. Pasaron los minutos y Brody volvió a llamar con el mismo patrón y siguió esperando. Nunca antes había tenido que llamar dos veces. Empezó a impacientarse y a aburrirse, y luego se preocupó. «¿La habrán descubierto? ¿Se la habrán llevado? ¿O algo peor?». Sola entre esas paredes, podría haber cometido un error de cálculo. Tal vez un apoyo que hubiera usado durante meses se hubiera aflojado y no hubiera podido sostenerla. ¿Habría caído en un espacio estrecho y oculto? ¿Debía entrar por la puerta lateral, aunque le había dicho que no se acercara? Se puso de puntillas, pero no podía ver gran parte de la casa a través de las ventanas. Repitió el patrón de golpes una y otra vez.

Entonces apareció Elise.

No era la misma. Parecía una mujer mayor en el cuerpo de una niña. Tenía ojeras y los hombros caídos. Parecía una niña como un árbol de sebo doblado por una tormenta, una cabaña abandonada medio derrumbada en el bosque. Elise se quedó de pie en la entrada al otro lado de la pantalla, con una mano inerte en el pestillo para mantenerlo cerrado, y le contó a Brody lo que había sucedido. Cómo habían ido a por ella.

Dos hermanos que sabían buscarla, que habían estado a punto de encontrarla. Habían destrozado su casa revisándolo todo y la habían vuelto a coser como si no hubiera pasado nada. Y después, habían vuelto a sus habitaciones susurrando durante lo que debieron ser horas, deteniéndose con cada ruido que oían, callándose para escucharla. Sus padres llegaron a casa, pero, por lo que ella sabía, los niños no dijeron nada. Pero lo sabían. Elise oyó sus puertas abriéndose toda la noche como si esperaran sorprenderla, atraparla allí, a la luz de las lámparas de techo de sus habitaciones para agarrarla con las manos. Ahora la estaban persiguiendo. De repente. Algo había cambiado.

¿Sabía él por qué?

—No —contestó Brody—. La verdad es que no. Pero, un momento, ¿no se supone que el pequeño ya sabía de ti?

—Nunca se había parado a buscarme. No hasta ahora.

—¿Estás bien?

Elise apoyó la frente contra la mosquitera, haciendo que se le marcaran los hoyuelos en su pálida piel. Mantuvo el picaporte cerrado. Lo miró con la mitad superior de los ojos. Cuando habló, apenas movió los labios.

—Robas todo lo que me traes —afirmó la niña—. El esmalte de uñas. La comida. La Game Boy. Los juegos de mesa. Todo lo que traes aquí… lo robas de otras casas.

Brody tiró del picaporte de la mosquitera con las yemas de los dedos.

—He traído algunas cosas que he pensado que te gustarían.

—¿También te has llevado cosas de esta casa?

—No —contestó él—. No muchas.

—¿Qué has robado?

—¡Iba a devolverlo!

—¿Qué falta? ¿Qué es, exactamente?

Brody inclinó la cabeza a un lado. Apretó los dientes. Masticó algo imaginario. Era una caricatura de puro nerviosismo.

—No lo sé. Solo un par de cosas. Una peli, tal vez. Un par de monedas, algunos dólares. Una caracola. Una navaja plegable. Unas cuantas cosas.

—Vete.

—¡Puedo devolverlo todo ahora mismo! —Tiró de la mosquitera con ambas manos, pero ella tironeó de la puerta para cerrarla y pasó el pestillo.

—Pero puedo volver a casa ahora mismo y traerlo —insistió él—. Lo tengo todo debajo de la cama. No estaba robando... solo me llevé algunas cosas, Elise. A veces me quedo con cosas, pero puedo devolverlas...

—No digas mi nombre.

—¿Qué?

—No me llames por mi nombre. ¡No te atrevas a pronunciarlo!

Brody retrocedió un paso por los escalones del porche, como si ella hubiera levantado el talón y se lo hubiera clavado con fuerza en la barriga.

—Pero puedo arreglarlo —dijo Brody—. Puedo devolverlo todo.

—Nunca me has visto —espetó ella—. Nunca me has visto aquí. No existo y, si alguien te pregunta, nunca me conociste. Dentro de cien años, si crees que me recuerdas, estarás equivocado. Todo ha sido un sueño y una mentira.

—Pero... lo siento.

—¡Es demasiado tarde para eso! —gritó Elise—. Brody, me has arruinado la vida. —La niña sacó el labio inferior. Tenía las mejillas sonrojadas y los ojos húmedos—. Esta es mi casa, Brody. ¡Es mi casa y tú lo has arruinado!

—Lo siento.

—No vuelvas —dijo ella—. No se te ocurra volver nunca. Márchate. —Cerró la puerta y la bloqueó—. ¡Vete!

Lo repitió de nuevo en su interior. *Vete.* Una y otra vez, hasta que estuvo segura de que se había ido. *Vete,* siguió diciéndose hasta que las paredes de su casa resonaron y lloraron también con ella.

EL PORCHE DELANTERO

Eddie se sentó en el banco balancín siguiendo las sombras del patio con los ojos a través de los arbustos de azalea, cuyas flores habían empezado a marchitarse. Las sombras creaban manchas y tiras en el patio donde el sol poniente todavía brillaba entre los árboles y la forma del techo se reflejaba sobre la hierba de las pampas a cuatro kilómetros de distancia. El río estaba alto. Eddie podía ver la capota blanca de un crucero, enorme como una nube, navegando hacia el golfo. La música que sonaba por los altavoces de la embarcación era como el zumbido de un mosquito justo detrás de su oreja. Eddie cerró los ojos hasta que pasó el barco.

Ese mismo día, sus padres le habían dicho que se marcharían pronto para un viaje de aniversario y que él y Marshall tendrían la casa para ellos solos durante una noche. Aun así, ninguno de los chicos había mencionado la huella del desván. La noche anterior habían conversado en voz baja, golpeando la puerta del baño compartido cada vez que tenían algo que decirse. Pensamientos sueltos. Frases entrecortadas. Pero ¿habían dicho algo?

La mayoría de las veces había hablado Marshall. Era el que más cosas tenía para decir. Hablaba tanto para su hermano pequeño como para sí mismo. Decía cosas como:

—Tenemos razón. Tenemos toda la razón, pero ¿podemos decírselo?

»No podemos.

»Porque ¿qué prueba es una huella? Apenas se veía, ya se estaba secando. No se me ocurrió usar la cámara de mamá antes de que se evaporara.

»No estoy loco, ¿verdad? ¿Tú también lo recuerdas? ¿Recuerdas la forma que tenía? Estaba el talón, faltaba un espacio para el arco y el dedo gordo... parecía un dedo gordo, ¿no? En forma de medialuna y delgado, pero si pisas, ¿colocas el pie así? Un callo en el dedo podría formar esa huella. Faltaban los otros dedos. Las puntas del pie no se veían. Pero podría ser que ya se hubieran secado.

»¿Verdad?

»No había goteras en la ventana ni en el techo, lo comprobamos para asegurarnos. Era una huella, una huella de persona. Pisó el techo mojado y volvió a entrar.

»Era alguien pequeño. Más pequeño que nosotros, claro. Creo que podemos hacerlo.

Pero ¿cómo?, pensó Eddie.

—No podemos decírselo todavía. ¡Todavía no nos creerán! Necesitamos pruebas. Tenemos que hacer algo. Necesitamos saber qué hacer. Los dos tenemos que mantener la calma. Puedo preguntar a toda esa gente de internet. Ese tipo lo sabrá. Ya nos cree. Necesitamos... Eddie, podemos hacerlo. Podemos hacerlo.

Pero ¿cómo?

Eddie se meció en el balancín. No había vuelta atrás. No podía fingir que esos ruidos no eran nada. Que las incoherencias (las cosas perdidas o movidas) no ocurrían, que no estaban allí. Una puerta entreabierta cuando él la había dejado casi cerrada, el ascenso y el descenso de una nube de polvo por el rabillo del ojo. Una vez que la persona lo sabía, no había vuelta atrás.

El equilibrio había desaparecido. El equilibrio de no saberlo realmente. De caminar por el pasillo de arriba por la noche pasando por habitaciones oscuras a ambos lados sin accionar el interruptor de la luz, dejándolas en paz. De escuchar, estando sentado en su escritorio, el crujido del suelo tras él y no girarse por la extraña creencia (que le parecía algo más que un mero pensamiento) de que aquello que no conocía no podía lastimarlo.

—Que te jodan, Eddie —susurró para sí—. Que te jodan. Eres un traidor idiota. Puto rarito.

El único consuelo que le quedaba a Eddie era que le había dicho a «eso» que se marchara. Que lo había intentado. Aunque lo hubiera mantenido en secreto, había sabido que «eso» tenía que irse. Todavía no podía contárselo a Marshall. No podía decirle nada de antes, de lo que él pensaba. A Eddie no le hacía ninguna falta que su hermano se enterara y que se enfadara con él por haber sido un inútil durante tanto tiempo.

Eddie se meció de nuevo, ahora con más agresividad, hasta que el respaldo del banco balancín rebotó contra el revestimiento de la casa y le sacudió el cuello con cada golpe. Dolía, se estaba mareando, pero siguió haciéndolo de todos modos. Ojalá pudiera sacudirse por todas partes (como esa vieja pizarrita de juguete que ahora estaba en alguna parte del desván) hasta quitarse de encima toda esa casa, hasta limpiar el presente y estar de nuevo en Northshore, o aun más atrás, hasta llegar a ser bebé. Podría intentarlo de nuevo. Otra oportunidad para ser otra persona. Alguien diferente. No solo la persona que era en ese momento. Alguien estúpido y asustado.

Sonaron pasos desde el interior de la casa. Zapatillas de deporte arrastrándose por las baldosas del vestíbulo. El viejo picaporte antiguo girando, su hierro fundido golpeando contra la madera de ciprés del zócalo y el gemido de las grandes bisagras. El rostro de Marshall apareció por el borde de la puerta.

—Oye —le dijo—, ¿cómo lo llevas?

Eddie se cubrió la mitad inferior del rostro con la mano. No estaba seguro de lo que quería decir con ese movimiento, pero su hermano actuó como si lo estuviera. Marshall cerró la puerta detrás de él y tomó asiento junto a Eddie en el banco balancín.

—Sí —murmuró.

Se sentaron mientras un hombre mayor pasaba por el dique a caballo y las manchas anaranjadas de sol se volvían grises. Sus padres estaban dentro en alguna parte, acabando la reforma de la habitación de invitados, tal vez, o leyendo, trabajando o viendo la pequeña televisión que tenían en su dormitorio.

—¿Te acuerdas de las termitas? —preguntó Eddie.

Marshall resopló.

—Todavía me encuentro sus cuerpecitos por los rincones de mi habitación. Me acuerdo.

—A veces aún creo que tengo algunas por encima.

—Por Dios —comentó él—. Sí, conozco la sensación.

—Es horrible.

—Solo tienes que… —Marshall encogió los hombros y se sacudió como si intentara quitarse un escalofrío—. Tienes que sacarte esos pensamientos.

El viento sopló y los árboles respondieron en el patio. Marshall se recostó y sus rodillas huesudas se balancearon mientras daba golpecitos con los talones en el porche. Un vello oscuro y áspero se asomaba por donde los pantalones se le levantaban por encima de las rodillas y, por primera vez, Eddie se dio cuenta de que pronto sus propias piernas también estarían cubiertas de pelos. Marshall medía diez o doce centímetros más que él, pero Eddie no podía imaginarse creciendo hasta llegar a ser tan alto; se sentiría tan grande como Marshall cuando lo miraba. El hermano mayor era un gigante. Había chicos más altos, algunos incluso en el mismo curso que Eddie, pero eso no hacía que fuera menos cierto.

—Oye —dijo Marshall—, tengo que enseñarte una cosa.

OTRO CREYENTE

Arriba, en el dormitorio, el ordenador de Marshall mostraba un hilo de correos de respuestas cortas. Eddie siguió las indicaciones de su hermano y se quedó de pie, encorvado, apoyando los codos sobre el escritorio del ordenador, sin molestarse en tomar asiento. Las voces de sus padres se oían más débiles desde el pasillo. Marshall se acercó y cerró la puerta de su dormitorio mientras Eddie leía.

—Es ese tipo del foro que te enseñé —explicó Marshall—. El que me mandó un correo. Ha estado enviándome consejos y hemos hablado varias veces. Y ahora, bueno, ahora que sabemos con seguridad que de verdad hay alguien aquí... le dije lo que habíamos encontrado en el desván, lo de la huella y...

Marshall agarró el ratón y se desplazó con demasiada velocidad para que Eddie entendiera la conversación, pero sus ojos se quedaron con ciertas palabras:

¿Falta comida?
escaleras, desván, sótano
ruidos en el desván y el pasillo
huella, parecía
¿Qué más habéis encontrado?

Hemos mirado por toda la casa y
Exactamente dónde está vuestra
Parroquia de Plamequimes
Iré

Eddie vio que Marshall le había enviado su dirección completa.

—Me ha dicho que será de ayuda si sabe dónde estamos —dijo Marshall, casi como si fuera una disculpa. Cuando llegaron al final del hilo, volvió a subir, de nuevo demasiado rápido. Marshall estaba nervioso o avergonzado. Solo miraba el ordenador—. Supuse que intentaría ayudar mirando mapas en internet o imágenes de satélites o algo. No creía que realmente fuera a venir.

De repente, Marshall cerró el navegador y apareció el escritorio. Debajo de los iconos se veía una sonrisa sombría y lasciva. El arte de uno de sus álbumes preferidos de Disturbed. Marshall se alejó del ordenador y se sentó en la cama, mirando hacia el espacio que había detrás de Eddie.

—Lo cierto es que no se lo pedí, pero me ha dicho que seguirá adelante y vendrá a comprobarlo. Le he dicho que si supiéramos qué hacer, podríamos encargarnos nosotros mismos, pero supongo... No lo sé. No estoy seguro. Dice que no servirá de gran cosa. Que es electricista. O que ha hecho este tipo de trabajos. También de control de plagas, claro. Dice que conoce las casas y que será rápido. Parece raro, pero... No va a cobrarnos por nada. Dice que solo quiere ayudar con este tipo de cosas. Supongo que será probablemente porque somos jóvenes.

—¿Saben mamá y papá que va a venir? —preguntó Eddie.

—Quería venir mañana cuanto antes —indicó Marshall—. Quería pasarse la noche conduciendo y venir aquí por la mañana. Le he dicho que esperase. Vendrá el sábado, cuando ellos estén con lo del aniversario.

—Mamá y papá no lo saben.

—Sigo pensando que no van a creernos.

—Ah —respondió Eddie. Miró hacia la moqueta, sus hilos separados. Gradualmente, Eddie se dio cuenta de que estaba enfadado. Tenía los labios metidos entre los dientes y se los estaba mordiendo con tanta fuerza que le dolía. Quería volver a ver la conversación del correo. Marshall la había cerrado demasiado pronto. Eddie quería leerla y demorarse en cada palabra. Quería que cada estúpida palabra hirviera cuando la mirara. Que se evaporara. Quería que hirviera también la sensación que esas frases evocaban en él. Esos correos electrónicos le hacían sentir que la mitad del suelo debajo de sus pies se estaba hundiendo. A esas alturas, a Eddie no le importaba si sus padres les creían o no. Solo quería que lo supieran. Pero Marshall se lo estaba impidiendo. Estaba haciendo que siguieran solos.

—Estoy bastante seguro de que sé lo que estás pensando. —Marshall había suavizado la voz—. Ojalá pudiéramos decírselo a ellos también. Pero ya sabes que no van a ayudarnos. Si papá y mamá supieran lo que estamos intentando hacer, solo tratarían de convencernos de que está todo en nuestra cabeza. Todo lo que oímos y vemos. Se haría todo eterno. Cada día sería otro día en el que algo podría pasar. A nosotros o a ellos. De este modo, estamos haciendo algo al respecto. Es más rápido. Y, tal vez, más seguro para todos.

Eddie no tenía ni idea de lo que eso era o dejaba de ser.

Marshall suspiró y se pasó la mano por el rostro. Mantuvo los ojos cerrados mientras seguía hablando:

—Antes, cuando estaba aquí, estaba escuchando, ¿sabes? Me he asustado. Necesitaba hablar con alguien, con alguien que nos creyera, quiero decir, y él nos creyó antes que nadie… Es que… lo siento… Tendría que haber sido contigo. Tendría que habértelo consultado primero, al menos. Tendríamos que haberle respondido juntos.

Eddie miró los zapatos de Marshall.

—Pero no lo sé —prosiguió Marshall—. Tal vez sea bastante bueno que este tipo se haya ofrecido a venir. Como un contratista.

¿Y si nos ayuda de verdad? Dice que tiene herramientas con las que será todo muy fácil.

—¿Herramientas?

—Sí. No estoy seguro de cuáles. Pero me ha dicho que vendrá y las preparará cuando se hayan ido papá y mamá. Que será todo muy rápido y que ellos no tendrán que saberlo. Si viene y encuentra a alguien aquí, se lo diremos cuando todo haya acabado. Pero si no encuentra a nadie, sí, quedaremos como estúpidos, pero solo ante él. Volveremos a estar donde estamos y ya pensaremos luego qué hacer.

Marshall lo miró a los ojos. Se le habían tensado los músculos de la mandíbula y se le había formado un bultito como una roca, una dura ondulación bajo una corriente de agua. Eddie se dio cuenta de que necesitaba que lo tranquilizara. ¿Cuándo había pasado eso anteriormente? Qué pequeño parecía Marshall ahí, en medio de su habitación, con los muros y la extensión blanca del techo sobre ellos. ¿Cuán pequeño lo hacía parecer a él también?

Eddie quería bramar, desde lo más profundo de su pecho, todo lo fuerte que pudiera, para purgar toda la bilis que rebosaba en él. Quería gritarle a su hermano a la cara, gritar a todo lo que les rodeaba. Palabras incomprensibles, no importaba. Pero no lo hizo. Se quedó sentado en silencio. Escuchando cómo su padre se metía en el despacho y cerraba la puerta tras él.

—Quiero decir, además… —empezó Marshall. Se inclinó lentamente para mirar debajo de la cama. Cuando volvió a sentarse, parecía cansado—. De todos modos, tampoco quería que pasáramos esa noche los dos solos.

Eddie tragó saliva. Apartó la mirada y asintió. No había pensado en ello. Eddie supuso que se había imaginado que Marshall estaría en el dormitorio de al lado, que no consideraba que eso fuera estar solo.

—Podemos hacerlo. —Marshall enfatizó ambas palabras como si fuera suficiente con pronunciarlas.

JUNIO

E l verano de Luisiana en todo su esplendor. La humedad y el calor del aire amenazando como brazos invisibles, esperando para rodearle a uno el pecho y apretar. Era imposible dejar de sentir el verano de Luisiana incluso quedándose en el interior: se notaba en las bolsas de calor acumuladas en los armarios y los sótanos, cada una con su propio vientre caliente de bestia. Los aires acondicionados hacían lo que podían, pero ese aire, con un frío antinatural, era un poco más agradable, convertía una gota de sudor tibio que se deslizaba por la parte inferior de la espalda en algo gélido y espasmódico, como si fuera una hormiga de hielo. El aire frío es hipertérmico, lo que hace que el calor de los lugares seguros y ocultos parezca aún mayor al volver a ellos.

El señor y la señora Mason hicieron las maletas para el fin de semana. Dieron vueltas por su habitación. Las tuberías de agua chirriaban cuando se detenían para volver a lavarse las manos y los antebrazos, limpiándose las manchas de pintura que todavía tenían. Se ducharon y se gritaron en un juego al que habían empezado a jugar cada vez que descubrían otro rastro de uno de sus proyectos todavía aferrado a su cuerpo y a su cabello. Debajo, la nevera estaba llena de comida: cenas congeladas de las que salían en la tele, dos garrafas de leche, manzanas y naranjas, pescado empaquetado, salchichas de maíz, verduras congeladas... Era más que suficiente para que los niños subsistieran una tarde y una noche.

—¿Seguro que estaréis bien aquí? —le preguntó la señora Laura a Eddie desde la puerta. Entrecerró un ojo y señaló la habitación de Marshall—. ¿Te está molestando? —añadió en un susurro.

—Estoy bien, mamá —contestó Eddie.

Sería lo mismo que cualquier otro momento que pasaban los niños en casa. Al fin y al cabo, Marshall todavía estaba aprendiendo y no podía conducir sin un adulto a su lado. El coche de su madre permanecería en el camino de entrada, inservible para los dos. El padre mencionó casualmente que había comprobado el cuentakilómetros y había anotado la cifra.

Marshall todavía no había terminado de limpiar el garaje, pero la tarea se había vuelto menos apremiante después de que una de las tejas del techo se rompiera inexplicablemente y empezara gotear sobre la mesa de trabajo.

—Tú espera —le había dicho su padre. Mientras tanto, Marshall usaría su ordenador «por una vez, para trabajar» y buscaría un nuevo empleo. Los mendigos no podían elegir y Marshall debía mendigar. Debía tener una lista de posibles establecimientos en los que trabajar cuando volvieran. Les dieron más instrucciones a los niños (regar las plantas del exterior, recoger el correo y apagar las luces por la noche), que el señor Nick explicó a cada uno por separado declarándolas en voz alta desde la puerta de sus respectivas habitaciones. Cuando le tocó a Marshall, el señor Nick fue interrumpido a mitad del discurso porque su hijo le gritó que ya lo había escuchado la primera vez.

—Por Dios —espetó Marshall—. Para, por favor, y marchaos a ese puto viaje de una vez.

MARCHÁNDOSE

El sábado por la mañana, la madre, con un vestido azul marino, estaba arrodillada entre las hojas del jardín haciendo un último chequeo y comprobando cualquier posible problema. El padre estaba llevando el equipaje al coche. Eddie los observó a través de la ventana abierta. Su madre se había enterado la noche anterior de que su vecina, la señora Wanda, estaría visitando a unos familiares ese fin de semana, así que, en lugar de dejarles su número pegado en la nevera, les dejó el de un amigo de la familia que vivía en Northshore y que podía conducir una hora y media por el pedraplén hasta llegar a la ciudad si era necesario.

Mientras Eddie observaba a sus padres, la pared de su dormitorio se movió. Venía de la habitación de Marshall, que estaba haciendo sus flexiones matutinas. La madre de Eddie notó que su hijo la estaba observando por la ventana. Miró hacia arriba y lo saludó.

Cuando sus padres se marcharon, los charcos del camino de entrada salpicaron gotitas marrones en las ventanillas del coche. Eddie escuchó las ruedas desplazándose por la carretera mientras la recorrían a lo largo del dique.

ESPERANDO

Durante un rato, hubo silencio. Fuera solo se oían las cigarras y, dentro, los pájaros metálicos que cantaban las horas. El rugido y la vibración del ordenador de Marshall. Eddie se levantó de la cama para devolver un libro a la estantería. No se escuchaba nada en ninguna parte excepto la respiración entrecortada de alguien volviendo a la oscuridad ciega. Era esa niña, cautelosa, cansada y limitada, que sentía los remaches y las cicatrices de las paredes bajo las yemas de los dedos, buscando su camino.

MÁS CERCA

Por la carretera, cada casa que se ve es como un rostro borroso. Sus fachadas gritan con un destello de ladrillo, de color o de un revestimiento pálido una tras otra. Las ventanas son como ojos. Todos se acercan para rozar un lado de la cara.

A cada momento que pasa, él se dice a sí mismo que está más cerca.

CUANDO LLEGA ÉL

Pronto, a la hora acordada o incluso antes, la camioneta del hombre rodó por el camino de entrada salpicando al pasar por los baches. Su gran Ford negro, balanceándose sobre su chasis, se detuvo frente a la puerta trasera donde los escalones se unían con el césped.

El motor se apagó y la puerta del coche se cerró de golpe. Los pasos de los niños resonaron por toda la casa cuando salieron de sus habitaciones y bajaron la escalera para encontrarse con él. La mosquitera chirrió al abrirse y se oyó un fuerte golpe en la puerta trasera. Lo siguió la voz de un hombre, profunda y retumbante, con el perezoso acento de uno de los estados del sur hacia el norte y el este. Había recorrido un largo camino.

—Aquí estoy —dijo el hombre—. Aquí es.

Su voz era profunda como la de un dios. Ese pensamiento pasó por la mente de la niña como si no lo hubiera pensado ella.

Condujo a los chicos de nuevo hacia el interior.

—Vaya, este es el sitio.

Su voz pegó contra las vetas de la casa, vibró contra la madera y las baldosas, como si proviniera de varias habitaciones a la vez.

No era la voz de un dios. Las voces de los dioses eran profundas, pero ocultas. Como el susurro de las hojas. Como los latidos del corazón. Esa voz parecía la de un rey. Y no la de uno de los buenos.

Elise presionó la oreja contra la pared para escucharlo mejor.

¿Quién era?

Oyó el ruido sordo de sus botas cruzando desde el vestíbulo hasta la alfombra de la biblioteca y luego a través de las habitaciones de abajo. Se movía por la casa como si hubiera estado antes allí. Con la confianza de un hombre que ha construido una casa y que se siente cómodo desmontándola.

—Me llamo Jonah —anunció—. Pero vosotros podéis llamarme señor Traust.

Golpeó las paredes.

SEÑOR TRAUST

Su piel era delicada como la de un niño, propensa a las manchas. No era mucho más alto que el hermano mayor y llevaba el mismo peinado corto. Pero era ancho y tenía los hombros redondeados. No estaba gordo, aunque tenía una cintura robusta y era más grande por la zona del pecho. Uno de esos hombres en los que, en su cambio a la virilidad, su caja torácica parece hincharse y expandirse. Respiraba con inhalaciones cortas por la nariz, como si estuviera probando el aire. En cierto modo, parecía estar mirando más de un sitio a la vez.

—Tú eres Marshall —le dijo el señor Traust apuntándolo con el dedo índice—. ¿Y tú eres?

—Es Eddie —respondió Marshall.

Eddie se quedó en el marco de la puerta, en el vestíbulo (había retrocedido hasta allí cuando el hombre entró atravesando el cuarto de la lavadora), y el señor Traust levantó la barbilla para mirar detrás de él.

—Encantado de conoceros a los dos —dijo—. Entiendo que pueda resultaros raro tenerme aquí, pero quiero deciros que puedo ayudar.

Pasó junto a Eddie para entrar en la sala de estar, como hacían los obreros que ya conocían la casa y que habían trabajado en

232 A. J. GNUSE

varios proyectos en el pasado. Tocó las paredes con los nudillos al caminar junto a ellas y tamborileó con los dedos.

—¿Esto será rápido? —preguntó Marshall siguiéndolo.

—Tal vez —contestó el señor Traust adelantándolo y llenando el marco de todas las puertas por las que cruzaba. El olor de su sudor se quedó tras él—. Háblame otra vez de los ruidos que oyes. Explícame las sensaciones que tienes y descríbeme la huella que encontrasteis en el desván. Quiero oírlo todo desde el principio, ahora que estoy aquí. Ahora sé dónde buscar.

EL MIEDO A SER DESCUBIERTA

Elise lo evitó. Evitó los pasos, sus voces apagadas, a Marshall y a Eddie hablando con el hombre, contándole los crujidos de la escalera por las noches, el chorro de agua en el baño de abajo, el constante movimiento y el golpeteo de los suelos y las paredes…

—A veces parece que incluso la casa está viva —afirmó Marshall justo al lado de ella en la cocina.

Traust se subió al mostrador y aporreó la vidriera que había sobre los fogones. Volvió en círculos al comedor, donde el piano cantó tres notas no melódicas y chilló como un pájaro atacado cuando apartó el instrumento de la pared. Golpeó la parte de detrás del piano de madera.

—Os sorprenderían todos los espacios huecos que hay —lo oyó decir Elise.

La niña necesitaba alejarse más. Obligándose a moverse lentamente, buscó sus asideros en la oscuridad con cuidado de que los dedos de sus manos y sus pies no chocaran con la madera y el yeso a medida que se escabullía. No podía permitir que la tela de la espalda de su camiseta arrastrara contra la pared. Sonaba como un cepillo seco sobre papel y, si ella lo oía, ellos también podrían. Cuando llegó casi al segundo piso, ellos también estaban allí. En

234 A. J. GNUSE

el despacho, en las habitaciones de los chicos, las puertas se abrían y se cerraban, el hombre alto gruñía, los muebles chirriaban sobre el suelo de madera. Oyó cómo arrastraba por la moqueta lo que debía ser la cama de Eddie arrancada de la pared. Pasos y voces resonaban a través de las vigas y de la estructura, azotando las paredes con sus propios huesos y con su piel.

—Una vez que estaba solo en casa creo que oí algo que parecían páginas al pasar. Como si alguien estuviera hojeando un libro. Por allí.

—A veces hay movimiento en el desván. Como si hubiera alguien por ahí agachado.

Entre las paredes, Elise se quedó quieta. ¿Siempre había sido tan obvia? Los chicos siguieron al hombre mientras este se movía, Marshall más de cerca y Eddie por detrás. Una parte de ella quería hablar lo bastante fuerte para que ellos la oyeran: «Parad ya». Por ridículo que fuera ese pensamiento, no pudo impedir que le viniera a la cabeza: si de verdad la habían oído todas esas veces, ¿por qué no habían hecho nada antes? ¿Hacía meses? ¿Por qué no decírselo?

—Mi hermano también ha oído todo eso —agregó Marshall—. ¿Verdad, Eddie?

Escuchó sus voces sobre su cabeza, hablando de ella. Elise no era una niña entre las paredes. Era una niña apretujada y escondida. Una intrusa en la oscuridad de la casa de otra persona. Los dos hermanos lo sabían. La habían oído todos los días. Y si la habían oído entonces, podrían oírla ahora. Podrían encontrarla.

Elise fue hasta la planta baja. Pasó por las estrechas paredes que rodeaban la biblioteca y se arrastró hacia el espacio vacío que había debajo de la escalera. Se quedó allí en cuatro patas, escuchando.

—¿Encuentra algo? —preguntó Marshall en la planta de arriba llamando al hombre que ahora debía haber subido al desván. Durante unos instantes, no respondió. Elise podía oírlo moviéndose, recolocando cosas, arrojando objetos pesados. El hombre llevaba botas y pateaba el suelo con ellas. Elise se preguntó si estaría más segura debajo de la casa. Para llegar hasta allí tendría que volver por donde había venido, entre la biblioteca y el comedor. Pero los demás ya se estaban moviendo de nuevo, regresando por el pasillo hacia la escalera.

—En realidad, son como dos casas —les dijo ese hombre, Traust, a los chicos mientras bajaban juntos—. Una dentro de la otra.

—¿Ha visto algo? —preguntó Marshall—. ¿Alguna prueba?

Traust rio desde la profundidades de sus entrañas.

—¿Crees en los espíritus?

—No —respondió Marshall con un rastro de sorpresa—. ¿Y usted?

Las escaleras crujieron directamente sobre Elise. Miró por la rendija de luz que se quebraba donde ellos ponían los pies. Puso el ojo junto al agujero y, durante un breve instante, pudo verlo por allí antes de que acabara de pasar por la grieta y siguiera hacia abajo. Era un hombre corpulento, aunque no demasiado alto, puesto que no le hacía falta agacharse bajo el borde del techo donde se curvaba la escalera, como siempre le tocaba hacer al señor Nick.

—En absoluto —contestó Traust—. Todo lo que percibimos tiene su origen en algo natural. Pero creo que es algo así. Todo un mundo que tiene lugar justo fuera del alcance de nuestra vista. Como las sombras de las paredes que se vuelven locas en cuanto cerramos los ojos. —Traust bajó por las escaleras hasta el vestíbulo—. Bonito reloj.

—¿Hay alguien aquí ahora? —inquirió Marshall—. ¿Lo sabe?

Traust no respondió de inmediato. Miró hacia el suelo. Debía estar buscando el juego de herramientas que había dejado por allí al llegar. Cuando encontró lo que buscaba, se lo mostró a los chicos.

—No es para lo que vosotros creéis —indicó.

EL SONIDO ES EL QUE BUSCA

Eddie, todavía a mitad de camino en las escaleras, se sentó con cuidado en un peldaño, manteniéndose a una distancia segura. La niña, debajo de él, siguió con los ojos abiertos. ¿La habría oído Eddie? Estaba justo ahí. Podía sacar el dedo por la grieta que había en las escaleras y rozar los bajos de sus pantalones. ¿Estaba haciendo demasiado ruido? ¿Debía aguantar la respiración? Las paredes retumbaban a su alrededor como si unos nudillos enormes estuvieran golpeando un lado de la casa. Durante un momento, pensó que sería un martillo, que el hombre estaría clavando algo en la pared. Pero era otra cosa. Elise sintió que la atravesaba, que su pulsación le hacía vibrar los dientes.

—Esa cosa no quitará la pintura, ¿verdad? —preguntó Marshall.

—Adelante, prueba tú mismo.

Se oyó movimiento en el vestíbulo. Un intercambio.

—¿No es simplemente una porra? —inquirió Marshall—. Creía que la usaban los policías para... ya sabes, para pegarle a la gente. A los alborotadores. No para aporrear paredes. ¿Qué hace con ella?

—Nos ayudará a escuchar.

—¿Cómo?

—Como a los murciélagos en una cueva o a los barcos en el mar. Ecolocalización. Sonar.

—Ni de coña —espetó Marshall. Sin embargo, golpeó las paredes de manera dubitativa e irregular—. ¿Así?

—Hazlo como un hombre de verdad —indicó Traust.

—No quiero estropear la pintura.

—¿En una casa tan grande como esta? —comentó Traust—. No creo que tu padre o tu madre se den cuenta. Cuando hayamos acabado, no lo sabrán.

El golpeteo cobró fuerza.

—Mira —dijo el hombre—. Ahora prueba aquí. Encuentra aquello que te rodea y que está debajo de ti.

El ruido se movió en semicírculo por el vestíbulo.

—Tienes un don para esto. Ahora, escucha dónde están los montantes. Un detector de vigas normal no funcionaría en paredes como esta. La densidad es irregular. Cada centímetro es ligeramente diferente. Pero con este aparato podemos escuchar. Esta casa tiene armazón *balloon frame*. Al menos, la mayor parte. El espacio que queda conecta las habitaciones. Si vienes por aquí…

Las paredes retumbaron alrededor de Elise. Se arriesgó a moverse para taparse los oídos.

—El espacio que hay debajo de las escaleras es casi hueco.

—¿Cree que esa persona está entre nuestras paredes? —preguntó Eddie.

—Vaya, el pequeño sabe hablar —bromeó Traust—. Creía que eras mudo. Pero a tu pregunta, te respondería que no. No pasa todo el tiempo entre las paredes. Tal vez no esté ahí ahora mismo o tal vez sí. Tendremos que abrirlo todo y ver.

—¿Has podido encontrarlos antes? —quiso saber Marshall—. ¿Había alguien en tu casa?

Hubo un crujido. El hombre guardó de nuevo el objeto en el juego de herramientas del suelo. Nadie habló.

—¿Habéis oído eso? —preguntó Traust.

Eddie se removió en las escaleras. La madera crujió.

—Lo oís, ¿verdad? —insistió Traust—. Se tiene cierta sensación cuando se sabe algo, ¿no? Todas las pruebas del mundo pueden decir lo contrario, pero lo sabéis. Yo lo sabía cuando tenía vuestra edad, como te dije en los correos. Mirad a vuestro alrededor vosotros dos. Creo que todos sabemos que hay alguien escuchándonos ahora mismo.

Elise se mordió los nudillos con fuerza y notó el sabor del polvo en la lengua. No iba a gritar, no lo haría. Pero necesitaba que los nudillos le llenaran la boca para saber que no era posible.

—Pensad en mí como en una herramienta —sugirió Traust—. Una varilla de zahorí. Hoy, pensad en mí como en una extensión de vosotros mismos, chicos. Queréis que esta sea una casa vacía, que vuelva a ser vuestra casa y nada más. ¿Tiene sentido?

Eddie presionó la junta de la escalera.

—Cuando tenía vuestra edad, habría matado porque hubiera venido alguien como yo. Alguien que me creyera y que se los llevara. Habría dormido mucho mejor por las noches, eso os lo aseguro. Habría gozado de mejor salud y habría sido más feliz. —El hombre rio, se acercó y puso la mano en la barandilla—. Os pido que, a partir de ahora, sigáis mi ejemplo. Que hagáis lo mismo que yo. Que trabajemos como un equipo. Y cuando todo esto haya terminado y tengamos a esa persona fuera, todos lo sabremos. Lo capturaremos. Pero, hasta entonces, haced lo que os digo. ¿Entendido?

—Sí —contestó Marshall—. Entendido.

—Cuando diga «agarrad», agarráis. ¿El pequeñito lo capta?

—Lo capta —aseguró Marshall.

—Bien —dijo Traust—. Y, al final, lo que encontremos será mío.

ABRIENDO UN JUEGO DE HERRAMIENTAS

El hombre les hizo señas a los chicos para que se acercaran a él, junto a su juego de herramientas que estaba en el suelo del vestíbulo. Marshall se inclinó, miró a su hermano y sacudió la cabeza para decirle a Eddie que bajara de la escalera. Él lo hizo, consciente del contacto de la madera fría con sus pies descalzos, del vacío que había arriba detrás de él y del olor a sudor del hombre que estaba abajo. Cualquier equilibrio que hubiera habido en la casa había desaparecido. Se había roto un sello y lo que convivía allí con ellos (el silencio de la casa, una presencia ligera como la de telarañas contra la piel) se estaba desmoronando.

Eddie se paró al lado de Marshall mientras el hombre le daba las herramientas que iban a usar. Las puso en las manos de los chicos hasta que se las llenó, y ellos se miraron. A continuación, apiló los artículos en el suelo a su alrededor. Era una extraña variedad de objetos, como las pertenencias que una persona sin hogar guarda en un carrito de la compra: bolsas de plástico con cosas que era difícil saber qué eran y otras que eran bastante obvias, aunque era complicado saber para qué servirían.

Pañuelos, gomas elásticas, un rollo de alambre.

Cascabeles como los que se cuelgan en los collares de los gatos.

Pequeños explosivos M-80.

Bridas y un estetoscopio médico. Un juego de cortadores de alambre.

Seis botes de pesticida. Bolitas de algodón.

Un foco y tres linternas pequeñas. Una navaja multiusos.

Un martillo y un mazo de goma. Un pequeño taladro eléctrico.

Esposas.

—Bueno, solo queremos que se vaya de nuestra casa —comentó Marshall.

El señor Traust se puso de pie entre ellos.

—Correcto.

El hombretón apoyó las manos en las caderas y abrió la boca como si fuera a hablar de nuevo. Entonces se detuvo con los ojos como platos, como si algo lo hubiera sobresaltado. Miró hacia la biblioteca y luego se volvió y comprobó la sala de estar. Se quedó allí durante un minuto, de espaldas a ellos, con una flecha de sudor oscureciendo el ancho dorso de su vieja camiseta gris. Se recompuso y les dedicó a los chicos una sonrisa llena de dientes.

—Se está perdiendo la luz del día —dijo—. Pongámonos manos a la obra.

EL BOSQUE TIENE OJOS

Más allá de la hierba que llegaba hasta la altura del pecho y de los cardos del campo tras la vivienda, se extendía la línea de árboles con su muro de maleza densa, la brillante hiedra venenosa, los árboles jóvenes de sebo y las ramas bajas de los robles y los arces. En el interior, fuera del alcance de la vista, se oían ruidos de cuerpos moviéndose. El crujido de la hojarasca y el susurro de las hojas de palmito. En un extraño truco de acústica, algunos sonidos del bosque se silenciaban mientras que otros se amplificaban haciendo que aquello que los originaba pareciera más grande. No era muy diferente de lo que sucedía en las paredes de una casa.

Las pequeñas garras de un armadillo atravesando la tierra sonaban como las enormes patas de un oso negro. Una ardilla saltando de una rama baja podía sonar como las patas traseras de un coyote. El zumbido de una colmena, en cierto modo, se pierde por completo. Aves, zarigüeyas y mapaches. Serpientes, jabalíes, linces y osos. Los árboles se miraban a sí mismos con esos ojos en forma de nudos. Sentían el temblor del viento entre las ramas, cada vibración de la tierra a través de sus raíces y de su tronco. Miraban hacia afuera a la carretera de Stanton, hacia el niño que salía de su casa para agacharse bajo las ramas de palmito y las telarañas. Sus pies descalzos pronto chapotearon por el barro de sus senderos. Observaban el campo, el dique y la gran casa blanca. Habían mantenido su propia vigilancia constante.

La camioneta del patio trasero ahora estaba descargada. Era media tarde y el sol, aunque algo cubierto por una capa de nubes, golpeaba con fuerza y calor. Pero, por alguna razón, las luces de la casa estaban encendidas: los dormitorios de los chicos, la habitación de invitados e incluso el desván. Las bombillas eran tenues, como pequeños cuerpos dorados que se reflejaban en los cristales de la ventana. Se veía un aleteo ocasional detrás de los cristales, alguien que pasaba de una habitación a otra y a otra, un gran mueble que se movía hacia una ventana para sellar un ojo.

Pero la casa en sí estaba inmóvil, y parecía incluso medio dormida, como un árbol caído después de una fuerte lluvia. Desde el otro lado del campo, es difícil saber que algo va mal. Un árbol repleto de termitas tarda en mostrar las fisuras en el tronco.

LO QUE SIGNIFICARÍA ENCONTRARLOS

Hay una historia con la que el hombre creció en la que piensa a menudo. No recuerda dónde la oyó por primera vez, quién se la contó o si la soñó. Otra historia sobre una casa encantada.

Un hombre hereda una casa. Es grande y sus habitaciones y pasillos caen uno tras otro como una pelota por una escaleras. Está apartada y él debe asegurarse de que todas las luces permanezcan encendidas. La casa tiene muchas luces. Las bombillas del techo queman cien vatios cada una, con lámparas colocadas en las esquinas de las habitaciones, arrebatándoles la oscuridad y haciendo que los cristales brillen con calidez. El aire está desmesuradamente caliente día y noche. Incluso las luces del armario están encendidas. En armarios y cómodas, las linternas, también encendidas, ruedas y chocan entre sí cuando se abren los cajones.

El hombre encuentra bombillas de repuesto en los rincones de la casa, almacenadas en cajas. Miles de bombillas de cientos de estilos y formas: tubulares, retorcidas, fluorescentes, hexagonales y en forma de pera. Con el calor a su alrededor, incluso cuando está solo, no se siente así.

Al principio, por curiosidad, apaga una luz y una sensación lenta y vacilante surge en él. Como si algo perdido ahora se estuviera hinchando con un olor agrio a podredumbre. Sus dedos juguetean con el interruptor. Cuando vuelve a encender la luz, esa sensación desaparece. Se seca el sudor de la frente, repentinamente agradecido. Vive en la casa durante un tiempo.

Cuando las bombillas se funden en alguna parte de la casa, él lo sabe, sin importar dónde esté, porque sus sentidos están allí, en ese oscuro edificio. El hombre se desespera por reemplazarlas. Ha notado cómo en los lugares de la casa a los que no llega la luz, hay muerte: insectos, arañas, ratones. Cuando se quema un fusible en el sótano, ahogando la habitación en la oscuridad, se da cuenta de que lo ha perdido. Se enfrenta a su puerta cerrada.

Pero las bombillas siempre se están fundiendo y él no es bastante rápido todas las veces para atraparlas. Cuando gira una bombilla muerta, sacándola del portalámparas, parece como si el hilo nunca terminara. Debe resistir el impulso de arrancarla. En ese bolsillo oscuro, las siente allí. Siente los dedos de las bombillas sobre su antebrazo, presionando sus uñas contra la piel. Han estado allí todo el tiempo. Finalmente, la historia termina cuando toda la casa está a oscuras.

—Niños, me habéis preguntado qué significa «encontrarlos». Atraparlos, finalmente, en el haz de tu luz, verlos allí, a tu lado, cuando sabes que siempre han estado justo al otro lado del borde.

»Es quitarle la máscara al mundo. Arrancarle la fachada y ver el cableado que hay debajo.

»Cuando creces en una casa como la vuestra (y no me refiero a una mansión, no es nada tan grande), sino una casa como esta en el sentido de que es una casa, con los sonidos de una casa, corrientes de aire, cerraduras y espacios ocultos, un lugar con ángulos que impiden que cualquiera pueda verlo todo a la vez. Una casa en la que nadie te cree. Y cada día que estás en casa, haciendo los deberes, comiendo, cambiando de un canal a otro de la televisión, esforzándote paso a paso con las tareas diarias y hay alguien respirando en el desván cada día te conviertes en algo diferente.

»En la iglesia, te hablan de Dios y del Diablo, de la gran diferencia que hay entre ellos, pero cuando eres un niño en una casa que se supone que debe estar vacía, oyendo una puerta que se abre en algún lugar cercano, ¿cuál es la diferencia? Estás tú y luego está todo lo demás. Cada objeto y cada pensamiento se vuelve contra ti y solo te tienes a ti mismo y a tu conocimiento.

»Pero, cuando lo sabes, cuando lo sientes, como unas uñas presionándote el antebrazo, puedes luchar. Puedes resignarte al hecho de que vas a morir intentando encontrarlos. Puedes tener esa certeza. Pero, cuando todavía no lo sabes, estás solo y nada te ayuda.

»Parece que he pasado cien vidas sin saberlo. He pasado más tiempo del que podríais comprender sin sostenerlos entre mis brazos. Quiero verles la cara. Quiero ver una cara y llevármela para mostrársela a todos los que no me creyeron. A todos los otros que han vivido cien vidas sin saberlo.

—Señor Traust —murmuró Eddie desde el final del pasillo encogiendo la voz—, esto no va de nosotros, ¿verdad?

—Chicos —dijo Traust—. Ya. ¿Qué tal si vais a revisar de nuevo los armarios?

DEBE MOVERSE

Sonó el reloj del vestíbulo. Llevaban más de una hora buscando. Puertas y armarios se abrían y se cerraban de golpe, se oían pasos en todas las direcciones. Las paredes no eran seguras. Elise oyó el clic a lo largo del pasillo, en el dormitorio, contra la madera de las escaleras y en la pared desnuda de la biblioteca después de que el hombre sacara todos los libros de las estanterías y los apilara en el suelo. No habría sabido lo que era si no hubiera escuchado a los hermanos hablando detrás de él. Un estetoscopio. Elise podía contener la respiración el tiempo suficiente, pero no podía detener su corazón. Ese órgano se había vuelto muy ruidoso palpitando en su pecho, martilleando en sus oídos. Tan fuerte que creía que el hombre podría oírlo desde otra habitación, que lo seguiría por todos los ventrículos de la casa hasta su fuente.

En acelerones cortos, cuando Elise hallaba la oportunidad, se deslizaba a través de las paredes hacia la cocina, al otro lado de la casa, trepando por encima de los marcos de las puertas y pasando por la tenue y cálida luz de la vidriera. Una vez allí, usó los postes para encajarse en la parte superior de la despensa hacia el panel de acceso. Lo abrió y colgó los pies sobre los estantes, buscando un lugar para pararse entre las cajas de cereales y el arroz.

Cerró el panel detrás de ella. Elise descendió por los estantes y se aplastó en el suelo con la mejilla contra los fríos azulejos, para mirar por debajo de la rendija de la puerta. Se puso en cuclillas y pegó la oreja a la madera de la puerta para escuchar.

Ahí estaba su abertura.

Elise giró el pomo y se arrastró por la cocina en cuatro patas, parándose en la puerta de la sala de estar para asegurarse de que no había nadie vigilando allí, en silencio. Luego dobló la esquina y se metió en el armario de los abrigos de la sala de estar.

Ya habían mirado allí, ¿no? Separó las chaquetas que estaban colgadas, se agarró a la vara de metal, se elevó, balanceó el pie en el estante de arriba y subió poco a poco. En el estante había una colección de cajas pequeñas, marcos de fotos y linternas. Elise se levantó y pasó por encima de ellos. Una vez detrás, se estiró y, consciente del chirrido de las perchas de metal sobre la barra, las recolocó en el centro. En el estrecho espacio que quedaba detrás de las cajas y de los marcos, echó los hombros hacia adelante, presionando la espalda y las piernas contra la pared. Respiró.

Se dio cuenta de que ya habían estado a punto de descubrirla en ese armario, durante la fiesta de cumpleaños de Eddie. Casi. Pero no la habían encontrado. No sabía si eso significaba que ese lugar le daba buena o mala suerte. Deseó tener a alguien que se lo dijera. Su padre, su madre. Incluso Brody.

Minutos después, Elise oyó pasos sobre la alfombra de la sala. ¿Era ese hombre? Agarró una de las linternas que tenía en el estante frente a ella. Era metálica y pesada, de unos dos kilos. La notaba resbaladiza en su mano sudorosa. Elise pensó que si veía esas enormes manos acercándose a ella, intentado agarrarla, podría mover la linterna hacia abajo con fuerza suficiente para aturdirlo. Esperó. Otros pasos entraron en la habitación desde el vestíbulo.

—¿Qué está haciendo ahora? —preguntó Eddie con su fina voz.

—Está repasándolo todo otra vez —explicó Marshall—. Todas las toallas del armario de la ropa de cama y mi habitación. Ha quitado las sábanas de mi cama. Ha sacado la ropa de mi cómoda. Mis CD y mis libros de texto están esparcidos por el suelo.

—¿Qué hay de mi habitación?

—Creo que será la siguiente.

Los chicos guardaron silencio durante unos momentos. Alguien se sentó en el sillón reclinable. Desde el vestíbulo, el cardenal anunció la mitad de la tarde. El sonido de los pájaros sorprendió a Elise. Era como si hubiera esperado que los pájaros pintados alzaran vuelo y huyeran.

—Estaba hablando de poner un cable trampa ahí —informó Marshall—. En realidad, iba a clavarlo en los marcos de las puertas.

—¿Clavarlo?

—Le he dicho que usara cinta en lugar de eso. Cinta de pintor, para que no deje restos de pegamento.

—¿Podremos limpiar todo esto antes de que vuelvan mamá y papá?

—Vamos a tener que hacerlo.

—No lo quiero aquí —dijo Eddie—. Quiero que se vaya.

—Sí —corroboró Marshall—. Yo también. —Parecía cansado—. Estoy pensando que, cuanto antes encuentre a alguien, antes se irá de aquí. Pero no podemos olvidar de qué va todo esto. Dice que cree que estamos cerca. Y… después de todo esto, es decir, ¿te imaginas que después de todo esto no encuentre nada? ¿Que sigamos teniendo a alguien en casa? Eddie, no podemos vivir el resto de nuestra vida asustados por la puta oscuridad.

—Ojalá se lo hubiéramos dicho a mamá y a papá.

—No —espetó Marshall—. ¿En serio? —Ahora había frustración en su voz. Elise podía imaginárselo allí, de pie, en el centro de la habitación frente a su hermano, que estaba sentado con los ojos cerrados, llevándose los dedos a la frente y negando con la cabeza—. Eddie, no nos habrían creído. ¿Por qué te cuesta tanto aceptarlo? Dirían que hemos perdido lo que en realidad nos ha sido robado. Dirían que nos imaginamos la huella. De lo que oímos, dirían que es solo la casa. No eres tonto; por favor, deja de comportarte así. ¿Tengo que decírtelo? Puede que, una noche, finalmente esa persona nos corte la garganta mientras dormimos o, yo qué sé, que los dos nos volvamos locos.

—¿Como él?

—Eddie —dijo Marshall—. ¿Qué mierda...? ¿No crees que alguien que se cuela por aquí, que nos roba nuestras putas cosas (¡una navaja!), es algo más que un problema? Si no, bueno, pues entonces es verdad que te has vuelto loco. O que eres aún más estúpido de lo que pensaba. Este tipo ha venido y tú te estremeces, te quejas y apenas miras. Quiero decir, a mí tampoco me cae bien, pero no estás ayudando a que todo esto acabe antes. Lo único que has hecho ha sido gemir y sollozar detrás de mí. Caminar de puntillas. Descalzo. Estás haciendo que ese hombre piense que solo somos unos putos críos. No necesitamos eso.

Marshall atravesó la habitación y empezó a arrancar cojines del sofá y a tirarlos al suelo.

—¡Levántate! —le dijo a su hermano, y Elise lo oyó tirar del cojín del sillón reclinable en el que estaba sentado Eddie—. Ve a buscar por el garaje o donde sea. Tú ve, hombre, y haz algo.

Y el hermano pequeño se marchó.

EN UN RINCÓN

Después de que Marshall buscara por la sala de estar, la puerta del armario se abrió y la luz se expandió por el espacio. Entró. La coronilla de su cabeza estaba solo a un brazo de distancia de ella. Elise vio los mechones de su cabello en el espacio que quedaba entre dos cajas pequeñas. Marshall separó los abrigos y las chaquetas para mirar detrás.

Los músculos del brazo de Elise se tensaron y levantó la linterna por encima de ella todo lo que le permitía el techo. Si el muchacho miraba hacia arriba, si sus ojos se elevaban en sus cuencas, ella no le daría oportunidad. Se imaginó su cráneo agrietado por el impacto. Empujaría hacia abajo las cajas y los marcos de fotos que había entre ellos y lo golpearía todas las veces que pudiera antes de que al chico se le doblaran las rodillas.

Si no lo hacía, Marshall la sujetaría con sus nudillos huesudos y le pediría a Traust que bajara. El hombretón estaría allí en segundos.

Marshall cerró la parte que tenía abrigos colgados. Elise esperó que levantara la vista y la viera. Pensó que ella hubiera hecho eso en su situación.

Marshall llevó los ojos hacia arriba. Repasó los marcos de fotos y las cajas. Fue solo un parpadeo, pero Elise distinguió el marrón oscuro de sus ojos. No se movió. No podía.

Marshall se dio la vuelta y cerró la puerta del armario tras él.

SIGUE MOVIÉNDOTE

En el exterior, la línea de los árboles del bosque era como una pared. El cielo abovedado era como un techo. El dique empinado y cubierto de hierba era otra pared. Al otro lado del dique, el río era una fuerza constante y silenciosa. Durante meses había estado apartado de su vista, aunque seguía vivo y corriendo.

Elise escuchó a los hombres que estaban en su casa, rastreó sus movimientos proyectándolos y extrapolándolos en su mente mientras el reloj del vestíbulo marcaba primero el cuarto de hora y luego la media hora. Cuando sintió que era seguro, bajó del estante como una sola gota de agua. Salió del armario de la sala de estar, corrió detrás del piano que ahora había sido arrastrado al centro del comedor y esperó. Sintió la presión de permanecer inmóvil en una habitación abierta fluyendo dentro de ella, mientras unos pasos atravesaban el vestíbulo para entrar en la sala de estar y después en la cocina. Marshall diciéndole algo a su hermano, que todavía estaba en el garaje. Elise subió las escaleras curvas en silencio. Traust estaba en el dormitorio de los padres, pero Elise pasó por la puerta como poco más que el parpadeo de un fantasma. Las habitaciones que la rodeaban estaban desordenadas, como si los muebles hubieran cobrado vida y hubieran organizado una revuelta. Los cestos de la ropa estaban desparramados. Los cajones habían sido vaciados sobre las camas. La ropa, descolgada de sus perchas. Las toallas cubrían el suelo bajo sus pies. Estaban desmantelando la casa para encontrarla.

Tenía que seguir moviéndose. También era su casa.

El río al otro lado del dique sube y baja. Traga y retrocede.

Elise, el río. Una corriente fuera del alcance de la vista.

ENVENENANDO EL DEPÓSITO

A última hora de la tarde, el señor Traust había salido al patio. Eddie lo había visto allí, la silueta oscura de su cabeza atravesó las ventanas de la planta baja bajo la luz del sol. Pronto, Eddie lo escuchó debajo de la casa. Al principio pensó que podía haber sido la otra persona, la oculta, pero oyó los gruñidos involuntarios y bestiales del hombre y el peso de su cuerpo chocando por los cimientos. No era el intruso, ya que este era silencioso, casi imperceptible, incluso delicado. Por los ruidos que hacía el señor Traust, Eddie se dio cuenta de que esa persona debía ser pequeña. Debajo, algo empezó a silbar.

—¿Qué mierda está haciendo ahí abajo? —preguntó Marshall desde la escalera.

Eddie negó con la cabeza.

—Vais a querer salir —dijo la voz apagada del señor Traust desde abajo.

Los niños se encontraron con él en el espacio estrecho detrás de las azaleas. Fue sorprendente verle el rostro sonrojado y tenso en el oscuro rectángulo al lado de la casa (Eddie nunca hubiera imaginado que cupiera allí en primer lugar), y él emergió tosiendo y retorciéndose con la cara y la camisa cubiertas de tierra gris. A medio camino sobre la hierba, se tapó la boca con un pañuelo.

Levantó la otra mano para que Marshall lo agarrara. Finos hilos de humo provenían del agujero tras él. El hombre tenía ahora los ojos rojos y llorosos.

—He fumigado —explicó el señor Traust poniéndose de pie. No tardó mucho en recomponerse e hizo un gesto a los niños con dos dedos para que lo siguieran de vuelta a la casa. Mientras caminaba, prestó una atención excesiva a las ventanas: su cuerpo estaba parcialmente frente a ellas, pero sus botas se posaban directamente delante de todas. Llegó hasta su camioneta y sacó tres mascarillas de la cama. Le lanzó dos a Marshall, que no se lo esperaba. Al muchacho se le cayó una y tuvo que agacharse para recogerla.

—¿Qué es esto? —inquirió Marshall—. ¿Ahora está envenenando nuestra casa? —Había cierta resignación en su voz—. Ya le he dicho que nuestros padres vuelven mañana. No tenemos tiempo para lavar todos los platos y las sábanas…

—Vuestra casa es demasiado grande —se excusó el señor Traust—. No tenemos ojos suficientes para vigilarlo todo a la vez. Además, solo lo he puesto por debajo. El humo del insecticida sube, pero va exactamente donde yo quiero. A los espacios intermedios. Solo allí. A los lugares en los que puede esconderse nuestro amiguito. ¿Lo entendéis?

—¿Está seguro?

El hombre miró fijamente a Marshall a los ojos. Frunció los labios.

Marshall le tendió una mascarilla a Eddie mientras el señor Traust recogía el juego de herramientas que había dejado al lado de la casa y volvía a entrar.

—Póntela —dijo Marshall. Evitó la mirada de Eddie cuando se la entregó. En lugar de eso, volvió a fijarse en el estrecho espacio en el que se entrelazaban las volutas de humo.

EL CUERPO GRITA

E n el vestíbulo, se quedaron de pie y esperaron que cesara el silbido del insecticida que había debajo de ellos.

El señor Traust miró por las paredes. Dejó su juego de herramientas y entró en la sala de estar con la cabeza inclinada hacia un lado y una oreja levantada como un perro. Los chicos no sabían qué más hacer aparte de seguirlo. El hombre se detuvo abruptamente y frunció el ceño cuando se dio la vuelta y los encontró en su camino. Los muchachos retrocedieron hasta el vestíbulo y luego lo siguieron a la biblioteca.

—¿Cuántas cosas de esas ha puesto allí abajo? —preguntó Marshall.

—Shh —dijo el señor Traust. Se llevó un dedo a los labios y luego miró a su alrededor y señaló el suelo como si quisiera decir «esperad aquí». Atravesó el cuarto de la lavadora y desapareció por la esquina hacia el porche trasero.

Los hermanos esperaron en la biblioteca junto a los libros que habían apilado en pequeñas torres junto a la alfombra enrollada y el sofá que habían colocado perpendicular a la pared. El sol estaba descendiendo en el cielo y la lámpara proyectaba suaves sombras en el suelo.

Un minuto. Dos minutos. El silbido empezó a calmarse debajo de ellos. Fantasmas de humo se elevaron por el conducto de
ventilación. Eddie no sabía si de verdad los estaba viendo o no.
Un coche pasó por la carretera con la ventanilla baja y música
country distorsionada por la velocidad. La casa que los rodeaba
estaba en silencio.

El humo ascendía por el interior. Eddie podía imaginárselo
justo al otro lado de la pared, retorciéndose en la oscuridad alrededor de los postes y las vigas. Bucles, gusanos grises entre la
suciedad negra que los rodeaba por todos los lados. Eddie notaba
su aliento caliente en la mascarilla. El sudor se le acumuló en el
labio superior. El señor Traust estaba ahora de pie, su silueta se
veía por las ventanas del porche trasero. Tenía las grandes piernas abiertas, los brazos levantados y los codos hacia afuera y se
cubría los ojos con las manos. Estaba escuchando. Las luces de
todas las habitaciones vibraban suavemente.

Luego, finalmente, encima de él, a través del techo, en alguna
parte de las habitaciones vacías de arriba, se escuchó a alguien
toser.

EL INICIO DE
LA TORMENTA

El señor Traust atravesó la casa como un trueno. Pasó junto a los chicos por la biblioteca, pateó los libros del suelo para abrirse camino derrumbando pilas enteras bajo sus espinillas. Los chicos se apretujaron contra los estantes para dejarlo pasar. Subió las escaleras de tres en tres haciendo tanto ruido con las botas que parecía que iba a partir la madera. Avanzó con tanta fuerza que, a mitad de camino, necesitó parar. No podía oír el ruido. Los chicos fueron tras él, se pararon al pie de las escaleras y observaron mientras él escuchaba. Vieron sus grandes manos con los nudillos blancos sobre la barandilla y su pecho subiendo y bajando. Estaba ansioso y preparado, pero, de algún modo, su rostro no parecía cuadrar con el resto de su ser. Tenía el ceño fruncido y los labios estirados hacia atrás, una expresión que se esperaría de un niño asustado. A Eddie le llevó un momento darse cuenta de que Marshall lo estaba agarrando del hombro.

Entonces oyeron de nuevo la tos (ahora más seca) y el señor Traust empezó a perseguirla. Los chicos corrieron tras él y vieron que la alfombra del pasillo se llenaba de aire bajo sus botas. Fuera del dormitorio de los padres, el hombre se detuvo y escuchó, siguió adelante con la punta afilada de la nariz orientada hacia los espacios que había sobre los marcos de las puertas. Pasó la habitación de invitados y el despacho y echó a trotar por el pasillo hasta el final, con los chicos todavía detrás de él hacia donde estaban sus dormitorios. El hombre abrió de golpe la puerta de la habitación de Eddie como si estuviera bloqueada y entró. La tos salía de allí con tanta fuerza que los Marshall y Eddie apenas notaron que el señor Traust estaba arrastrando el escritorio hasta la otra pared.

Lo vieron subirse al escritorio con dos grandes pasos. Ahora parecía muy alto. La parte superior de su cabeza rozaba el techo. Estiró ampliamente los brazos y palpó la pared con la yema de los dedos. Apoyó la cabeza contra ella mientras alguien tosía allí mismo, justo al otro lado. Luego, el señor Traust retrocedió un paso con los talones colgando justo por el borde del escritorio, echó el codo hacia atrás y golpeó el yeso con su grueso puño.

Ella gritó. La propia casa podía estar gritando.

La pintura azul de la pared se agrietó alrededor del pequeño agujero negro. Lo que fuera que hubiera dentro ahora se estaba revolviendo y pateando las paredes como un pájaro atrapado en una caja.

El señor Traust se tocó los nudillos. Tal vez estuvieran sangrando.

—¿Qué mierda estáis haciendo vosotros dos, críos? —gritó—. Traedme el puto juego de herramientas, el martillo. ¡Ya!

Cuando Marshall dio media vuelta y echó a correr, el señor Traust golpeó el yeso con el codo.

ÉL LA AGARRA

Eddie lo observó desde el centro de su habitación. Se sentía casi como si no hubiera estado allí nunca. El hombre saltó del escritorio para arrancar el reloj despertador de su soporte y usarlo para golpear el yeso. Ese lugar no era el suyo. Esa no era su habitación. El hombre golpeó dejando cráteres de meteoritos rectangulares. Restos verdes y dorados de distintas capas de pintura salían disparados con los golpes irregulares.

Eddie la escuchó. Supo que era una niña, toda esa incertidumbre de lo que podría ser se iba estrechando, cerrando el foco. Era pequeña, más pequeña que él, y estaba dentro de las paredes buscando a tientas con las manos, arañando, intentando alejarse. Estaba llorando. El señor Traust volvió a estrellar el reloj de plástico contra la pared con el cable de alimentación azotando detrás de él, hasta que lo partió en dos y dejó expuestos sus cables rojos y verdes. Había abierto un agujero en la pared y estaba intentando ensancharlo. Algo pasó rápidamente entre las sombras (¿lo había visto el señor Traust?) y Eddie se dio cuenta de que la niña era alguien físico, alguien real cuyo cuerpo ocupaba espacio y cuya piel tenía textura.

—¿Dónde cojones están mis herramientas? —exclamó el señor Traust—. ¡Necesito el martillo! Necesito…

Se volvió hacia Eddie lanzando el despertador roto al suelo. Entonces metió la mano en el agujero. Todo su antebrazo desapareció y el yeso se fue soltando mientras empujaba la parte superior del brazo en la oscuridad. Palpó a tientas el interior de la pared. Sus ojos planos, inmóviles en sus cuencas, miraban al vacío justo por encima de la frente de Eddie. Nada, no encontraba nada. Entonces sonrió con esos ojos enormes, sobredimensionados e incluso saltones. Sus dedos la habían encontrado. Todo su cuerpo tembló cuando agarró y tiró.

Golpes en las paredes. Ella volvió a gritar, pero el sonido fue interrumpido por su tos. El cuello del señor Traust se había manchado con un rojo tan oscuro que parecía púrpura. Retorció el cuerpo mientras movía el brazo por el agujero como el minutero de un reloj enloquecido. Unos piececitos aporreaban el interior de la casa.

—¡La tengo! ¡Por el pelo!

La había agarrado. Se apoderó de las delgadas fibras como una red que se hubiera extendido por toda la casa, sobre la que habían caminado todos los días sin poder verla. Cada uno de esos momentos estaba ahora en las manos del hombre. En esa habitación, se había producido la exhalación de un suspiro desde la parte trasera del mullido sillón. O cuando, en medio de la noche, justo afuera, alguien se había apartado del camino de Eddie en el pasillo. Por la mañana, cuando abría el agua de la ducha y ajustaba la temperatura, los crujidos sobre él en el desván, como un pájaro revolviéndose en el nido. Sonidos recopilados. Los sonidos de ella. Un destello repentino atravesó la mente de Eddie: justo al lado del señor Traust, a través de la pared, la imagen de un rostro (compacto y delineado en la penumbra) siendo estirado, raspándose la piel contra las vigas de madera. Tirándole del pelo por el pequeño agujero. El hombre le metería los dedos en las cuencas de los ojos, como si fueran los agujeros de una bola de bolos.

Eddie cruzó corriendo la habitación y se le echó encima. Agarró al hombre de la camisa y tiró, intentando que bajara del escritorio. El señor Traust maldijo. Le dio una patada a Eddie con el talón de su bota.

—¡Para! —ordenó, pero Eddie continuó tirando de los bolsillos de sus vaqueros, rodeándole las rodillas y empujando hacia los cajones del escritorio, tratando de que el señor Traust se soltara de la pared y de la niña que había dentro.

—¿Qué mierda estás haciendo? —gritó el hombre—. ¡Se está alejando!

El señor Traust descargó su bota contra el puente de la nariz de Eddie, lastimándolo. Eddie cayó al suelo con el mundo ingrávido a su alrededor. Notó el olor de algo conocido (flores o polvo) y a su hermano inclinándose sobre él. Eddie, sobre la moqueta, vio el puño de Marshall estrellándose contra la corva del hombre, lo que lo obligó a doblarse como si lo hubieran golpeado con un atizador caliente. Se soltó de la pared y cayó a cuatro patas sobre el escritorio. Marshall pasó las manos bajo las axilas de Eddie, tirando de él con fuerza por la moqueta hacia la puerta.

El señor Traust los miraba boquiabierto.

—¿Qué cojones?

—No se acerque a mi hermano —advirtió Marshall con firmeza.

El señor Traust se giró para mirar hacia la pared y todos la oyeron aferrándose a las paredes, rascando. Había encontrado sus asideros y estaba escalando y alejándose de su alcance.

—¡Idiotas! —espetó el hombre volviendo a meter el brazo en el agujero sin lograr agarrar nada.

—¡Le ha dado una patada a mi hermano! —exclamó Marshall—. ¿Qué mierda pasa con usted?

Eddie logró llevarse los dedos al rostro y tocarse la sangre que le salía de las fosas nasales. Miró las dos gotas que le resbalaban por el dorso de la mano. La habitación daba vueltas a su alrededor.

—¡Había logrado agarrarle el pelo! —dijo el señor Traust—. ¡Lo tenía en la mano!

Marshall se inclinó sobre Eddie y lo miró.

—¿Estás bien?

Eddie se encogió de hombros y Marshall lo ayudó a levantarse.

—Tú y ese retrasado habéis hecho que la perdiera —acusó el señor Traust.

—Que le jodan, cabrón.

—Ahora mismo estáis en mi camino.

—¡Le ha dado una patada en la cara a mi hermano, capullo!

El señor Traust bajó del escritorio. Su semblante se había oscurecido. Sus anchos brazos se alzaban a sus lados. Le sangraba la mano y el brazo que se había cortado con la pared. De su gordo antebrazo goteaba una línea roja.

—Ahí hay una niña pequeña —dijo Eddie. No sabía qué más decir.

—Gilipolleces. —Cayó saliva al suelo cuando el hombre pronunció esas palabras.

—Ponte detrás de mí, Eddie —indicó Marshall.

El señor Traust dio un paso hacia adelante. El sudor le mojaba la camisa. Sin mirar atrás, Marshall giró a medias y estiró el brazo tras él. Encontró el hombro de Eddie con la mano y lo empujó hacia la puerta.

—No volverá a pasar —espetó el señor Traust—. Esta es vuestra casa y he intentado respetarla. Pero, chicos, vais a tener que iros. Voy a dejaros fuera.

—Vete, Eddie —dijo Marshall—. Vete. Sal de aquí. Llama a la policía.

—Eso no servirá de nada —comentó el señor Traust.

Eddie retrocedió hacia el pasillo y vio cómo su hermano metía la mano en el bolsillo del pantalón en el que guardaba la navaja. Al chico le temblaban las manos y la navaja cayó al suelo. El señor Traust se acercó a Marshall y golpeó los puños del muchacho como si fueran los de un muñeco. Lo agarró por la cintura y le pasó el brazo por la espalda.

Eddie corrió hasta el despacho. El teléfono inalámbrico estaba sobre el escritorio. Cerró la puerta de golpe y echó el pequeño pestillo. Atravesó la habitación, agarró el teléfono con ambas manos y apretó los botones. Sostuvo el auricular con tanta fuerza contra su cara que le dolió. Para que el hombre lo escuchara, gritó:

—¡Los estoy llamando!

Llamar sería suficiente para lograr que se marchara. Tenía que serlo. El hombre no podía quedarse si la policía iba de camino. Eddie no sabía lo que le diría al operador cuando le pasaran la llamada. El auricular seguía en su oído en silencio y Eddie esperó. No sabía qué iba a decir, pero gritaría y lloraría si era necesario. «Venid y ayudadnos», le diría al operador.

—¡Estoy llamando!

—¡Eh! —gritó el señor Traust. Estaba justo tras la puerta—. ¿Qué crees que va a pasar? —Gruñó, y se oyó el sonido de un cuerpo luchando contra otro. El hombre sostenía a Marshall con fuerza contra él—. Niño, abre la puerta y sal. Hace rato que he cortado la línea telefónica.

LA NIÑA DE LAS PAREDES

Elise se impulsó por el espacio angosto del desván y abrió el suelo de madera contrachapada. Aspiró el aire cálido y fresco. Volvió a toser. Le escocían los ojos y las fosas nasales. Fuera lo que fuese lo que ese hombre hubiera soltado en su casa, lo notaba como cristales rotos en la garganta. Elise necesitaba escupir, pero escupir le dolía. Se movió hacia su rincón, sacó una botella de agua y se la echó sobre la cara dejándola correr sobre sus ojos abiertos. Tenía una especie de colmena zumbándole en la cabeza. Estaba mareada. Hizo girar el agua en su boca, dejando que se filtrara sola y le goteara por la barbilla hasta el suelo. Cualquiera podría ver el charco que había dejado. No le importaba.

El devorador de los muertos había ido a por ella. Nidhogg, el que se comió las raíces del árbol de la vida. Todos los nombres de sus libros. Hela. El Galimatazo. Satanás. Había ido a por ella y quería hacerle daño. Había ido a llevársela. Había enviado una columna de humo tóxico por las paredes para asfixiarla y encontrarla.

¿Qué iba a hacer?

Él había envenenado su casa. La primera vez que golpeó la pared, el impacto le llegó hasta el muslo. Se había doblado y se había soltado de sus puntos de apoyo, quedando colgada de sus manos como una araña en una telaraña rota. Había ido a llevárse-la como había hecho con sus padres. Su humo negro se elevaba hasta el cielo. Elise necesitaba otro lugar para ocultarse.

Se enjuagó la cara con el agua que quedaba. El desván no la mantendría a salvo. Si se quedaba allí, el hombre acabaría destro-zando la habitación hasta encontrarla.

Respiró. Recordó la voz de su padre: *Pensemos*.

Sin las paredes, solo había un camino para bajar: la puerta del desván. Pero eso la llevaría directamente a Traust. Estaría espe-rándola con los brazos abiertos como las alas de un búho. ¿Podría bloquear la puerta?

Se elevaron voces desde abajo. Pasos pesados resonaron por el pasillo, pero se estaban alejando. Tenía que saber a dónde ha-bía ido. Pero no estaban yendo todavía a por ella. Tenía tiempo. Elise fue hacia el espacio angosto y agarró un tablero de madera contrachapada junto al que había usado como cobertor para la cama. A diferencia del otro, ese estaba lleno de clavos. Tenía una delgada línea de metal en cada esquina. Colocó los pies en el pe-queño espacio, curvó los dedos alrededor del borde de la tabla y tiró. Le ardía la espalda. Sintió un profundo dolor en los dedos hasta que los finos clavos de los lados quedaron medio libres. Se arrodilló en su rincón y empujó con las palmas hacia arriba desde el otro lado, arrancando el resto de la tabla. Se volcó y cayó estre-pitosamente al suelo. Elise se dirigió al tablero de al lado e hizo lo mismo.

Los clavos no eran profundos. Recordó el rápido trabajo que habían hecho su madre y su padre con el suelo. Cuando se habían mudado la mayoría del desván era inutilizable, como una caja torácica desnuda llena de vigas transversales que sobresalían de las escaleras. Los padres de Elise habían dejado que la niña colo-cara algunos de los tableros. Su padre le rodeó las manos con las suyas mientras sujetaban la pistola de clavos caliente.

Pero Elise todavía era una niña. Había crecido y se había vuel-to fuerte trepando por las paredes, aunque sus huesos aún eran pequeños. Le ardían las articulaciones de los dedos. Le ardían los muslos y las pantorrillas. Finalmente, pudo sacar el segundo tablero.

Debajo de ella, alguien estaba arrastrando algo grande. Arrojó el segundo tablero a un lado. Ahora, la grieta que conducía a las paredes de la casa era enorme, como una fosa profunda que la dividía. Por el tragaluz, Elise creyó ver elevarse un ligero humo arrastrado por el ventilador superior para permitirle una salida. Tendría que ser suficiente.

Todas sus cosas habían quedado reveladas: los abrigos que usaba como cama, su comida, sus lápices y dibujos, las cosas de sus padres, su ropa, sus libros y todos los regalos de Brody. Elise agarró las viejas gafas de natación del niño y se envolvió la boca con un pañuelito; luego metió los extremos por el cuello de la camiseta. Los pasos volvían por el pasillo hacia la puerta del desván.

Elise determinó su camino trazándolo por debajo de ella. A continuación, volvió a hundirse en la grieta y buscó los asideros con los pies. Descendió de nuevo entre las paredes notando el escozor del humo en sus mejillas.

CHICOS

Se oyó un traqueteo por encima de ellos, como si algo estuviera rascando las costuras de la casa. Los nervios del señor Traust se reflejaban en sus manos. Tenía las palmas calientes y mojadas y los hermanos sintieron que se le contraían cuando los agarró por la nuca y los metió en la habitación de sus padres, uno detrás del otro, y cerró la puerta. Lo oyeron gruñendo y empujando la cama con la moqueta desgarrándose bajo las patas y el pie de latón de la cama golpeando contra el marco y bloqueando la puerta. Desde el otro lado dijo:

—Quedaos aquí. —Y se marchó.

Cuando sus pasos se desvanecieron por el pasillo, Marshall giró el pomo y empujó la puerta con la cadera.

—¡Ayúdame a empujar! —le dijo a Eddie, que se puso a su lado para tratar de mover la pesada puerta de roble con el hombro, una y otra vez, hasta que le dolió toda la parte lateral del cuerpo. La madera solo crujió contra el marco de metal. No se movió nada. Marshall exhaló. Hizo una mueca a su hermano.

—Eddie, ¿qué estabas haciendo? ¿Qué intentabas hacer?

—No lo sé.

—No —repuso Marshall—. No. ¿En qué estabas pensando? Te he visto. Lo has atacado. Te has vuelto salvaje con ese tipo. Y, bueno, es grande. Y es un puto psicópata. Y había una mujer allí, joder, estaba justo al lado y la tenía agarrada... Eddie, ¿qué ha pasado?

—Es una niña —contestó Eddie—. Suena como... ahí hay una niña pequeña.

—¿Una niña? —repitió Marshall. Miró hacia el techo. La expresión de su rostro no daba a entender que eso le pareciera mejor.

—Estaba intentando hacerle daño.

Marshall observó a Eddie, incrédulo. Por un momento, Eddie pensó que Marshall se pondría de pie, le presionaría la garganta con los pulgares y lo estrangularía a causa de la exasperación. Pero su hermano no hizo nada, simplemente se quedó a allí mirándolo como si Eddie se hubiera convertido en otra persona, en algo totalmente nuevo.

Marshall se llevó una mano a la cara.

—La he cagado —murmuró—. Mucho. Estamos en grave peligro. Ya has salido herido.

No muy lejos, oyeron los pasos del señor Traust subiendo las escaleras del desván. Estaba hablando con un suave murmullo. No podían entender lo que decía.

—¿Qué va a hacerle? —preguntó Eddie.

—Eddie —dijo Marshall clavándole la vista. Negó con la cabeza con movimientos cortos—. No me importa.

Los pasos parecían colosales sobre ellos. Demasiados para un solo hombre, pero eran comedidos y firmes. La niña dejó de hacer lo que hubiera estado haciendo sobre ellos. Se estaba escondiendo. El conducto de ventilación del baño zumbaba. Marshall se movió por la habitación con la mano en la boca, mordiéndose las uñas. Tenía los ojos muy abiertos y empezaban a enrojecerse por los lados.

—¿Qué le hará cuando la encuentre? —insistió Eddie—. ¿Y a nosotros?

—No lo sé.

Las paredes se agitaron. El señor Traust ya se había dado por vencido en el desván y estaba empezando a bajar la escalera. Si estaban solos, a Eddie no se lo parecía. Sentía ojos a sus dos lados, los oía moviéndose en sus cuencas. La nariz le dolía por la patada del hombre. Los pensamientos de Eddie parecían estirados y pisoteados. Pronto, el señor Traust la encontraría y arrancaría todos los pelos de la cabeza de la niña. Era una sensación abrumadora. Eddie se llevó los puños a las sienes y apretó.

—Eddie, baja las manos —advirtió Marshall—. Te estás haciendo daño.

Los músculos de la mandíbula de Eddie se tensaron, la presión se le acumulaba en las sienes y le descendía por el cuello y los hombros. Se clavó más los nudillos.

Marshall agarró a Eddie por las muñecas y apartó sus puños. Lo sostuvo mientras le hablaba:

—Para, por el amor de Dios. Ya estás bastante herido.

Eddie notaba las manos de su hermano mayor sobre él, el sudor de las palmas de Marshall en sus muñecas, los espacios entre sus dedos, y sintió cierto alivio cuando Marshall finalmente lo soltó. Los pensamientos parecieron liberarse. Había sido como un cubo de agua helada sobre una erupción de ampollas de hiedra venenosa. Marshall tomó unos pedazos del rollo de papel higiénico y los arrugó. Los acercó a la cara de Eddie y los sostuvo contra su nariz.

—¿Está rota? —preguntó Eddie.

—No. —Marshall presionó la frente de Eddie con el pulgar para que echara la cabeza hacia atrás.

—¿Qué vamos a hacer?

Las fosas nasales de Marshall se ensanchaban con cada respiración. Se le estaban formando marcas rojas en el cuello por donde lo había agarrado el señor Traust. Y también en los brazos. Desde tan cerca, Eddie podía verle el temblor de la barbilla, la única parte de su cuerpo que no había logrado tensar para que no temblara.

—Nos vamos de esta casa —afirmó Marshall.

BUSCAR, ENCONTRAR

El hombre se movió por todas las habitaciones, escuchando. Elise podía oír cómo escuchaba. El cuerpo le gritaba, tenía la garganta hinchada y dolorida, los muslos le palpitaban y las pantorrillas y los dedos de los pies le temblaban por el peso. El humo todavía era fuerte allí abajo. Tiraba de ella, minándola, como si mil manos incorpóreas la estuvieran agarrando.

En el exterior, las ramas de los árboles arañaban el revestimiento de la casa. Los sonidos del hombre y de los chicos le llegaban por todas partes. El pañuelo había sido de ayuda durante un corto periodo, para mantener el humo apartado de su boca. Pero ahora notaba el espray, era casi como polvo adherido al interior del tejido. Era difícil entender lo que estaba pasando, en qué lugar de la oscuridad estaba exactamente. ¿Estaba en la planta baja? No, todavía no. Su mente era parte de un cuerpo que iba cediendo.

En el interior, los pasos se desvanecieron. De pronto regresaron. Y luego se detuvieron abruptamente, como si Traust se hubiera parado a mitad de camino con un pie colgando en el aire. Cambiaron de dirección.

En las profundidades de su vientre, los músculos del diafragma se le contrajeron como si tuviera hipo. Tensó el cuello pegando la lengua al paladar, reprimiendo el impulso de toser. Si no respiraba, no tendría que toser.

—Te he encontrado una vez —dijo la voz del señor Traust desde el pasillo—. Puedo volver a hacerlo.

Estaba mareada. Sentía cada vez más náuseas. Elise se puso de rodillas en el suelo entre las paredes y luego se tumbó con un brazo por debajo del cuerpo. Perdería la circulación en esa extremidad, pero dejaría que se perdiera. Se sentía como si tuviera los pulmones llenos de fuego. Tenía el cerebro hinchado, rozando cada esquina de su cráneo.

Elise podría quedarse allí y dormir. Si lograra conciliar el sueño, podría despertarse cuando el hombre se hubiera dado por vencido. Cuando se hubiera rendido y se hubiera marchado. La casa estaría limpia y los Mason se meterían en sus habitaciones separadas con libros o periódicos delante de ellos, cegándolos, somnolientos y ajenos a todo lo demás.

—Parece que los niños han huido —le dijo Traust. Caminaba de un lado al otro del pasillo golpeando de nuevo las paredes—. ¿Cuántos quedamos aquí? ¿Estás tú sola? ¿Cuántos sois?

La niña no vio nada en las paredes, pero sintió que los ojos comenzaban a arremolinársele en las cuencas. Era como si nadaran. En alguna otra parte, los pájaros cantaban. ¿Estarían fuera? ¿O el canto vendría del interior del reloj? Una pequeña exhalación. Después, una inhalación. Elise tendría que acabar tosiendo pronto. Su cuerpo luchaba contra su determinación. Finalmente lo hizo, tratando de amortiguar el sonido. Cerró los labios con fuerza, con las mejillas abultadas. Se le contrajo el estómago. Elise pensó que podría vomitar. Notó el sabor amargo del humo persistente en su lengua. Vomitó con arcadas secas. Hizo bastante ruido para que la escucharan.

Y allí, a su lado, al otro lado de la pared, Elise lo oyó aclarándose la garganta. ¿Cuánto tiempo llevaba esperando ahí? Se había liberado de su mano, había subido hasta el desván, había quitado los tablones del suelo, había vuelto a meterse entre las paredes. Era como si nada de eso hubiera sucedido. Como si hubiera estado allí todo el tiempo con él a su lado.

VENTANA

La ventana del baño (que llevaba años sin abrirse) estaba sellada con pintura. Había dos parejas de manos en el riel saliendo hacia el cielo de la tarde que empezaba a oscurecerse. La madera se desprendió del marco como un disparo. Marshall salió primero, dejándose caer con las manos en el estrecho saliente de abajo, mientras balanceaba ambas piernas para sacarlas tras él. Sus palmas se resbalaron por las tejas deslizándose hacia el saliente, pero se agarró al borde afilado del canalón para la lluvia. Eddie estaba detrás de él en la ventana, como si fuera el marco de un espejo.

—¿Y qué pasa con ella? —preguntó el hermano pequeño.

—Vamos —dijo Marshall. Alargó los brazos, colocó las manos debajo de las axilas de Eddie y lo ayudó a salir.

Juntos, rodearon el tejado hasta donde crecía el almez. Eddie bajó hasta una rama. El árbol se balanceó debajo de él y raspó el revestimiento de la casa (el señor Traust lo oiría, sabría que habían salido; se preguntó si ella también), y bajó colocando los pies en los bultos del tronco, agarrándose a las ramas, descendiendo, con su hermano tras él. Uno de sus pies se enganchó en el canalón al bajar y se oyó un fuerte chasquido cuando el aluminio se soltó del tejado. Pero no les importaba hacer ruido, solo querían marcharse de allí. Los chicos descendieron hasta que pudieron dejarse caer con seguridad en el césped, con el suelo presionando con fuerza contra los músculos de sus piernas.

El mundo se extendía en todas direcciones. La casa era algo a lo que podían darle la espalda, aunque sus ventanas todavía los miraban, a lo lejos, por el patio trasero. Sus pies podían golpear la grava y la hierba, y cada pisada afirmaría su decisión de dejar el lugar completamente atrás.

Solo somos niños, se dijo Eddie.

Corrieron. Marshall iba a la cabeza, agarrando con fuerza el brazo de su hermano.

LLEGANDO

Sobre la niña aparecieron unas luces como soles en miniatura. Se desprendieron partículas de las paredes, que cayeron como pesados copos de nieve. Elise quedó enterrada por ellas. Le cayeron sobre la cara. Tosió. Tiró del pañuelo hacia su cuello y liberó lo que tenía dentro. Inhaló al notar una ventana de alivio breve y rasposa. Pero le volvió la necesidad de purgar ese aire cortante.

Ahora el hombre tenía un martillo, estaba haciendo agujeros en su casa. Cada golpe vibraba en sus dientes. Cada martillazo era como un reloj dando la hora. Se mordió la lengua y notó un sabor a sangre y a polvo. Se cubrió la cara con el brazo libre. Se encogió. Se hizo pequeña. Intentó ser algo aún más pequeño de lo que podría llegar a ser.

FUERA, MIRANDO HACIA ATRÁS

L os niños se agazaparon en el campo detrás de la casa. La hierba alta y húmeda se adhería a sus brazos y a sus piernas. Los mosquitos revoloteaban cerca de sus rostros. El sudor les perlaba la frente y las sienes. El coche de la señora Wanda no estaba aparcado en su patio. La vivienda más cercana no estaba nada cerca.

—Tengo que pensar —dijo Marshall mientras intentaban recuperar el aliento.

Y mientras estaban agachados, Eddie seguía sintiendo unos ojos sobre él que venían desde la casa, desde el bosque que tenía detrás. Arañuelas doradas y unas arañas enormes, negras y amarillas y tan grandes como una mano abierta, colgaban somnolientas entre las altas ramas de los robles del patio trasero con sus amplias telarañas que aparecían con la luz del sol. Los cardos se mecían con la brisa. Eddie podía ver casi completamente al hombre arriba, a través de la ventana del despacho de su casa. Lo vio levantando el brazo y formando un arco al estamparlo contra la pared. Rítmico. Como un minero en un pozo. Los niños podían oír las paredes desmoronándose como una mano acariciando el lateral de una pierna. Las luces de la planta de arriba habían empezado a parpadear con cada golpe.

Desde allí oyeron la sirena, elevándose, acercándose.

PÁJAROS

Desde alguna parte, el canto de los pájaros se volvió más fuerte.

Traust se paró para escuchar. Él también podía oírlos.

—Mierda —maldijo—. ¿Cómo han llegado tan pronto?

Si antes había tenido paciencia, ahora se le había acabado. Aumentó el ritmo golpeando las paredes de manera frenética mientras echaba pestes por la boca. Elise se permitió toser, con la lengua colgando, aunque estaba sin aliento y cada vez que tosía sentía como si le arrancaran una tira de carne. Parecía como si él tuviera un montón de martillos en ambas manos. Elise estaba cubierta por los escombros de la pared. Se le nublaba la vista. Tenía que moverse, escapar, pero sus extremidades parecían carecer de vida. El hombre ya no estaba usando solo el martillo, ahora también golpeaba con las puntas de acero de sus botas. Porque los pájaros se estaban acercando. Su tono y su volumen aumentaban. Una gran migración: gansos, estorninos y ánades reales. Todos acudían a la vez descendiendo desde las nubes y gritando una sinfonía salvaje, con sus voces subiendo y bajando como una sola.

Iban a por ella. También iban a por él y ambos lo sabían. El hombre, justo detrás de ella, la maldijo. Soltó más y más palabrotas.

Gritó, enfurecido, y su voz se convirtió en un chillido. No se detuvo. Gritó como si se hubiera incendiado. Como si algo a lo que amara se hubiera incendiado.

La sirena había llegado al camino de entrada.

El hombre huyó de ella, corrió por las habitaciones de la casa.

—¡Pero estás aquí! —gritó mientras Elise tosía y tosía. Volvió con el golpeteo de sus botas—. ¡Estás aquí! ¡Joder! ¡Es que estás justo aquí!

La niña vio cómo metía la mano por el agujero, buscándola a tientas en la oscuridad. Apretaba y aflojaba los dedos, golpeando las paredes justo encima de ella. Si la agarraba, la levantaría como a una muñeca de trapo. La arrojaría contra los lados de los agujeros que había hecho hasta que su cuerpo cediera y saliera.

Pero la mano se retiró. Aporreó las paredes. Atravesó el pasillo y bajó pesadamente las escaleras de dos en dos. El aullido de la sirena del patio cesó. Su imponente presencia seguía allí, pero en silencio. Oyó voces de hombres.

Elise se quedó allí hasta que recuperó el aliento. El aire espeso le llenó las fosas nasales.

Sentía dolor. Bilis en la parte posterior de la garganta.

Pero, por un momento, la casa guardó silencio a su alrededor. Era una casa vacía.

Encontró un modo de levantarse. Se limpió el polvo de la cara. Se cepilló las pestañas mojadas con una uña. Apoyó la frente contra el frío yeso. Miró a través de los agujeros la habitación tranquila que había ante ella.

EXILIO

Vieron cómo la casa lo expulsaba: el golpe de la mosquitera cuando se arrojó contra ella y salió al patio. Se tambaleó bajo la anaranjada luz de la tarde, con un brazo enroscado alrededor de su juego de herramientas y el otro arrancándose la mascarilla de la cara y arrojándola al césped.

Al lado de la casa, la furgoneta se acercaba lentamente por el camino mojado e irregular. Sus luces rojas parpadeaban y parecían aún más enormes comparadas con las frágiles flores de la madre y la pequeña verja de madera que bordeaba el camino. La parte superior de la camioneta partió las ramas bajas del roble a su paso.

Observaron al señor Traust subiéndose a su propia camioneta y encendiendo el motor. Sacudió todo el cuerpo mientras ponía el vehículo en marcha. La camioneta negra trazó un semicírculo en el suelo, salió al camino de entrada y se encontró con el camión de bomberos a mitad del recorrido. El motor del hombre aceleró con un rugido, un motor V8 sin silenciador, y la grava y el lodo volaron por los aires. Giró las ruedas delanteras a la derecha conduciendo hacia el patio delantero. El chasis se inclinó y atravesó la pequeña verja doblando la madera que rodeaba la grieta. Se desprendieron montones de hierba bajo los neumáticos. El hombre pasó al camión de bomberos, volvió a tomar el camino de entrada y giró con fuerza hacia la carretera.

Su camioneta desapareció detrás de la hierba de las pampas y los árboles quedaron fuera de su vista. Desapareció durante un segundo. Dos. Pero eso no significaba que se sintieran menos vigilados. Él los veía por el espejo retrovisor, desde la línea de los árboles detrás de ellos, desde la casa y el patio que había delante. E incluso cuando el silencio se tragó el rugido del motor de la camioneta, él todavía podía seguir allí, fuera de la vista.

Durante unos minutos, observaron a los bomberos dando vueltas por toda la casa; bajo las viseras de sus cascos negros miraban hacia las oscuras ventanas. Se desplazaron entre la hierba alta.

—¿Quién ha llamado? —preguntó Marshall.

El olor de las flores de cardo. El susurro del bosque tras ellos. Un búho ululando entre los árboles. Finalmente, Marshall puso la mano sobre el hombro de Eddie, una mano firme, como si quisiera sostener algo que hubiera empezado a vibrar. Se alejaron de la hierba alta hacia su casa.

PREGUNTAS

—¿**H**abéis informado vosotros dos del incendio?

Parecían estar soñando despiertos. La mano de Marshall no se apartó del hombro de Eddie. El mundo que los rodeaba (mosquitos, polillas revoloteando entre sus pies) parecía algo ajeno. El aire todavía estaba caliente. Las hojas del jardín de su madre colgaban con pesadez por el calor. El sol se ocultaba bajo el alcance de los cipreses al otro lado del dique, mostrando siluetas de ramas y un musgo cansado y colgante. Las sombras se proyectaban a un lado de la casa. Se veían reflejos en los cristales de las ventanas.

—¿Vivís aquí?

—Sí —respondió el hermano mayor.

—Nos han comunicado que ha llamado un muchacho avisando de un incendio en esta dirección. Han dicho que podía ser una broma.

—Nosotros no hemos llamado. No podíamos.

—¿Hay algún incendio?

—Incendio, no. No.

—El pequeño tiene sangre en la nariz. ¿Estáis bien, chicos?

—Sí. Está bien.

—¿Quién era el que se ha marchado con la camioneta?

—¿Se ha ido?

—Eso parece. ¿Qué pasa con él? ¿Estaba haciéndoos algo, chicos? ¿Qué...?

—Señor, ¿tiene un teléfono móvil? Tenemos que hablar con mamá y papá.

BALANCE DE DAÑOS

Las huellas oscuras de sus botas recorrían todas y cada una de las habitaciones de la casa. Había marcas y boquetes en las paredes. Había arañazos del estetoscopio de metal que había arrastrado sobre ellas.

El interior de las paredes estaba fumigado.

Moquetas rotas. Muebles arrancados y tirados. Ropa, toallas y sábanas pisoteadas inundando el suelo. Agujeros en las paredes de la habitación de Eddie. Agujeros en las paredes del despacho. Un canalón roto colgando junto al almez. La línea telefónica cortada.

Un desván con el suelo de madera contrachapada abierto, la cubierta sacada y tirada a un lado. Una estrecha fisura expuesta entre los travesaños que conducía a la oscuridad en medio de las habitaciones, como la boca abierta de una cueva. Como túneles. Nadie aparte de ella conocía su existencia.

Ella.

Ella, cuyas cosas estaban allí, junto a la grieta, en el espacio que una vez había cubierto la madera contrachapada. La silueta de un cuerpo sobre sus abrigos de invierno. Libros que antes habían sido de Eddie. Basura. Pañuelos, comida y envoltorios. Cosas extrañas e incongruentes, como una pajarita o un calcetín desparejado. Debajo de las mantas había una foto arrugada y agrietada. Estaba blanqueada por el sol, como si la hubieran colocado entre la rendija de la contraventana y un marco y se hubiera perdido allí. Los rostros de la gente que aparecía en la foto eran casi indistinguibles, pero sus siluetas y el parque que había detrás de ellos eran bastante nítidos. Una madre, un padre y una niña pequeña.

El agujero del suelo del desván tenía casi la forma de un ojo. Era un horror.

Pero los chicos, mirando hacia abajo después de todo, se preguntaron cómo podía haber tanta tranquilidad. Los pasos de un policía resonaron por las habitaciones debajo de ellos. Pero el agujero parecía algo más profundo que el sueño. Eso debía ser peor, eran conscientes de ello. No podían sentirse aliviados después de haberlo visto.

FUERA

El bosque mantuvo su vigilancia.

Alguien pequeño, en un árbol, había regresado esperando ver señales de ella. Durante un momento, las vio. Tal vez. Cuando el sol todavía estaba arriba. Vio cierto movimiento en el pasillo de la planta de arriba mientras los dos chicos todavía estaban agazapados en el patio trasero. O tal vez haya sido solo el movimiento de sus párpados al pestañear. Desde que había vuelto después de la llamada, los mosquitos le habían picado los brazos y los pies desnudos. Tendría que irse pronto. Su tía volvería a casa y lo estaría esperando.

Cerca de él había un halcón posado en una rama. No se había fijado en el animal que tenía detrás. Pensó en el camión de bomberos, en cómo, después de la llamada, había llegado antes que él a la casa. Lo grande que parecía incluso desde esa distancia. La enorme casa estaba a su lado. El coche de policía que, más tarde, se había detenido junto al camión con la sirena apagada pero las luces encendidas. No había visto a nadie sacándola todavía. Esperaba que eso fuera buena señal.

El dique estiraba sus brazos en ambas direcciones. A Brody le gustaría crecer hasta ser tan alto como el árbol más grande del bosque. Los rostros cambiantes en los patrones de sus hojas serían los suyos. Sus brazos serían tan fuertes y tan duros como las ramas más gruesas. Desde lejos, podría alargarse y quitarle el techo a una casa. Se elevaría, alto como una nube, como una constelación, y observaría a la gente que viviría dentro como chinches revoloteando sobre un tronco podrido y caído. Ellos también lo verían, pero eso no le importaría a nadie. Podría ver a Elise en los espacios oscuros entre las habitaciones y le diría de nuevo cuánto lo lamentaba. Le diría que la echaba de menos. Le preguntaría si había algo que pudiera traerle.

Pero se había hecho tarde. Brody bajó hasta la maleza. Volvería al día siguiente, cuando pudiera. Seguiría vigilando hasta que la volviera a ver. Hasta que supiera que la niña de las paredes estaba bien.

Al otro lado del dique, los reflectores de un remolcador brillaban sobre los cipreses y el gran río negro fluía a su lado. Las luces de la casa (de la sala de estar, de los dormitorios e incluso del desván) siguieron encendidas durante horas.

FAMILIA RECOMPUESTA

El señor y la señora Mason volvieron esa noche cuando los cantos de las ranas de árbol impregnaron la oscura noche. Un agente, con el coche patrulla estacionado en el camino de entrada, habló con ellos unos segundos por la ventanilla antes de salir. Los condujo hacia su casa, a la sala de estar donde los chicos estaban viendo la tele.

—He registrado toda la casa —explicó el policía con las manos en las caderas. Estaba en parte impaciente, en parte resignado—. Sea lo que fuere, o quienquiera que sea a quien estos chicos le habían pedido a ese hombre que buscara, no está aquí. La casa está vacía. —Siguió hablando con los padres Mason y les enumeró algunos de los desperfectos que había visto por toda la casa. Negó con la cabeza y se encogió de hombros—. Tenemos suficiente para acusarlo de allanamiento de morada y vandalismo. Puede que de algo más. Agresión y lesiones. ¿Puedo contactarles a su número de móvil?

—Sí —respondió el señor Nick—. Claro.

—Les avisaremos cuando lo encontremos —indicó el agente—. Si lo hacemos, mantendremos el seguimiento. Hasta entonces... —Señaló a los chicos con la cabeza—. Probablemente deberían arreglarse con ellos.

Los muchachos miraron al suelo.

—No lo entiendo —murmuró la señora Laura—. De verdad que no entiendo nada.

El agente les dio las gracias. Sonrió hacia los chicos con las comisuras de los labios hacia abajo mientras se daba la vuelta y salía de la casa.

BUSCANDO UNA RESPUESTA

L aura y Nick repasaron la casa con los mismos rostros tensos y pálidos. Inspeccionaron los daños. Inspeccionaron las implicaciones sobre su casa y sus hijos.

Todavía eran niños. Chicos que necesitaban protección. Los envolvieron con sus brazos protegiéndolos de los daños y del daño que se causarían a sí mismos. ¿Cuánto tiempo pasa hasta que tu bebé deja de ser tu bebé? Se dieron cuenta de que eso no sucedería nunca, aunque una parte de ellos lo hubiera olvidado. Puede que estés muerto, a dos metros bajo tierra, pero son tuyos y tu cuerpo palpitará para protegerlos.

Nick era incapaz de mirar a su esposa a los ojos. Recogió las toallas del suelo y las mantuvo allí, sucias y enrolladas en sus brazos, inseguro de dónde dejarlas. Laura estaba llorando. Sostenía a sus hijos, sus cuerpos rígidos en cada uno de sus brazos, mientras arrastraba los pies entre las habitaciones. Intentó no apretarles los hombros con demasiada fuerza. Se dio cuenta de que podría hacerles daño.

Eddie y Marshall les mostraron el escondite del desván, la colección que había debajo del suelo. «El nido», como lo habían llamado los chicos. Los artículos estaban expuestos como en un museo. Pero con todo lo que había sucedido en la casa, esos objetos parecían pequeños e insustanciales. La mayoría de las cosas que habían sido de la familia estaban movidas.

¿Quién podría creerlo? No tenían ni idea de cuánto tiempo llevaban allí esas cosas ni de quién las había puesto ahí en primer lugar. Puede que llevaran allí semanas, meses, mientras alguien se desplazaba por la casa, comiéndose su comida, duchándose, lavándose los dientes, leyendo y durmiendo. Viviendo. Pero puede que esas cosas solo llevaran unas horas en ese sitio. Que fueran pruebas fabricadas. Una justificación.

—No quiero oír hablar de esto —dijo Nick, pero no había ira en su voz.

—Esto es todo —dijo Marshall—. Os lo contaremos todo.

Les enseñó las habitaciones: dónde los había encerrado, dónde la habían oído y el hombre había intentado agarrarla. En su propia habitación, volvió a conectar el ordenador a la pared, lo encendió y les mostró páginas web, conversaciones.

Si algo de eso fuera cierto, lo entenderían. Creerían. El hombre que había ido (los niños dijeron que lo habían traído ellos, pero leyendo los correos se dieron cuenta de que no: había ido él) ya se había marchado. Ese hombre era la fuente, la causa de lo que había sucedido en su casa. En cierto modo, había convencido a los hermanos de algo irracional. Un hombre loco que había avivado sus miedos.

—¿Estáis seguros de que no os ha hecho daño? —inquirió el señor Nick.

De nuevo, dijeron que no. Pero Nick no preguntaba por los rasguños que se habían hecho en los antebrazos al bajar del almez. Ni por los moretones que tenía Marshall en los hombros donde el hombre lo había agarrado. Ni por el puente rosado de la nariz de Eddie. Ni por el rabillo del ojo que empezaba a oscurecérsele.

—¿Esto es todo? —preguntó la señora Laura—. ¿Me prometéis que no hay nada más?

Los chicos lo juraron.

Pasaron las horas sin que se dieran cuenta. Los pájaros del reloj antiguo cantaban en la planta baja. Ya era más de la medianoche y pronto se haría mucho más tarde.

—No sé qué más decir —murmuró el señor Nick—. No sé qué más preguntaros.

—¿Queréis dormir esta noche en nuestra habitación? —propuso la señora Laura. Tras un momento de vacilación (por parte de los chicos), dijeron que no. Que no lo harían.

Al día siguiente volverían a hablar del tema. Los castigos, de momento no pronunciados, los esperarían. También habría seguimiento, comprobaciones, conversaciones y un largo y revelador futuro. Estaban todos demasiado cansados. Al final tienes que ceder. Acompañaron a los niños a sus habitaciones. Los vieron meterse en las camas.

Aquella noche, el señor y la señora Mason se pasearon por todas las habitaciones de la casa. Por supuesto, las puertas estaban cerradas. La oscuridad de cada ventana era suave como los ojos de las estatuas. Los dos se separaron para caminar. Se cruzaban de vez en cuando y solo a veces se miraban a los ojos. Tenían las mejillas sueltas, la parte inferior de la mandíbula floja. Podrían haber sido mucho mayores. Estuvieron un tiempo sin hablar.

Pero cada vez que estaban solos en una habitación, lo notaban. No hay mucha diferencia entre un hombre y una mujer y un niño y una niña. Solo cuerpos que han crecido y se han expandido. No podían creerles a sus hijos. Instintivamente, era una verdad inamovible en su interior.

Aun así, todavía más que las otras noches, fue difícil apagar la luz.

NADIE SE MARCHA NUNCA

Algo había empezado.

Elise lo sentía en el aire mohoso. Todavía estaba en los chicos mientras se movían encima de ella. Ahora también estaba en sus padres.

Cada vez que cerraba los ojos el hombre estaba encima de ella, a su lado, buscándola. Sabía que, aunque pasaran semanas, todavía le dolería el cuero cabelludo al recordarlo sosteniendo con fuerza las puntas de su pelo entre las manos.

Nadie se marcha nunca por completo. El hombre había dejado allí su marca antes de irse. En todas las habitaciones iluminadas por la luna, los muebles proyectaban su sombra.

Estaría a su alrededor, en el clima. En el calor, en la bochornosa humedad, notaría su presión mientras ella yaciera allí, sintiendo náuseas, como si hubiera alguien descansando sobre su pecho. El hombre estaba en el silencio cada vez que los pájaros del patio se callaban.

Todavía seguía allí, dondequiera que estuviera. Pasando por su casa en su camioneta con las luces encendidas en medio de la noche. Seguiría allí aunque estuviera a cientos de kilómetros en su propia casa peinada y vaciada. Estaba allí y estaba a mil kilómetros, en los patrones cambiantes del clima y la naturaleza. En

294   A. J. GNUSE

el punto de rocío, en la temperatura y la presión barométrica que se había formado incluso mientras Elise giraba el pomo suelto de la puerta de la biblioteca para volver a su casa. En el orden natural de construcción del mundo, en los meses en los que se había escondido y en lo que estaba por venir. Esa casa ya no era de la niña y él pretendía arrebatársela.

En realidad, las tormentas más fuertes nunca llegan. Siempre han estado ahí, casi en silencio, por detrás, elevándose todo el tiempo.

EL RÍO ES UN GIGANTE DORMIDO

Hay una historia en la que Thor, el valiente hijo de Odín, viajó muy lejos hacia el norte, más allá de pantanos y montañas, grandes llanuras, lagos y frías extensiones de bosques bajo un sol gris y helado, hasta una casa que descubrió medio enterrada en la nieve y el hielo. Su hermano Loki lo había traicionado y el peso del mundo se había vuelto demasiado para él. Buscaba un lugar donde estar solo.

El dios del trueno entró en la vieja casa y cerró la puerta tras él, impidiéndole el paso al viento despiadado. Atravesó las viejas estancias, pasó por muebles antiguos perlados por la escarcha. En la planta de arriba encontró una cama y se quedó allí hasta que sintió que el frío se filtraba por los filamentos de sus músculos, hasta que sus huesos se bebieron ese frío, hasta que sintió todas las articulaciones dormidas y entumecidas.

Durante el tiempo que pasó en esa casa, a Thor lo visitaron cadáveres. Eran sus antepasados, cuya carne colgaba en gruesas tiras de sus rostros. Eran sus antiguos maestros y vecinos con ojos polvorientos y descompuestos. Todos guardaban silencio, el *rigor mortis* les había congelado la mandíbula. Cocinaron para Thor, le llevaron sopa a la cama y colocaron tazones sobre su pecho. Imploraron todo lo que pudieron para que se sentara y comiera.

298 A. J. GNUSE

Thor lo haría por ellos, pero era lo único que haría. El viento silbaba en el exterior entre grandes montones de nieve y el cielo era como una espiral de carbón gastado. Los días allí duraron seis meses. Los pasó consciente de que cada momento lo acercaba a su final. Los cadáveres le suplicaron que se levantara y volviera a casa. Pero él no lo entendía. Ya estaba en casa. Estaba en el último lugar en el que estaría.

Esa historia no estaba en el libro de mitología nórdica de Elise. Se la había inventado. Ya no tenía el libro. El señor y la señora Mason limpiaron su rincón bajo los tablones del desván. Habían girado todos los artículos en sus manos antes de lanzarlos a una bolsa de basura que llevaron al contenedor. Habían tirado los libros. ¿Habrán creído que estaban malditos?

La historia de Elise sobre Thor era una que ella se contaba mientras yacía debajo de la casa en el suelo frío y oscuro, esperando durante los días sofocantes con los pasos de la familia sobre ella. Se contó la historia a sí misma y a Odín. Él le pidió que parara antes de que hubiera terminado, no soportaba oír algo tan triste. (Entonces mencionó, con toda la amabilidad que pudo, que no creía que fuera bueno para una niña perder tanto peso).

Elise se levantaba a la vida por las noches, pero solo para lo mínimo. Mientras el verano avanzaba sobre ella, esperaba el cambio de estación. Esperaba que las estaciones giraran a su alrededor envolviéndole los huesos como un hilo en torno a un dedo.

Estaba tumbada y, al otro lado del dique, las barcazas que descansaban por la ribera eran enganchadas con remolcadores y empujadas hacia adelante. El río era un cadáver en el ataúd del dique. Mientras la niña dormía bajo el suelo de su casa, el río se mantuvo recto.

SEGURIDAD

El hombre que instaló el sistema de seguridad le habló a Laura de sus debilidades.

—Decimos «detectores de movimiento», pero en una casa tan grande como esta en realidad nos referimos a «protectores de ventanas». Si se abre la puerta o se rompe una ventana, se activará.

—¿Entonces no hay nada para el interior de las habitaciones? —preguntó Laura.

El hombre arqueó una ceja.

—No hay nada como el sistema de seguridad de una película de *Misión imposible*, no.

Laura ignoró el insulto. Era extraño que, más que nada, ella deseara que el hombre se callara cuando hablaba.

—Está bien —aceptó.

El sistema era lo bastante bueno para mantener a la gente fuera, que era lo que necesitaba. Para evitar otra «incursión», que era como ahora ella y Nick se referían a ese día cuando hablaban de él abiertamente. Ahora era más consciente de los objetos que había en su casa, de lo que significaban para otra persona y de cuán delgados eran los límites que los retenían. Cada mueble, vídeo, ordenador, joya o pieza de porcelana se había convertido en un artículo considerado. No había nada intrínseco en los objetos que poseían que denotara que eran ellos los dueños. Nada sobre los límites de una casa (el mecanismo metálico de una cerradura, el cristal de una ventana) que hiciera algo más que frenar a un intruso.

Y el suyo, su intruso, había sido invitado por los chicos. Laura quería pensar en todo el asunto como en un robo, pero ese hombre no había robado nada. Nada de lo que ella pudiera nombrar, lo que era aún peor. Sus joyas, aparte de un único colgante, estaban contabilizadas y él no se había llevado ni una fina cadena. Nick había dejado sesenta dólares en una cajita de madera en la mesita de noche. No los había tocado. Hacía que todo pareciera todavía más perverso. Invasivo. No había ido a por sus cosas. Había lastimado a sus hijos, había atacado su casa y se había marchado. Para ella, nada de eso parecía terminado.

—Está bien —repitió la señora Laura y dejó al hombre instalándolo. Era un sistema caro, muy por encima del presupuesto al que se habían aferrado cuando se habían mudado a esa maldita casa enorme. No era de extrañar que la familia que vivía allí antes que ellos se hubiera trasladado; por mucha mansión que fuera, también era un sumidero. Drenaba a toda la familia. Tal vez ese fuera el castigo por haberse mudado a un lugar demasiado grande para una familia, un lugar que se extendía más allá de sus necesidades.

Dejó el porche trasero y se detuvo un momento en la biblioteca. Era una de las habitaciones en las que habían vuelto a poner orden. Miró los libros y sacó una de las publicaciones periódicas más antiguas de un estante inferior en el que no debía estar. Los chicos no sabían cómo estaban organizadas y supuso que se pasaría meses encontrando libros mal colocados. Pequeños recordatorios. Cuando Laura se subió a los estantes para colocar más arriba la publicación junto con las otras revistas y libros viejos vio, en el cristal en el que estaban sus títulos y los de su esposo, el contorno de su reflejo. Las ventanas blancas detrás de ella, la habitación llena de naturaleza muerta. La mancha de una mujer empequeñecida por las formas grises de la biblioteca.

Unos días antes, uno de los profesores de la escuela de Nick se había ofrecido a darles pegatinas viejas de un sistema de alarma para las ventanas. Había dicho que podía ser suficiente para espantar a un potencial intruso que quisiera volver, sin tener que pagar las cuotas mensuales.

—Los ladrones solo se acercan a las casas más fáciles del barrio —le había dicho Nick antes de acostarse—. ¿Por qué gastarnos un dinero que no tenemos?

Laura le preguntó si le había mencionado a su compañero de trabajo que el suyo no era un ladrón al uso.

—¿Cuánto le has contado, Nick? —quiso saber.

Nick se quedó en silencio. Se sentó en la cama y jugueteó con las llaves que tenía en la mano.

—No le he contado mucho, Laura.

Aquella noche no hablaron hasta que terminaron de prepararse para meterse en la cama. Con las luces apagadas, Nick accedió a comprar todo el sistema.

Solo con que pudieran terminar las reparaciones necesarias, Laura tendría suficiente para no volver a mencionar aquella noche nunca más. Para no reconocerla nunca. La casa reparada, los niños reparados, todo a salvo y contabilizado. Todo olvidado. Laura ni siquiera se lo había contado a su madre cuando le había llamado esa tarde.

—Nuestro verano va bien —había dicho Laura—. Hace mucho calor y estamos muy ocupados. Tenemos muchísimos proyectos. ¿Tú cómo estás?

El sistema de seguridad no cambiaría mucho. Pero era ese botón el que Laura deseaba más que nada, el botón que podía apretar antes de acostarse. El que iluminaría la pantalla del aparato de color azul y, con la voz robótica que había escuchado en el vídeo de publicidad, declararía lo bastante fuerte para que se oyera por toda la planta baja:

—*¡Alarma puesta en puertas y ventanas!*

Con el sistema, quería darle una voz a su casa. Una que les dijera que iba a vigilar a los demás, no a ellos.

Laura salió de la biblioteca y se detuvo en el marco de la puerta de la sala de estar. Sus dos hijos estaban tumbados en el mismo sofá, descalzos y con pantalones cortos, mirando la tele. Nick los había dejado descansar del trabajo en la planta de arriba.

Se preguntó si también tendrían que haber quitado la televisión. Les habían quitado la paga, le habían prohibido a Marshall que usara el ordenador y les habían exigido cien horas de trabajo en casa antes de que terminara el verano, sin contar las que usaran para limpiar y reparar, pero tal vez tendrían que haberles quitado también la televisión. Laura odiaba esa mirada somnolienta de ojos vacíos que ponían cuando veían programas que ya habían visto varias veces. Pero al verlos allí ahora, se dio cuenta de que tal vez ella había estado proyectando esa mirada de letargo en sus rostros. Que tal vez no estuviera allí en realidad.

Había una sensación de alerta en ellos que Laura no podía explicar. Una disposición en el modo en el que Marshall sostenía el mando a distancia en el brazo del sofá, cierta tensión en la postura de Eddie, como si estuviera prestando atención a algo completamente diferente. Cuando se dio cuenta, casi se sobresaltó. Fue como cuando te giras y ves a alguien burlándose de ti. ¿Cuánto tiempo llevaban así sus hijos? ¿Se lo habría hecho Traust (odiaba ese nombre)? ¿Los habría amenazado de algún modo? ¿O les habría hecho algo que no le habían contado? ¿Algo que recordarían y llevarían con ellos el resto de sus vidas? ¿Sería algo que no había notado y que siempre había estado ahí? Laura quería saberlo ya, sentarse en el sofá, abrazarlos y sacarles todo, todo lo que supieran. Que fluyera de sus hijos hacia ella.

Pero los conocía. Sabía que se soltarían de sus brazos y volverían sus codos contra ella. Si en algún momento le decían lo que estaban pensando, sería por voluntad propia. Tendría que esperar. Estar preparada para cualquier titubeo, un peso atascado en medio de una conversación rutinaria, y estar allí para ellos, abierta y receptiva, para cuando finalmente le hablaran. Pero también era su madre. Se sentía avergonzada por no saberlo ya.

—Niños —les dijo—, si no estoy abajo cuando termine el chico, avisadme, ¿vale?

Asintieron sin apartar la mirada de la televisión. Un movimiento rápido de barbilla. Sus hijos habían contactado con ese hombre. Había sido Marshall y Eddie lo sabía, aunque no se lo había dicho a ella ni a su padre. Habían pasado miedo en su propia casa y no le habían contado nada. Habían hablado con ese hombre y no con ella.

Laura subió las escaleras escuchando el crujido de la madera bajo ella. El sonido de la oscuridad hundiéndose debajo de ellos. Incontables espacios huecos uno tras otro. Ahora le parecía estar notándolos siempre. El nido del desván se le pasó por la mente. ¿Lo había dejado allí Traust? ¿Habían sido sus niños? Esas eran las únicas opciones.

Laura encontró a Nick en su dormitorio todavía con los pantalones manchados de pintura y con el recipiente de yeso y una espátula en las manos. Se puso de pie con la cabeza medio vuelta sobre el hombro, como si lo hubiera atrapado la televisión de camino al baño. El brillo del aparato se reflejaba en las lentes de sus gafas. Otro rostro mirando hacia la pantalla. Se sentía invisible en su propia casa, como un espectro. Tal vez eso era lo que prefería en ese momento.

—Lau —dijo el señor Nick cuando ella pasó junto a la habitación por el pasillo.

—¿Qué ocurre?

—Hay tormenta en el golfo. Como si no tuviéramos bastante ya.

—¿Es grande?

—El agua del golfo está muy caliente. Es un récord. Debe ser grande.

Ella dio un paso atrás hacia la puerta.

—¿Viene hacia aquí?

—Probablemente.

Laura asintió.

—Vale —dijo. Como si eso fuera lo único que pudiera hacer. Aceptar el próximo golpe. Seguir adelante. Entró en el dormitorio y se paró junto a él para ver el pronóstico el tiempo. Su marido le rodeó la cintura con el brazo y ella se lo permitió. Finalmente, le apoyó la cabeza en el hombro. Un ojo rotatorio, rojo e intenso, cruzó la península de Florida. El meteorólogo dijo que, si bien la tierra debería haber acabado con él, eso no había sucedido. Se había hecho más grande.

—Hemos ignorado a nuestros hijos —dijo ella.

—Hemos ignorado muchas cosas —contestó él. Tras un momento, añadió—: Habría pasado algo. Con el tiempo. Nos hubiéramos ido o no.

Laura no respondió. Hay un antiguo dicho que asegura que las desgracias siempre llegan de tres en tres. Vaya a saber quién lo transmitió y cuánto tiempo hacía de eso. Laura lo aprendió cuando su padre, su abuelo y un amigo de la escuela fallecieron cuando estaba en el instituto. Tenía más o menos la misma edad de sus hijos. Desde entonces, cada vez que alguien moría, se preparaba para los que lo seguirían. Contaba las pérdidas con los dedos cuando estaba sola en la ducha. Escribía sus nombres en cursiva con las gotitas de agua de los azulejos. Temía llegar a cuatro porque eso significaba que vendrían dos más. Pero, al menos, la muerte de los seres queridos era fácil de contar. ¿Cómo podría contar lo que les estaba sucediendo ahora?

Laura se imaginó la casa en una tormenta. El viento sacudiendo los canalones. El cielo oscuro en el exterior. Una gotera en alguna parte del techo y el agua filtrándose. Escuchó el taladro de un obrero desde la planta baja.

En la sección meteorológica habían anunciado el pronóstico para diez días. Sol y calor, hasta la incertidumbre del final. Muchas variables.

—Ya veremos —murmuró el señor Nick. Miró hacia abajo y raspó la espátula contra el borde del recipiente—. Sabes que lo atraparán —aseguró—. Tienen su descripción. Conocen su camioneta. Y pueden rastrearlo en esos foros.

Una semana. Era suficiente para que el hombre estuviera en cualquier parte. Laura deseaba haberlo visto. Poder ponerle cara y cuerpo. El hecho de no saberlo empeoraba su imaginación. Apenas parecía humano.

—Lo encontrarán —insistió Nick—. No volverá aquí. —Pero Nick no podía saberlo mejor que ella, y ella no sabía nada. Las palabras que había dicho su marido no significaban nada. Aun así, Laura se dio cuenta de que las deseaba—. ¿Sabes? Puede que lo de la tormenta hasta sea bueno. Si es pequeña. Podría concedernos el tiempo que necesitamos. Quedarnos en casa para trabajar. Apoltronarnos en familia y encender algunas linternas cuando se vaya la luz. Pasar un par de días calurosos limpiando las ramas del jardín.

—No nos quedaremos aquí si llega.

Nick guardó silencio.

—Vale —dijo.

Tras unos minutos, cuando el pronóstico del tiempo se convirtió en publicidad, él habló ampliamente de los planes de evacuación. Era una conversación informal, como si estuvieran repasando ideas para ir a cenar el próximo fin de semana. Lo que habían hecho antes, cuando habían necesitado marcharse. Como un par de años atrás, cuando habían ido a casa de la madre de Laura, que no estaba mal. Nick habló de cómo podrían convertirlo en unas vacaciones. Tendrían tiempo para hablar por el camino. Todos juntos. Se divertirían huyendo.

Pero, mentalmente, Laura ya estaba contando. Extendía los dedos desde su puño haciendo presión contra su muslo. El hombre que había ido (Traust), lo primero. Lo segundo era la tormenta, si llegaba. El tres sería otra cosa, algo que vendría o algo que llevaba todo el tiempo con ella. En la televisión, el meteorólogo anunció sus predicciones.

—Nunca vienen cuando queremos.

—Bien —dijo Laura, aunque esa sería la última palabra que hubiera elegido para describir cómo se sentía. Su casa se había trastornado. Se agitaba, azotada por el viento.

La casa que la rodeaba era su propio continente. Cada habitación fuera de la suya bien podría haber sido su propio ecosistema. Sus hijos en la planta baja. El obrero en el porche trasero instalando los sensores en las ventanas. El desván encima de ellos. El silencio repentino cuando su marido apretó el botón del mando a distancia y la pantalla se oscureció. Durante un breve segundo, ambos oyeron un ligero crujido en los tablones del suelo del pasillo. Nick se rascó el brazo y se dirigió al baño para limpiar sus herramientas.

—Bien —repitió Laura cerrando los ojos.

DEBAJO DEL SUELO

Se sentía febril, tenía la frente empapada de sudor y la inundaban las náuseas cada vez que cambiaba de posición. Tenía hambre, pero pensar en comer solo lo empeoraba todo. Tenía sed, pero estaba demasiado agotada para ir a por agua, para moverse entre las paredes, escuchar y esperar mientras los Mason se movían por toda la casa, y así poder encontrar un momento para colarse en el baño de la planta baja y beber del grifo.

Odín estaba sentado cerca de ella, encorvado y con las piernas cruzadas, con sus enormes rodillas sobresaliendo como rocas.

—Estás deshidratada —le dijo.

Creo que tienes razón. Pensó las palabras. Era demasiado arriesgado decirlas en voz alta.

El dios la miró durante un momento. Se atizó la larga barba.

—Y bien, ¿qué crees que estará haciendo ahora ese chico amigo tuyo?

Eres el que todo lo sabe. ¿No deberías saberlo?

Odín se encogió de hombros.

El dios trazó las juntas de los tablones que había sobre ellos con su gigantesco pulgar.

—¿Crees que fue él el que llamó a los bomberos? —preguntó—. Si es así, fue algo muy inteligente para ser un niño tan pequeño. Es cierto que al final vino la policía, pero los bomberos no arrestarían a una niña intrusa si la encontraran.

Elise no respondió. Puede que fuera Brody el que había llamado. Puede que no. No le apetecía tener sentimientos de gratitud con ese ladrón por si no se lo merecía. Era culpa suya que Elise estuviera allí abajo, en la tierra que había debajo de su casa. Era culpa suya que Eddie y Marshall hubieran ido tras ella y que hubieran llamado al hombre. Era culpa suya que ya no estuviera segura en ninguna parte, que hubiera perdido sus cosas y las cosas de sus padres que tenía en el escondite del desván. Y era culpa suya que ahora oyera a los niños llamándola todo el día con cada ruido que detectaban, aunque no lo hubiera producido ella. Le decían que sabían que seguía allí.

«¡Pero no estoy aquí!», quería gritar. «¡No estoy donde creéis! ¡Casi no estoy ni aquí!».

Era culpa de Brody y era culpa de ella también por haberlo invitado de nuevo y haber sido débil, por haber olvidado en quién se había convertido.

—Estás enferma —le dijo Odín.

Lo sé.

—Tal vez ese chico pueda ayudar.

No me importa.

Alguien se movió justo por encima de ellos en la sala de estar y se paró delante de la televisión. Cambió el peso de un pie al otro haciendo que el mismo tablón crujiera una y otra vez. El señor Nick.

—¡Continúa dirigiéndose hacia nosotros! —gritó para que lo escuchara la casa. Llevaba haciéndolo un día y medio mientras seguía la trayectoria del huracán, regular como el canto de los pájaros del reloj de arriba. Lo anunciaba, a veces alguna voz respondía a la suya y luego continuaba. El mundo había cambiado sobre ella. Estaba cambiando.

—Tienes que levantarte —le dijo el dios—. Necesitas agua. Me parece que todavía quedan restos de ese veneno por aquí. Aún flotan. Tienes que levantarte. Moverte.

Parte del motivo por el que Elise no se levantaba era ese. Incluso cuando estaba sola, cuando los Mason estaban dormidos en el piso de arriba, le preocupaba que las propias ventanas se volvieran contra ella. Que, allá afuera, bajo los cantos de las ranas, estuvieran las revoluciones de su motor. Cada vez que se agachaba para lavarse la cara en el fregadero, juraba que podía sentir de nuevo una mano envolviéndole la coleta. A Elise le preocupaba estar reduciéndose. La casa crecía más allá de su alcance. Anteriormente, había sido lo bastante fuerte y tranquila para estirarse en todas sus esquinas y sostenerla, como la fuerza invisible que mantenía unidos a los átomos de la que había oído hablar en las escuela. La casa los mantenía a ella y a su familia ahí dentro, los retenía dentro de su propio cuerpo, se retenía a sí misma. ¿Lo estaba haciendo en ese momento? Elise levantó las manos y apoyó las palmas contra el aislamiento grisáceo que había encima de ella.

Todavía estoy aquí, mamá y papá. Todavía os recuerdo.

A Elise le costaba imaginarse cómo sería un futuro con ella allí. Se preguntaba si había cometido un error al convertirse en quien era ahora. Si una niña de las paredes pierde sus paredes, no le queda nada más.

—¿Te preguntas si la familia de Brody huirá? —inquirió el dios, aunque sabía que Elise no le respondería.

Estaba demasiado cansada. Sentía los brazos y las piernas como si los tuviera podridos.

Elise se quedó un tiempo tumbada. Notaba dolorosas punzadas de hambre en el estómago y después le entraba sueño. Se durmió. Pero, antes, pensó en una tormenta que había atravesado junto con sus padres. Cuando se cortó la luz, estaban preparando una barbacoa en el porche delantero mientras la lluvia caía a raudales y el césped se iba oscureciendo por el agua. Sí, vivían junto al dique, pero su madre y su padre le dijeron que el dique no se rompería y que no sería fácil que el río se desbordara. El viento, incluso con esas ráfagas, era más ruidoso que peligroso cuando estaban dentro.

Y la madre de Elise había tenido razón. Cuando terminó la tormenta, los daños habían sido menores: una ventana del porche rota, los muebles del jardín volcados y una capa de ramas partidas por todo el jardín. En las últimas horas antes de que las nubes se disiparan, Elise y su madre habían subido al dique con sus impermeables. Se habían quedado de pie, con los brazos extendidos y con el poliéster ondeando sobre ellas, y se habían inclinado contra el viento dejando que sostuviera sus cuerpos mientras ellas se asomaban sobre el borde. Finalmente, el viento había cesado y las dos cayeron sobre la densa y húmeda hierba.

Cuando llegara esa tormenta, Elise volvería a subir a su casa y miraría por las ventanas de arriba. Las tormentas son todas prácticamente iguales. El día se convierte en noche y el resto del mundo desaparece. Podría ser siempre la misma tormenta dando círculos desde el pasado. ¿Por qué no? Podría pasar años en el mar degradándose y fortaleciéndose de nuevo. Volviendo. Ahora más que nunca, Elise necesitaba que fuera así.

UN PADRE

La habitación de Eddie. La radio manchada de pintura murmurando desde el pasillo. Nick, de pie sobre el escritorio, y el sol de la tarde entrando por la ventana. Cortaba los agujeros del techo para darles forma de rectángulos limpios y reemplazarlos con paneles de yeso. Nick sabía que los niños deberían haber estado allí con él. No necesitaba su ayuda, pero era un proceso que debían ver. Debían saber cuánto trabajo y de qué tipo implicaba reparar los daños. Tenían que mirar para poder hacerlo ellos algún día. Era un modo de sacar algo de un desastre.

En lugar de eso, Nick solamente quería quedarse allí solo, trabajando. Así era más fácil engañarse. Pensar que estaba haciendo algo mejor, curando más que un agujero físico en una pared. Era más fácil pensar eso cuando hacía el trabajo él solo.

Ese hombre había intentado atravesar dos lugares de la casa, había roto las paredes en esos puntos. Nick no podía evitar preguntarse qué le había llevado a querer meterse en las paredes de la habitación de Eddie y después en las del despacho. Si estaba buscando algo, ¿no tenía más sentido abrir agujeros sin un orden concreto por toda la casa?

—Patológico —murmuró Nick por lo bajo. No debía tratar de entender su razonamiento. No tenía sentido.

Pero, aun así, antes de colocar el panel de yeso en el espacio que había cortado, estiró la cabeza para mirar en la oscuridad. Intentó ver todo lo que pudo y el olor a humedad le llenó las fosas nasales. Se imaginó como ese hombre, mirando hacia las paredes. Se imaginó lo que se le habría pasado por la mente. Antes de retroceder y salir, Nick habló hacia el espacio. Notó la voz distorsionada rebotándole por toda la cabeza.

—Deja a mi familia en paz de una puta vez.

Nick se volvió para asegurarse de que no hubiera nadie escuchándolo en la puerta. Había dejado sus gafas en el baño para trabajar y su visión de la habitación de Eddie se volvía borrosa en los bordes. No podía distinguir los detalles de los objetos. Entrecerró los ojos hacia los paneles de yeso, el taladro, la masilla y los listones que había dejado sobre la moqueta de su hijo.

¿Qué tendría que haber hecho? Ningún hijo de los padres que conocía se había comportado de ese modo. Los niños a los que les daba clase podían ser ridículos o extraños incluso. Pero ¿esto? Nick no estaba seguro de lo que era. Oyó la voz de su esposa en su mente: «No tendríamos que haberlos dejado solos». Pero en algún momento hay que hacerlo. Esa también era su casa. ¿Dónde, si no, iban a dejarlos?

Nick se dijo palabras que su propio padre no le había dicho nunca, aunque supuso que era lo que le hubiera dicho el anciano si todavía viviera: *A los niños los proteges lo mejor que puedes, pero hay muchas cosas que no puedes impedir. Al igual que cuando se mete demasiado líquido en un vaso pequeño, no puedes evitar que se desborde. Lidias con el resultado cuando este llega.*

«¿Estás seguro?», repitió la voz de su esposa en su cabeza.

No. Nick no estaba seguro de lo que creía.

Sabía que no era justo todo lo que tenían que hacer y mantener solo para vivir en esa casa. Nick se estaba cansando. Se le acumulaban demasiados días. Le pesaba la fatiga del día anterior y del anterior. En unas horas sería el momento de prepararse para acostarse, pero todavía quedaba mucho por hacer. Siempre quedaba mucho por hacer. La radio crepitó desde el pasillo con otro informe de noticias. Se preguntó si alguien de su familia habría notado que había empezado a dejar lámparas encendidas por toda la casa por las noches.

Nick bajó del escritorio. *Supéralo*, pensó. *Recomponte.*

—Marshall —llamó—. Marshall, ¿estás en tu habitación?

Su hijo murmuró algo que no logró entender.

—Ve a buscar a tu hermano —dijo Nick—. Y venid aquí los dos. Quiero enseñaros cómo se arregla un agujero en la pared.

Cómo se saca algo de provecho de una situación así.

EDDIE Y MARSHALL

Después del anochecer, cuando los faros de los coches proyec-taban luces en los tejados, la familia, adormecida, escuchaba la casa que los rodeaba. Cuando estaban dormidos, soñaban con escucharla. A quinientos kilómetros, el ojo de un huracán de ple-no verano giraba sobre su eje, dirigido por los dedos del viento y tomando fuerza de las cálidas aguas del golfo. Detrás del dique, el río ya estaba sintiendo su tirón, las leves caídas de la presión barométrica provocada por el pequeño tifón antes incluso de que los pájaros y los insectos registraran las señales.

Oyeron pasos en la casa, una puerta que se abría y se volvía a cerrar, un cuerpo moviéndose a tientas en la oscuridad. No era ella, ella siempre era más cautelosa. Los sonidos provenían del baño que compartían los chicos. Desde su cama, Marshall observó en la penumbra cómo se abría la puerta un centímetro y se queda-ba así. Era difícil saber si se había abierto más porque la esquina afilada de la puerta estaba emborronada por la oscuridad. Lenta-mente, a cada segundo que pasaba, se abría otro centímetro. O tal vez fuera solo su imaginación. Marshall apartó las mantas y se dio la vuelta alejándose de la puerta para quedar de cara a la pared.

—Entra ya —dijo, tal como había dicho todas las noches ante-riores desde que se había ido el hombre.

Eddie se metió en la cama con su hermano y tiró de la manta hasta taparse el cuello. Se apretujaron en el colchón de matrimonio. Los ojos de Eddie encontraron patrones en la textura del techo. Unos hermanos de trece y dieciséis años compartiendo cama. Intentaban no pensar en sus edades. Sabían que eso no duraría para siempre.

—Estaremos bien —dijo Marshall. Se lo dijo a la pared y, durante un instante, Eddie se preguntó si también quería decírselo a ella.

Pero era tarde y el hermano pequeño estaba demasiado cansado para preguntar.

¿Era una estupidez pensar en ella de ese modo? A su lado, vio la línea montañosa que formaba su hermano bajo las mantas. Aunque a Eddie lo pusiera tenso sentir la presión de otro cuerpo cerca de él, porque lo hacía ser demasiado consciente de las venas del cuello y de los brazos y de la piel de otra persona, se sentía mejor teniendo a su hermano cerca. Si algún ruido despertaba a Eddie por las noches, lo reconfortaba verlo, oírlo respirar y saber, sin lugar a dudas, que estaba bien.

—Duerme un poco —dijo Marshall, y el mundo cayó en la insensatez.

LO MÁS IMPORTANTE

Álbumes de fotos de los niños. Fotos de Marshall antes de que le cortaran los rizos, de Eddie con botas de vaquero, medio escondido detrás de un pino negándose a mostrarse por completo. El señor y la señora Mason cuando solo eran Nick y Laura en la universidad, con toga y birrete frente a los robles y a los parapetos del edificio. Fotos de sus propios padres de niños, en blanco y negro, con miradas somnolientas y con parecidos invaluables en la punta de la barbilla o en los ojos entornados, entre ellos y sus chicos.

Documentos en la caja de seguridad del armario de la habitación de los padres, tarjetas de la seguridad social, actas de nacimiento, formularios de impuestos y pólizas de seguros de vida, de inundación y de incendio. Otros documentos que no está claro si podían ser reemplazados o no, si eran necesarios o no.

¿Qué más es importante?

¿Los antiguos boletines de notas? ¿Manualidades viejas como macarrones pegados a platos de papel formando las palabras «te quiero»? ¿Viejos conejos, osos y pingüinos de peluche metidos en cajas en el desván, cuyos cuerpos blandos y desgastados todavía despiertan punzadas en el pecho de algún adulto? ¿El nuevo y caro juego de cuchillos de las navidades pasadas es importante? ¿Un libro favorito y bien cuidado? ¿Una colcha envejecida?

No hay espacio suficiente para todo. Cada artículo se convierte en un grillete. Una cosa dentro es también una cosa fuera.

Necesitaban cosas prácticas: bolsas con ropa para una semana, artículos de aseo y un contenedor de gasolina en el maletero por si se agotaba en las gasolineras que había de camino. Qué obsceno es imaginar el espacio que ocupan la pasta de dientes, el talco para bebés y el papel higiénico en un coche cuando será necesario dejar tantas cosas dentro. El portaequipajes de la parte superior ya está lleno y los asientos tienen que estar vacíos para que los ocupen las personas. Hay un largo trayecto hasta Indiana y todos los hoteles del sur estarán llenos. Sus cuerpos necesitan espacio para estirarse y moverse. Sus cuerpos también son objetos.

Hay que decirle a Marshall que un viejo guante de receptor puede quedarse en casa y que es ridículo llevarse una torre de ordenador. Hay que decirle a Eddie que los libros se pueden reemplazar, al igual que una vieja Nintendo a la que ya ni juega. Tienen que decirse unos a otros que hay que dejar los álbumes de cuarenta y cinco revoluciones, la planta que les regaló un amigo fallecido y el gran conjunto de fotos de boda enmarcadas, puesto que seguro que están duplicadas en los álbumes.

Hay que convencerse de que lo que nos hace felices no son las cosas que necesitamos para vivir. Una caja de zapatos con recuerdos que, con el tiempo, se ha metido cada vez más lejos debajo de la cama. Cartas de una abuela. La propia casa con todos sus defectos y todas las horas trabajadas en ella. Una casa es un receptáculo para todo lo demás. Solo es el contenedor. No se va.

¿Qué coche? ¿El de la madre o el del padre?

¿Cuál es más valioso?

¿Cuál vale más para nosotros?

Ciertas ventanas tendrán que ser tapiadas. Los cables eléctricos, desconectados. Cada puerta interior de la casa tendrá que estar cerrada para crear barreras en las barreras. Lo que queda atrás debe tener la oportunidad de sobrevivir, aunque el equipaje, por su naturaleza, pareciera decir: «Sobreviviré si te pierdo».

TODO EL MUNDO DESPIERTO

Eventualmente, el azul del cielo se vio empañado por las primeras franjas de nubes grises. Los árboles cambiaron de posición y los pájaros se marcharon. Los grillos saltaban sin que nadie los molestara por todo el césped como cohetitos en miniatura, pero el persistente zumbido de las cigarras había desaparecido. ¿Cuándo se habían quedado calladas exactamente? La calma que precede a la tormenta es falsedad, ficción. La electricidad ya se acumulaba en el aire.

La casa de los Mason, como todas las del vecindario, empezó a resonar con el martilleo de las ventanas tapiadas. El sonido unificaba las casas incluso por encima de árboles, campos cubiertos de maleza, pequeños pastos de caballos, cabras y vacas. Las casas rodantes que había más adelante en el camino ya habían sido abandonadas. Sus dueños no se habían molestado en meter dentro las sillas de jardín ni las macetas. En esos hogares tan vulnerables daba lo mismo fuera que dentro. Los mozos de cuadra cargaron sus caballos en camiones y condujeron por los caminos ásperos y sin pavimentar hacia la carretera del dique, mientras los animales miraban plácidamente hacia afuera con las crines azotadas por la brisa. No había remolcadores en el río. Sus tripulantes habían amarrado las barcazas a la ribera y se habían ido a casa para preparar a sus familias para la tormenta.

Era algo normal y corriente en el sur de Luisiana, por muy grave que pudiera parecer. Estaba ritualizado. Sin embargo, esa tormenta era más grande, diferente en escala y en cuanto a la velocidad del viento. Las imágenes satelitales nocturnas mostraban un ojo claro y definido que parecía pertenecer al mundo entero. Su trayectoria se estaba enfocando. El ojo perdido de Odín regresaba en busca de venganza. El ojo del mundo iba a buscarla. Rodó por el golfo pivotando hasta su río.

Los que llevaban mucho tiempo viviendo allí conocían sus opciones. Al igual que los que se habían mudado al sur del lago hacía menos de un año. Quedarse o marcharse. Ambas alternativas tienen su riesgo. Marcharse significaba que no habría modo de evitar que los pequeños daños se convirtieran en catástrofes mayores. No bloquearían una ventana rota con la madera sobrante o una mesa volcada, y no se podría sofocar un pequeño incendio. Pero quedarse conllevaba otros riesgos. Significaba que era posible que no te encontraran. Había precedentes. El techo podía derrumbarse. La marejada ciclónica podía irrumpir y llevarse por completo las paredes de una casa hacia los campos que la rodeaban. Podía no quedar nada más que astillas en sus cimientos. Y aquellos que estuvieran dentro podían escapar o perderse.

En casa de Brody, al final de la carretera arbolada, su tío volvió del trabajo y les dijo que iban a resguardarse. La vivienda era baja y pequeña, pero era de ladrillo. La propiedad estaba lejos, a un kilómetro del dique, que afirmó que se desbordaría en cuanto llegara la marejada ciclónica. El bosque que los rodeaba se bebería el agua de la inundación. Entrarían a los perros y dejarían al malo encerrado en la cocina. Se quedarían en casa y esperarían. Y si aun así llegaba el agua, subirían al pequeño desván. El tío de Brody ya había dejado allí un hacha. Si a pesar de todo eso el agua los alcanzaba, cortaría la madera del techo.

La tía de Brody fue al pueblo y se abasteció de alimentos enlatados, agua embotellada y pilas para las radios y las linternas. Mientras su tío tapiaba las ventanas, Brody intentó marcharse, caminar por el vecindario. Pero su tía le dijo que ese no era un día normal y que no quería tener que preocuparse si el niño llegara tarde a casa, ya que la tormenta se les venía encima y no quería que Brody desapareciera antes de que llegara. Podría no encontrar el camino de vuelta.

NO HAY NINGÚN LUGAR SEGURO

—**A**sumir que un lugar es seguro es creer que el mundo no cambia y que las personas no cambian dentro de él —dijo Odín—. Conocer un lugar es saber que se está muriendo. Cada instante que pasa se está soltando de ti. Se te irritan las manos de tanto sostenerlo.

Tengo las manos callosas. Elise se las miró en la penumbra.

—Te digo que deberías salir ya. De hecho, me estoy dando cuenta de que tendrías que haber salido hace mucho. Olvida qué y quién eres. Ahora estás usando la tormenta como excusa.

Elise resopló. O se imaginó a sí misma resoplando. Lo soñó. Ahora ya no hacía ruidos. Apenas respiraba. El mundo que veía existía en el interior de sus párpados. Sus sonidos eran fantasmas a través del vello de su oído interno.

—Mira —dijo Odín—. Una vez, hace mil años, cuando todavía era joven, trepé por la gruesa base del Árbol del Mundo y arranqué una de sus ramas. Quería plantarla en el suelo para que creciera y tener mi propio Árbol del Mundo seguro y apartado, que fuera mío y estuviera solo bajo mi mando. No funcionó.

Los árboles no funcionan así. No crecen así.

—¿Qué sabes tú de árboles mágicos? —preguntó—. No tenía nada que ver con cómo funcionan los árboles normales ni con lo que hacen. Tenía que ver conmigo.

Odín se arrodilló a su lado. Las arrugas de sus mejillas eran como largas cicatrices. El hueco en el que anteriormente había estado su ojo era ahora el propio ojo solo que al revés, vuelto hacia adentro.

—Planté la rama en el pantano y la corteza se convirtió en yeso, cristal y ladrillo. Sus propias ramas pronto brotaron y se extendieron formando un dosel tan espeso que permaneció impermeable a la lluvia y al viento. Tenía una base firme que nunca se doblaría ni se pudriría. Nunca se convertiría en lodo de ese pantano. Nunca caería.

¿Cuál era el problema?

—Yo no estaba listo. Era joven y me di cuenta de que construir una casa así, por más fuerte que fuera, era construirle un monolito a la muerte. Construirme una tumba. No estaba ni cerca de estar preparado para ello. Una noche, rompí las ramas de mi casa en astillas. Lo enterré todo, en un lugar que desde entonces ha sido ahogado y arrasado.

»¿Sabes? Nunca dejarás de echarlos de menos —continuó Odín—. No importa dónde estés ni qué edad tengas. Pero el dolor se vuelve más suave. Más calmado, me parece. Serás una anciana y todavía te aferrarás a ellos, a ese dolor.

¿Por qué iba alguien a soltarlo? Tú podrías, por supuesto. Pero ¿por qué lo haría cualquier otra persona? Tú estarías bien porque eres tú. Pero, a diferencia de ti, yo no viviré para siempre.

—No —replicó Odín—. No. Yo moriré.

Elise sabía que lo había frustrado. El dios negó con la cabeza agitando su barba blanca.

—Es culpa mía que no estés entendiendo nada de esto. Todo el mundo muere con el tiempo. —Odín se tumbó en el suelo junto a ella y se llevó las manos a la cara—. Pero ¿que tú también mueras? —Se le atascó la voz en la garganta—. Eso es lo que no puedo soportar.

LO QUE SE QUEDA

La noche anterior a la partida los Mason se sentaron juntos en la sala de estar a ver las noticias. Cantaron los petirrojos y luego el sinsonte. Habían cargado el coche por la tarde. Habían tapado los agujeros de la pared, pero la masilla necesitaba pintura. Todavía no habían pulido los rasguños del suelo. La moqueta seguía rasgada. Iban a marcharse de una casa a medio reparar. Aquella noche, mientras hablaban, lo hacían con voces desgastadas, amortiguadas, como si hablaran desde debajo de una colcha y varias sábanas. Tras la actualización del tiempo de las once, el señor Nick despertó a los niños que estaban ahí sentados y los mandó a la cama. Los despertó de nuevo en sus dormitorios mucho antes del amanecer. Se marcharon poco después. Cuando Elise se despertó, no supo cuánto tiempo hacía que se habían ido.

Se empujó por las paredes y se movió por la casa. El aire era mejor allí. Tenía los brazos y los dedos débiles y todavía le dolía la parte posterior de la garganta, pero el ruido de su propio cuerpo contra las paredes la energizó.

«¡Un mono araña!», la había llamado Brody una vez y ahora volvía a sentirse así. Se lo había dicho el día después de que ella le enseñara el viejo conducto oculto para la ropa sucia. Primero le había mostrado el fondo, el espacio que había detrás del árbol pintado. Y mientras él entornaba los ojos hacia la oscuridad, Elise lo había desafiado a ver si podía encontrar dónde se abría el conducto antes de que ella misma se subiera a él. Brody curvó los labios formando una sonrisa y corrió a la planta de arriba dando golpes, mientras Elise escalaba por el conducto presionando con las manos y los pies a ambos lados y arrastrándose.

Antes de llegar a la mitad, oyó al muchacho golpeando el tablón suelto de la parte trasera del armario del baño. Lo vio aparecer con un halo de luz alrededor del rostro. La sonrisa de Brody se convirtió en una mirada de sorpresa.

«¿Cómo? ¡Estás ahí colgada! ¡En el aire! ¡Eres increíble», le había dicho el niño, y ella se sintió así a pesar de que él le había ganado.

Ahora, Elise bebió profundamente de la fría agua del grifo de la cocina. Se sirvió un tazón de cereales (gracias a Dios, eran Cheerios). Estaban bastante buenos incluso sin leche, los Mason habían tirado el envase a medias que solían guardar. Mientras Elise comía, se recostó en su silla frente a la mesa de la cocina balanceándose sobre dos patas. Volvió a llenar el tazón y se lo llevó a la sala de estar. Mientras salía el sol, miró la televisión con el volumen casi al máximo, primero teletienda y después dibujos animados. Elise quería sentirse absorbida por cada programa, como si pudiera darse la vuelta y ver la tierra ilustrada o el paisaje urbano tras ella. Cada cuarto de hora, en sincronía con los cantos del reloj, la transmisión de emergencia aparecía en la parte inferior de la pantalla. Era una franja roja con letras blancas que declaraba evacuaciones obligatorias en los distritos del sur: Plaquemines, Lafourche y St. Bernard.

Cuando llegó el viento, sonó como una enorme lona arrastrada por el patio. La luz que entraba por las ventanas se formaba a medias entre las nubes. Las gotas de lluvia que caían por los cristales se acumulaban en pequeños arroyos. Elise cocinó macarrones con queso y luego se tumbó en el sofá de la biblioteca a escuchar el viejo walkman de Marshall. Se dio un largo y cálido baño en el cuarto de baño de los padres y vio cómo la bombilla del techo parpadeaba una, dos veces. De momento, la luz no se había ido.

Elise se echó una siesta en el sillón reclinable de la sala de estar y, cuando se despertó, calentó el resto de los macarrones en el microondas para cenar. A las ocho de la tarde no hacía ni una hora que se había puesto el sol, pero había tanta oscuridad como a altas horas de la noche. El chochín cantó, solitario, desde el vestíbulo.

—Todavía estoy aquí —respondió ella.

AMANECIENDO

Sabía que la paz nocturna era un privilegio. No hay nada en la oscuridad que garantice el sueño. Aquella noche Elise no durmió nada en absoluto. Ni un momento. Con cada relámpago, veía los árboles torturados. Entre cada rugido de los truenos, los oía gritar. Las ramas de los robles se azotaban en ángulos extremos. El larguirucho árbol de sebo se dobló hasta que la parte superior de su tronco se metió dentro de la brillosa agua negra. ¿Cómo podía contener el cielo tanta lluvia? En una sola ráfaga, las ramas se desprendieron de los árboles con ruidos que parecían disparos. Golpearon la casa como puños macizos.

No había luz desde las diez de la noche, pero los pájaros todavía cantaban. Elise no los oía con todo el viento y la lluvia, pero sabía que debían estar allí. El cardenal, los estorninos, el chochín. No podía estar sola. En el exterior, vio formas oscuras elevándose más allá del dique. Barcazas que habían quedado atracadas a lo largo de la ribera ascendían con la crecida del río. Un relámpago brilló y vio el agua desbordando el dique como un cubo demasiado lleno.

Golpeando contra la parte superior de la casa, las ramas sueltas se convirtieron en torpedos voladores, como si todo el cielo estuviera en el interior de un tornado. Lo que debía ser el tragaluz se rompió. Elise caminó por el pasillo. El ruido del exterior se tragó el sonido de sus pasos. Las ventanas de todas las habitaciones repiqueteaban ante ella. Había tomado una vela aromática del despacho y la había sostenido entre sus manos, pero ya se había apagado. La casa temblaba. Le preocupaba que el techo se soltara. Corrió escaleras abajo.

—¡No sé a dónde ir! —gritó Elise. Era la voz de una niña.

El agua de la inundación empezó a entrar por la rendija, debajo de la puerta principal.

EL RÍO ES UN DIOS RESURGIDO

Está bien llorar.

El agua de la inundación aumenta y el suelo de la casa se convierte en un pantano. El viento aúlla en el exterior; es como un tren que ruge sobre sus vías con su bocina implacable, y el sonido se estrangula en el interior de su cuerpo. Pero estaba más segura que en cualquier otra parte. Más segura que en la planta baja, en la que cada vez había más agua. No parecía real, pero era cierto: el viento podía arrancar la segunda planta del edificio.

Elise se paseó por las habitaciones esperando que alguna parte de la casa pudiera salvarla. ¿El interior de las paredes? No, también se inundaría.

Mejor fuera. En la biblioteca. Desde donde estaba sentada en el sofá podía ver la silueta del reloj de los pájaros en el vestíbulo. Allí, acechando en la oscuridad, el agua subía. Y allí seguía todavía el reloj, quieto, junto a ella.

Notó el agua helada en los pies, pero los mantuvo en el suelo. Midió el agua que subía por sus tobillos y sus piernas. Tenía la sensación de que era importante.

Esperó. Esperaría hasta que el agua le llegara a las rodillas y después tendría que moverse. Las ventanas podían romperse a su alrededor y la puerta abrirse de par en par, pero se ocuparía de eso cuando sucediera. Hasta que el agua no le llegara a las rodillas... Cuando eso sucediera se movería hasta la escalera. Iría al siguiente mejor lugar que le diera una oportunidad de sobrevivir. Se adaptaría cuando cambiara el espacio que la rodeaba. Y si lo necesitaba, lloraría.

Y ¿por qué no? ¡También chillaría y gritaría! ¡Dejaría que la oyera todo el mundo!

La casa tembló. Los libros de los estantes inferiores se elevaron y flotaron en el agua negra que la rodeaba, como el carbón. El agua se había convertido en un ser vivo. Pero aun así se quedó, de momento solo le llegaba a las pantorrillas. Se le entumecieron los dedos de los pies y el frío le recorrió las piernas y la cintura, pero el edredón que había detrás de ella estaba seco. Se lo puso sobre los hombros. Mientras el agua se quedara así, estaría bien. Esas paredes eran fuertes, conocía bien la vieja casa.

—¿Vas a llevarme a casa? —gritó Elise a la oscuridad—. ¿Vas a llevarme contigo?

Mantuvo los pies en el agua. Si crecía demasiado rápido, si llegaba a lamerle las rodillas, tendría que subir las escaleras. Se dijo que los ruidos del exterior no eran muy diferentes de los fuegos artificiales de Nochevieja. Está bien estar asustada. El mundo entero estaba siendo reformado, pero su madre y su padre, como siempre, seguían con ella.

POR LA MAÑANA

Observó el cielo desde la antigua habitación de sus padres. Las nubes colgaban como colinas invertidas, pero su gris intenso había empezado a fracturarse, delineado con azul y melocotón. El viento frío entraba por la ventana abierta y le daba en el rostro. El mundo estaba agotado. Enmarañado. Las ramas rotas rompían la superficie del agua marrón del patio como cuerpos retorcidos de serpientes marinas. Los árboles habían perdido altura desde la base de sus troncos. Se habían desprendido tiras del revestimiento de la casa y colgaban entrando y saliendo de la inundación. El canalón que había debajo de su ventana ya no estaba, había desaparecido. Lo único que se oía era el chapoteo del agua.

No muy lejos, una de las barcazas fluviales se había soltado de sus cadenas de amarre y ahora estaba postrada, como un tren, a lo largo del dique. Casi se tambaleaba por un lado. Elise se dio cuenta de que si el río hubiera crecido más, la barcaza habría flotado y se habría abierto camino a través de los árboles y del patio. Puede que también a través de su casa. La noche anterior, no había tenido ni idea de lo cerca que había estado de esa posibilidad.

La planta baja había completado su transformación: el exterior había invadido el interior. El pantano había subido cuatro

escalones (hasta la altura de la cintura de Elise) pero por la mañana ya parecía estar descendiendo lentamente. Finalmente, ella
había tenido que ir a la planta de arriba cuando el agua se había
elevado y, una vez allí, se dio cuenta de que el desván goteaba y
de que el agua resbalaba por las escaleras hacia el pasillo. Elise
pasó la noche en la cama del señor y la señora Mason cubriéndo-
se la cabeza con sus mantas. Con los ojos cerrados, podría haber
sido cualquier cama. Cualquier momento.

A lo largo de la mañana, abrió todas las contraventanas de la
primera planta. De momento no tenía que preocuparse por los
mosquitos ni por otros insectos, todos habían sido arrastrados
por el agua y el viento. Los pájaros del reloj se habían quedado
callados. La tormenta también se los había llevado. Elise sintió su
ausencia en cada fibra de su ser. Estaba sola en el mundo y parecía que no había sobrevivido nada más. ¿Había sobrevivido ella?
¿O estaría en el más allá?

Cuando Elise necesitó desayunar, vadeó el agua de la planta
baja. La presión de la inundación había abierto la puerta principal. En la sala de estar, moviendo las piernas con esfuerzo por el
agua, se abrió paso entre los restos de la inundación. Se fijó en los
objetos que flotaban: cojines, marcos de fotos de plástico, una
lámpara de mesa tumbada, un jarrón, cintas VHS, el mando a
distancia de la tele... Había otras cosas que no flotaban, que solo
existían como contornos de formas; las notaba con los pies por
debajo de la superficie.

En la cocina, los armarios y las puertas de la despensa se habían abierto de par en par, y la niña trató de avanzar entre latas,
cajas empapadas de helados, tacos, especias, un bote de pasta y
paquetes de chili en polvo; todo oscurecido por el agua negruzca
y sumergiéndose bajo la superficie cuando ella se acercaba. Entró
en la despensa y se subió a los estantes. Allí arriba, solo encontró
un paquete de arroz con tres cuartas partes vacías. El resto había
caído. Elise lo abrió y se vertió el arroz seco en la boca haciendo
todo lo posible por masticarlo. Debajo de ella, vio un frasco de

mantequilla de cacahuete flotando en el agua, así que lo abrió y se tomó tres dedos. Luego subió y se secó, tirándose sobre la cama del señor y de la señora Mason y usando sus sábanas como toalla. Elise se tumbó boca arriba con las extremidades estiradas y el cuerpo abierto a la casa rota que la rodeaba, y se durmió. Durmió por primera vez desde la mañana anterior. No soñó, a causa del agotamiento.

Cuando se despertó, se quedó un rato en la cama. Se preguntó cómo sería la ciudad. ¿Cómo sería aquella casa nueva? A la casa en la que había vivido unos meses con sus padres nunca había llegado a sentirla como un hogar. Los muebles le parecían extraños y fuera de lugar en las nuevas habitaciones. Tuvieron cajas de cartón llenas de pertenencias que quedaron sin abrir hasta el final. Elise se preguntó si la inundación se habría llevado ese olor a antiséptico que impregnaba el edificio, la novedad incómoda e inubicable de la casa. Supuso que ya se habría mudado allí alguna familia. Sus cosas y las de sus padres habrían acabado en un vertedero ahora inundado.

Elise se preguntó también cómo habría afectado la tormenta al resto del vecindario. Por la mañana, había mirado por la ventana para asegurarse de que la casa de la señora Wanda hubiera resistido y de que la mujer no estuviera en peligro. Sus tierras, más allá del campo, estaban en un terreno ligeramente más alto y el agua apenas llegaba por encima de los ladrillos sobre los que se asentaba la vivienda. Elise nunca le había preguntado a Brody cómo era su propia casa, si tenía una o dos plantas o si estaba construida sobre ladrillos o pilotes. Deseó habérselo preguntado. Elise esperaba que él, su tía e incluso el tío al que él decía que tanto odiaba estuvieran a salvo.

Deseó tener a alguien con quien hablar en ese momento para comentar acerca de la tormenta y decir que había parecido un sueño, el interior de un torbellino, y que todo lo de después no parecía tan real como antes. No era la primera vez que Elise se sentía así. Tal vez eso fuera crecer, hacerse mayor. Apretó los dientes. Una sucesión de infiernos, incendios y tormentas que hacían que el mundo cada vez se pareciera menos al que creías conocer.

Después del mediodía el aire se había vuelto cálido y húmedo de nuevo. El agua, iluminada por el sol, seguía llenando todo el patio delantero hasta el dique. Por alguna razón Elise pensó que el río, que ahora estaba fuera de su vista, fluía hacia atrás. Se levantó de la cama y pulsó instintivamente el interruptor para encender el ventilador de techo. No funcionó.

Uf. Habría sido más preocupante que funcionara. Olía la humedad de la casa como un tronco podrido. La electricidad podía provocar un incendio.

Elise se movió en el sitio y estiró el torso. Al parecer no se había movido nada en la siesta. Sentía como si hubiera dormido un par de horas. Levantó un brazo y se olió la axila.

—Sí.

Tenía el cuerpo entero empapado en sudor. Se dio cuenta de que las sábanas apestaban a ella. ¿Se darían cuenta los Mason?

—No lo notarán —dijo.

Si notaban algo, probablemente pensarían que había sido un animal. Un mapache que había logrado entrar durante la tormenta en busca de refugio y había pasado la noche en su cama. O, bueno, tal vez sí pensarían que había sido ella. ¿Le importaba que lo supieran? ¿Les importaría a ellos? Con la casa inundada, Elise consideró salir y sentarse en la ventana para saludarlos cuando llegaran. Supuso que tendrían problemas más graves que ella. Al menos durante un tiempo.

DUEÑA DE LA CASA

A medida que el día iba pasando, los insectos y las alimañas iban volviendo de los lugares en los que se habían escondido durante la tormenta. Muy pronto, llenarían todas las habitaciones. Los mosquitos rebotarían contra los tejados. Los renacuajos se deslizarían en los conos de las lámparas caídas, las ranas y las serpientes se refugiarían entre los cojines del sofá. Su casa, empapada, parecería una esponja.

—Pero sigue en pie —se dijo—. Que siga así.

Elise fue a la planta baja, se metió de nuevo en el agua y fue hasta el panel de fusibles del cuarto de la lavadora. Nunca antes había estado en una casa inundada, pero sí había vivido huracanes. La luz siempre volvía uno o días después de que hubiera cesado el vendaval. Aunque esa tormenta podría haber sido diferente. Y tumbada en el calor, sin mucho más que hacer, sintió una gran inspiración y se puso a pensar en razones hipotéticas por las que su casa podía estar todavía rota. Intentó pensar como un adulto y se dio cuenta de que no podía dejar que volviera la electricidad a unas paredes todavía saturadas de agua.

Nunca antes había abierto el panel de fusibles, pero había estado allí un par de veces con su padre cuando había que reemplazar alguno. Nunca había mirado dentro de la caja, solo había

visto la parte frontal de la tapa de metal abierta y el rostro som-
brío de su padre mirando en el interior. Supuso que estaría lleno
de cables y de bombillas complejas de todos los colores. En lugar
de eso, cuando Elise abrió la tapa, vio que había un montón de
interruptores negros. No había mucho que hacer. La simple clavi-
ja roja que había a un lado parecía bastante evidente como para
tirar de ella.

—*Voilà* —exclamó Elise. No tenía ni idea de si eso ayudaría en
algo: la luz podía volver en cualquier momento de esa semana o
tal vez dentro de un mes, pero sintió algo de satisfacción al saber
que se había ocupado de ello. Su padre estaría orgulloso. Cerca
de allí, el tablero con el árbol pintado se había soltado con el agua
y una esquina sobresalía como una mano que se hubiera quedado rígida llamando.

Después, en la despensa de la cocina, Elise encontró una colección sumergida de botellas de agua de plástico y vació dos.
Dejó caer las botellas vacías en la superficie del agua. El cubo de
basura no parecía tener mucho sentido en ese momento. Notaba
el frío del líquido en las piernas; se inclinó y se salpicó la cara y el
pelo. Era agua sucia (podía imaginarse a su madre arqueando
una ceja ante esa decisión en particular), pero la humedad en los
hombros y en la espalda era agradable.

Elise volvió a recorrer todas las habitaciones de la casa. *Todas
las ramas del Árbol del Mundo.*

Ahora era muy diferente, la planta baja estaba medio sumergida pero el plano era el mismo. Las paredes estaban donde siempre habían estado. Estaba arruinada, aunque, en cierto modo, se
parecía mucho más a su hogar de lo que lo había parecido en
mucho tiempo. El silencio del agua goteando dentro de los armarios. La brisa que hacía que el revestimiento suelto golpeara las
paredes.

Su casa. Su enorme y moribunda casa.

EL FIN DEL MUNDO

Elise había empezado a pensar en la noche que se avecinaba, en si debía cerrar las ventanas, sellar la casa todo lo que pudiera, o bien abrazar la ruptura de los límites y reconocer que, de momento, el interior y el exterior se habían unido. No sabía si meterse en una bolsa de basura para evitar las picaduras de insectos. Si encender una pequeña hoguera en el porche delantero. Si convertirse en una salvaje dentro de su propia casa. No sabía cuánto tiempo pasaría hasta que volvieran los Mason, pero podían ser días. Cuando se drenaran y reabrieran las carreteras, estarían obstruidas con sedanes, camiones y coches con equipajes atados con cuerdas. Semáforos de ojos muertos. Maderas con clavos ensuciando el asfalto. Elise también podría acomodarse a la soledad. No obstante, pronto tendría que hacer algo con la comida. Y con el agua limpia.

Pero cuando volvió a salir de la inundación para subir las escaleras, oyó en el exterior el ruido de una corriente de agua, una sola ola con una cresta continua. El ruido se volvió más fuerte y Elise se acercó a la puerta para mirar. La fuente de ese estruendo tardó un poco en atravesar los árboles que rodeaban el patio y en aparecer en su campo de visión. Eran los primeros vehículos que volvían tras la tormenta. Sus motores retumbaban, y sus correajes chirriaban, empapados.

Cuando Elise vio acercarse la camioneta, se dio cuenta de que el conductor tendría que haber esperado un poco más para que bajara el nivel de las aguas. No debería haber estado conduciendo por esa carretera. Olas grises salpicaban los lados del vehículo lamiendo los tiradores de las puertas. Con las ventanillas totalmente bajas, el interior de la cabina debía haberse empapado. Si el conductor pisaba los frenos, la estela de la camioneta lo alcanzaría y hundiría toda la cabina y el motor.

Fue entonces cuando Elise supo dónde se detendría la camioneta. No se metió por su camino de entrada, pero no porque no lo intentó. No llegó tan lejos. El motor se ahogó y se apagó, deteniéndose justo delante de su casa. Estaba bastante cerca. El conductor se desató y buscó algo en el asiento del copiloto. La estela que había formado se arremolinó en torno a la enorme camioneta negra, se filtró por las ventanas y continuó más allá del camino. Traust.

Había vuelto. Había sido el primero en volver, había sobrevivido a la tormenta en algún lugar cercano, lo bastante cercano como para permitirle regresar tan pronto. Había estado esperando tras el viento, los rayos y la inundación para ir a buscarla.

Elise retrocedió hasta el vestíbulo. El hombre saltó de su camioneta con un chapoteo. Elise se volvió. Tenía que encontrar un lugar donde esconderse.

No había tiempo suficiente para mantener la calma. Aun así, Elise se tragó las ganas de gritar.

REGRESO

Meses antes, la mañana de invierno en la que Elise había vuelto a casa, el aire frío empañaba los cristales de las ventanas. El césped seco crujía bajo sus pies. Le dolían las plantas por haber recorrido kilómetros y kilómetros de asfalto a lo largo de la noche, por los escombros que había al lado de la carretera que no había visto y que se le habían clavado en la suela de los zapatos. El viento frío le impregnaba el abrigo y más de una vez deseó haberse llevado una manta de la casa de acogida para echársela sobre los hombros mientras caminaba.

Elise había entrado en el patio como lo hubiera hecho un ladrón. Echando miradas furtivas por encima del hombro. Prestando atención a los ángulos de visión desde la carretera. Calculando la hilera de arbustos de azalea, las ramas bajas de un árbol de magnolia, un saliente de la casa que pudiera ocultarla mientras hallaba el modo de entrar. Entre las cortinas y las persianas entrecerradas, había visto el árbol de Navidad decorado y las luces apagadas. No había señales de movimiento en el interior.

Tras ella, el mundo se había deslizado detrás de la hierba de las pampas, bajo el borde del dique. Como si estuvieran jugando al escondite inglés. Elise le había dado la vuelta a la casa presionando hacia arriba, con las palmas, los cristales de las ventanas.

El cristal gemía cuando deslizaba inútilmente las manos para que subiera. Había girado los pomos de las puertas, tirando con la muñeca y haciéndolos traquetear.

SALVANDO LAS DISTANCIAS

Mientras Elise buscaba un lugar para esconderse esta vez, después de que la casa se hubiera inundado, con Traust de nuevo allí, el recuerdo de aquel día le llegó como un *déjà vu*. Como si volviera a estar en aquel momento, como si hubiera un olor conocido y singular. Tenía la mente en tres lugares diferentes.

En el pasado, buscando un sitio en el que su vieja casa pudiera sostenerla y acunarla. En el presente, buscando un lugar para ocultarse. Y también estaba con Traust. Imaginándose lo que él estaba viendo, mientras vadeaba su patio y subía los escalones sumergidos del porche delantero.

Traust había ido para irrumpir en su casa, tal como lo había hecho Elise antes que él. Pero las puertas no estaban cerradas ni bloqueadas. No había nadie más de quien esconderse. Para él era mucho más fácil. Estaban solos juntos. Solo necesitaba entrar.

ENTRADA

L o oyó en el vestíbulo. Avanzó a grandes zancadas, sacó las piernas del agua y pisó con fuerza hacia abajo. En la sala de estar, donde ella había estado dando vueltas unos instantes antes. Pasó por el comedor, con las sillas volcadas y el piano anegado. Entró a la cocina. Su cuerpo enviaba ondas por toda el agua de la casa. Elise oyó las ollas y las sartenes que flotaban por la cocina chocando contra las puertas inundadas de los armarios. Traust empujó las piernas a través de un mar de cosas; Elise se lo imaginaba deslizándose con los hombros encorvados, los brazos levantados en el aire y moviendo la cabeza de un lado a otro. En la mente de la niña, él se agrandó haciendo que sus ojos se quedaran sin párpados y retirando los labios para revelar sus dientes. Se dio la vuelta y subió por las escaleras con las botas goteando a cada paso.

Cuando Traust habló, le gritó desde arriba. Le habló como si llevaran mucho tiempo haciéndolo.

—¿Recuerdas el ojo de la tormenta? —le dijo—. Creo que aquí fue bastante breve. Solamente un destello. Donde yo estaba, duró al menos quince minutos.

Elise lo oyó en el desván, pateando con fuerza el suelo que una vez había quitado y dejado a un lado. El volumen de su voz aumentó cuando habló por la grieta que conducía a las paredes.

—Fue aquello a lo que llaman «respiro». ¿Te acuerdas? Cuando no hay viento ni lluvia. Cuando todo está tranquilo. En ese momento es cuando más cuidado tienes que tener. He oído muchísimas historias de gente que ha salido durante el ojo para ver cómo se despejaba el cielo y se mostraban la luna y las estrellas creyendo que había acabado la tormenta. Al final los atrapan los vientos de la pared del ojo a doscientos cincuenta o trescientos kilómetros por hora.

Estaba agazapado en el desván hablando con ella.

—Yo mismo sentí la tentación de salir y subirme a la camioneta. ¡Quería que terminara! Aunque lo supiera. Lo vi todo (la lluvia y los rayos) desde mi parabrisas. Creí que no lograría sobrevivir a la segunda parte. Aunque sí que lo hice.

Elise lo oyó gemir cuando se levantó.

—¿Me oyes? ¿Sabes a qué me refiero con lo del ojo? Puede que no lo notaras. Supongo que estarías distraída con toda esta inundación.

En el conducto para la ropa sucia, Elise se mantuvo sobre el agua de la primera planta, suspendida en la oscuridad, con las manos y los pies metidos en las grietas. Se estaba a treinta y cinco grados o más en el interior de las paredes. El sudor le perlaba la frente y se le acumulaba en las pestañas y en los labios. Traust volvió a bajar las escaleras del desván. Llevaba su juego de herramientas. Lo oyó rebuscar en él.

—Crees que no entiendo por qué necesitas esconderte. Podría pedirte que salieras cien mil veces y sé que no lo harías. Porque, como sabes, ya te lo he pedido cien mil veces. En mi propia casa y en otras. Y no me has hecho caso ni una sola vez.

Cuando Elise tenía pesadillas de pequeña, salía de la cama y se metía en la habitación de sus padres. Si estaban dormidos no los despertaba. Metía medio cuerpo debajo de la cama, con los pies por delante y la parte superior del cuerpo expuesta en la

344   A. J. GNUSE

habitación. Se quedaba allí tumbada, con la moqueta raspándole la mejilla mientras sus padres respiraban encima de ella. Otras veces, si algo la asustaba cuando sus padres no estaban y su niñera estaba dormida en la sala de estar con la televisión encendida, Elise se quedaba quieta y esperaba. Si aquello que la asustaba no podía oírla, tampoco podría encontrarla.

Traust no golpeó las paredes como lo había hecho la otra vez. Ahora conocía la casa. Subió y bajó las escaleras. Se quedó callado durante lo que debieron ser cinco, diez minutos. Elise solo lo oía cuando tosía o se aclaraba la garganta.

Quería gritarle al hombre. Chillarle.

¿Quién te crees que soy? ¿Por qué no me dejas en paz?

POR QUÉ LA CAZA

E sto es lo que él cree: hay una gran columna vertebral en este mundo y se está retorciendo bajo sus pies. Recolocando lo que se ve. Manteniéndolo siempre fuera de la vista. Pero a cada segundo que pasa, lo sabe: está más cerca. Se paró en el pasillo de la planta de arriba, donde mejor sonaba su voz. Entonces, le dijo:

—¿Te acuerdas de esa mujer que juraba que te tenía? ¿Que te escondías en una maleta que guardaba en el fondo del armario? Cuando te escuchaba, o creía que te escuchaba, la sacaba y le daba patadas hasta que acababa con los dedos de los pies ensangrentados. Hasta que se le desgarraba la garganta de tanto gritar. ¿Y de ese hombre que decía que usabas el perfume de su mujer? Lo guardaba en su mesita de noche desde que ella falleció. Pero ahora, sin ella, sigue oliéndolo.

»Cuando fui, me contó (¡me lo dijo él!) que un día, cuando estuviera seguro de que estabas ahí, te encerraría. Tapiaría todas las puertas y ventanas y prendería fuego a la casa.

»Cuando fui allí, a esas dos casas, tampoco estabas. Miré bien y las registré. Retiré su aislamiento. Desmonté sus cómodas. Corté los colchones y los respaldos de los sofás, quisieran o no. Cualquier otro se habría preguntado si no estaban inventándoselo todo.

»¿Sabes? Tengo todo lo que necesito de ti.

»¿Te acuerdas de que cuando era pequeño me tumbaba en la cama y te decía que algún día dejarías de reírte de mí? ¿Te acuerdas de cómo, con el tiempo, mis padres volvieron a los agujeros que había abierto en las cuatro paredes de cada habitación de aquella horrible casa? Pero yo ya me había marchado. Porque tú tampoco estabas ahí ya.

»¡Todas las casas a las que he ido! Mientras buscaba a otros como tú, solía fingir que arreglaba el cableado, instalaba ventiladores de techo y revisaba los interruptores. Pero, cada vez, cada día, siempre que tenía oportunidad, escudriñaba en los armarios y debajo de las camas.

»Oye, te digo que encontrarte aquí es por nosotros. Por todos los que son como yo. Para saber que estamos bien. Y que esos pensamientos que hemos tenido… son reales. No estamos solos. Ninguno de nosotros lo está.

»Estás ahí dentro. Estás agarrándote fuerte.

»Supongo que tendré que sacarte a pedazos.

EL SEÑOR TRAUST QUITA LAS PAREDES

Empezó con el martillo golpeando la pared del comedor y tirando del espacio que había detrás con una palanca. El ruido la abrumó. El agua que salpicaba cuando el yeso se soltaba, los golpes y los desgarros, sus gruñidos y maldiciones. Elise estaba a salvo de momento en el conducto, pero ese hombre estaba arrancando las paredes de su casa. Rugía mientras tiraba. Gritaba afirmando que la encontraría. Traust se acercó a la biblioteca (ahora lo tenía más cerca) y lo oyó arrojando los libros de las estanterías al agua. Golpeó las ranuras de la pared que quedaban entre los estantes.

—Arrancaré cada tablón y cada fibra de esta casa hasta que te encuentre —espetó Traust.

Estaba en el cuarto de la lavadora. Las paredes temblaban y varias partículas cayeron a su alrededor, sobre sus hombros y sobre su rostro en el conducto. Se le quedaron atrapadas en la parte posterior de la garganta.

—Te apartaré de ellos —dijo él.

Elise se quedó quieta. Estaba muy cerca de ella, pero ahora empezaba a retroceder hacia las escaleras. Estaba intentado arrancar la madera para mirar debajo, en medio de la oscuridad.

El sudor se le acumulaba en las grietas de las palmas de las manos, en las membranas que separaban sus dedos. Elise se sostuvo en el conducto agarrándose con más fuerza a las paredes de ambos lados, evitando resbalar. Se imaginó a sí misma por un momento como Atlas sosteniendo al mundo.

Ese lugar le pertenecía a ella.

Apretó los dientes. Le dolían los músculos de las manos y los dedos. Pero se dijo a sí misma que ese era su antiguo juego. Había unas reglas. Si ella no se movía, él nunca la encontraría.

MANTENTE LEJOS

Más allá del césped y del campo inundados, el bosque estaba roto: cipreses quebrados por la cintura, hojas arrancadas, árboles esqueléticos y retorcidos caídos de cualquier modo, muertos.

Un lugar lleno de muerte a excepción de él, Brody, que ya estaba de camino. Le dio la espalda a su casa dañada (ventanas rotas, linóleo mojado, armarios de madera arrugados de un blanco fantasmal, el cobertizo hundido por un árbol caído) y se adentró en el bosque. Sus tíos probablemente estarían preocupados por el cristal roto y las ramas de los árboles y estarían ocupados cubriendo los pequeños agujeros del techo con lonas.

Cuando Brody pasó la línea de los árboles, siguió avanzando entre troncos caídos y maleza aplastada. Era necesario forjar nuevos caminos, caminos difíciles que lo obligaban a dar largos rodeos antes de poder continuar. A veces era fácil perderse, ya que todas las marcas habían desaparecido o cambiado. Él árbol desde el que miraba estaba partido por la mitad. El nido de águila vacío había desaparecido. Finalmente encontró la línea de flotación, donde la elevación de la tierra sin desarrollar empezaba a hundirse. Sumergió su cuerpo en la inundación empapándose la ropa. Sus pies descalzos tenían que andar a tientas sobre ramas y raíces bajo el agua grisácea. Le preocupaba que hubiera serpientes y tortugas mordedoras debajo la superficie.

Elise le había dicho que se fuera, pero Brody había estado en casa de la niña todos los días desde entonces. Fuera. En la línea de los árboles intentando verla. «Vete» no significaba que no pudiera atisbar a la niña a través de las ventanas. «Vete» no significaba nada si descubría que su techo se había derrumbado y ella había acabado enterrada. Si se había roto una muñeca y el hueso partido le sobresalía de la piel del antebrazo. Si había pisado vidrios rotos y tenía el pie hinchado y la herida amoratada por el agua marrón.

Brody miró hacia el campo y el patio sumergidos, como si fueran un pantano. La casa golpeada e inundada, las tejas levantadas por el viento y el revestimiento arrancado como si lo hubieran atacado las garras de un tigre enorme. Esa casa había sufrido más que la suya. El coche de los Mason no estaba en el camino de entrada. Elise estaba sola. Brody se subió a un tronco caído y se quedó un rato sentado mientras las nubes flotaban sobre él. Oyó algo que le pareció una voz y durante un momento pensó que sería su tío gritándole que volviera y golpeando los árboles con un martillo. Era difícil saber de qué casa provenía el ruido. ¿Vendría de la casa de la señora Wanda? Pero su coche tampoco estaba.

Brody se protegió los ojos del sol y miró hacia la casa de la niña. Todas las ventanas estaban abiertas. No podía ser nadie más.

«Vete» ya no significaba nada para él. El mundo se había inundado, había cambiado. Las reglas habían variado. Iría a comprobarlo. Se aseguraría de que estuviera bien.

ESPACIO SEGURO

El conducto de la ropa sucia era de ella. Una pared dentro de las paredes.

Había dos salidas, una arriba y otra abajo. Solo dos maneras de escapar. Pero eso también significaba que había solo dos entradas. Que sería más difícil encontrarla. De algún modo, le preocupaba más la de arriba, la que había detrás de las pilas de papel higiénico en el armario del baño del señor y la señora Mason. Como si el evidente árbol pintado de abajo lo convirtiera en un lugar seguro. Traust estaba buscando algo oculto. El tablero con el árbol no estaba oculto. Pensó en él como en una runa protectora tallada por un dios nórdico.

Traust se llevó el martillo hasta los tablones del piso de arriba, pero no logró abrirse paso. Lo oyó rompiendo los espejos de los baños. ¿Intentaba mirar detrás de ellos? Tal vez su propio reflejo moviéndose a su lado le recordaba demasiado a ella. Al rato, llamó a Elise y le dijo que había descubierto su cepillo de dientes en la parte trasera del armario que había debajo del lavabo de los chicos.

—Es morado —comentó Traust—. Las cerdas apenas están dobladas.

Elise no pudo evitar negar con la cabeza. Le caían pequeñas gotas de sudor por la barbilla hasta el agua que había más abajo.

Ese ni siquiera era su cepillo. El suyo estaba en la planta baja. Sería uno de los viejos cepillos de los chicos.

Elise olió el humo de un cigarrillo. Durante un momento, le preocupó que fuera el humo que había usado la otra vez, el veneno, pero el agua de la planta baja le impediría volver a colocarlo. Ahora el hombre estaba descansando. Lo oyó exhalar mientras bajaba las escaleras.

—Quiero que sepas —empezó él— que, cuando era pequeño, durante un tiempo me pregunté si nos haríamos amigos. Pero nunca saliste. Me dejaste solo. Apartado de todos los demás. Era un niño pequeño que creía y ahora soy un hombre que no puede parar.

Lo escuchó gruñir y oyó el ruido de sus botas cayendo al suelo. Se las estaba quitando. No estaba segura de si era porque habían empezado a salirle ampollas en los pies por tenerlos tanto tiempo mojados o si solo intentaba moverse de un modo más silencioso para sorprenderla en otra parte de la casa. Si lo que quería era acercarse sigilosamente a ella, no lo conseguiría. Traust no sabía qué tablones del suelo crujían ni cómo evitarlos. Lo oyó a cada paso que dio.

—Te aviso que no quiero hacerte daño. Solo quiero ver que eres real. Lo he necesitado toda mi vida. Incluso cuando estoy con otra gente, rodeado por sus conversaciones, lo único que escucho son los ruidos que hay en otra habitación vacía. Puede haber una mujer conmigo en la cama, pero en lo único que pienso es en lo que hay debajo de los somieres. La vida es larga cuando estás solo. Pero yo no lo estoy. Llego a casa y oigo ese crujido al otro lado de la puerta cuando giro la llave. Nunca estoy solo. Nunca me quedo solo. Encontrarte será descubrir que no hay nada malo en mí. Así que sal. —Hizo una pausa.

»Sal ya —advirtió—, o prenderé fuego la casa. O, cuando llegue la familia, los mataré a todos uno a uno. ¿Te importa?

Quédate donde estás.

—Cuando te encuentre, te empaquetaré y te llevaré a casa conmigo. Te esposaré al radiador. Cuando me despierte por la noche, te miraré cada vez para comprobar que eres real. Te estaré vigilando hasta mucho después de que te hayas podrido hasta los huesos.

MONSTRUO

Traust era un hombre lejos de su hogar. Y allí, Elise estaba en el suyo. Él se lamentó en su casa, ante Elise, con la esperanza de que lo escuchara. Pero mientras ella se escondiera, él nunca lograría encontrarla. Elise lo oyó en su voz: estaba intentando asustarla porque él mismo estaba asustado. Se había ido cansando a lo largo del día. Elise podía esperar más que él. Y cuando se rindiera y se marchara atravesando el agua del patio delantero, ella lo observaría partir, encorvado y agotado. Derrotado de nuevo.

Era el bache de una noche que acababa no siendo nada.

Su madre y su padre habían muerto, pero ella todavía era real. Los Mason se habían ido, pero ella seguía allí. Traust estaba en su casa, pero ella era más paciente. Se había convertido en el polvo de las paredes. Mientras se escondía, era incorpórea. Era las paredes, el agua de la inundación, cada cambio, ruido y movimiento de cada parte de la casa que el hombre no podía alcanzar.

—Te haré daño —amenazó Traust. Y ella le creyó, pero eso solo sucedería si le daba la oportunidad.

SE ROMPE

Elise lo oyó arriba, en el pasillo, pero luego también lo oyó abajo. Había perdido todo el sentido de sí misma. Se había quebrado. Rendido. Los ruidos del hombre le llegaban por dos partes a la vez. Traust estaba arriba y, suavemente, también estaba en el porche trasero. Un patrón golpeó constantemente la puerta. Uno. Un, dos. Uno.

Elise lo reconoció. Se dio cuenta de quién golpeaba.

—Oh, no —dijo en voz alta sin poder evitarlo.

Traust se había quedado quieto. Él también estaba escuchando. Los golpes siguieron.

—Vete —susurró Elise—. Sal de aquí.

Oyó pasos lentos encima de ella. Eran cautelosos, casi delicados. El ligero chapoteo de los calcetines mojados del hombre sobre la madera. Tomando impulso. Abajo, Elise escuchó que la puerta trasera se abría contra la fuerza del agua. Oyó la voz de Brody, frágil, serpenteando por las habitaciones dañadas de la casa.

—¿Elise? —la llamó—. ¿Estás bien aquí? ¿Estás escondida? Soy yo. Puedes salir.

ES REVELADA

—¿**E**lise? —preguntó Brody. Elise supo exactamente lo que iba a suceder.

Traust lo agarraría. Lo arrastraría por toda la casa para que le mostrara todos los lugares en los que el muchacho supiera que ella podía esconderse. Si no lo hacía, le haría daño. Brody, aún más pequeño que ella, con su mono manchado de barro y el cabello desaliñado. ¡Qué estúpido! ¡Muy estúpido! La escalera crujió debajo del hombre mientras se acercaba al niño, se dirigía directamente a él. Ese crío, su amigo. Como un estúpido hermano pequeño.

Se rindió.

—¡No! —le gritó Elise—. ¡Brody, corre! ¡Escápate! ¡Corre!

La voz de Elise sonó tan fuerte a través de su garganta que sintió como si la carne se le estuviera desgarrando. Brody la habría oído y esperaba que lo comprendiera. En la planta baja ahora se oía chapoteo y agitación. Traust se movía a través del agua todo lo rápido que podía, zancada tras zancada. Y oyó que Brody gritó de sorpresa al ver al hombre. Elise se imaginó el aspecto que tendría Traust ante la puerta del cuarto de la lavadora acercándose a Brody: como un demonio en el mundo real, mudo y sonriente, agitando los brazos. Las rodillas del hombre estarían arqueadas y sus piernas salpicarían gotas de agua en el aire.

—¡Corre, Brody, corre!

Oyó su cuerpo chocando contra la mosquitera y al niño chapoteando y tambaleándose en el patio. Elise se lo imaginó con las piernas atascadas y agarrando salvajemente con las manos el agua que tenía delante de él para tratar de alejarse lo más rápido que pudiera.

—No tropieces —dijo—. Por favor, no te caigas.

No te dejes atrapar.

Pero una parte de ella ya sabía que Brody estaba a salvo. Aunque fuera lento y tuviera las piernas cortas, aunque tropezara y se sumergiera por completo, lucharía por volver a ponerse de pie. Aunque el lugar seguro más cercano estuviera lejos, en alguna parte más allá de la línea de los árboles, apartado. Sabía que el hombre no lo seguiría fuera de la casa. Traust no pasaría del umbral de la puerta trasera. No se arriesgaría: ya tenía un pájaro en la mano porque ya había oído su voz y ahora sabía dónde se escondía Elise.

Al otro lado de la casa, Traust subió corriendo las escaleras. Se quedó en silencio cuando llegó arriba, justo donde empezaba el pasillo, pero solo porque se había parado para recordar, para calcular el origen de la voz.

Los tablones del suelo chirriaban bajo sus pies. En el dormitorio de los padres. Cerrándose.

Elise tenía que salir. Alejarse. En algún lugar en la oscuridad del conducto para la ropa sucia debajo de ella había agua de la inundación. Pero hasta que la alcanzara, hasta que sus pies rompieran la superficie, tendría que descender agarrándose con las manos y los pies a los huecos y a las vigas de las paredes resbaladizas por la condensación. Tenía que moverse con cuidado. Si caía desde allí, no sería capaz de correr.

—Te oigo —dijo Traust.

Estaba en el baño. Oyó el chirrido de la cortina de la bañera cuando la apartó. El clic del armario al abrirse. Encima de ella, Traust vería botes de medicamentos, tiritas, un tensiómetro y termómetros y, debajo de las estanterías, en el fondo, un áspero pliegue en la madera en la parte trasera del armario. Elise había perdido la cuenta de los pasos que había dado y no lograba detectar el siguiente asidero. Palpó la pared lisa y húmeda con los dedos de los pies. Miró entre sus piernas hacia la oscuridad: ¿estaría lo suficientemente baja como para dejarse caer?

Arriba, el hombre soltó la parte trasera del armario con las uñas y dejó la madera a un lado. Elise seguía mirando entre sus piernas. Vio aparecer el cuadrado negro de agua y su sombra proyectada sobre la superficie. Y sobre ella, la silueta de la cabeza de Traust en el marco del conducto.

—Te veo —dijo él. Ensanchó los hombros en el conducto eclipsando casi toda la luz que provenía del baño.

El agua estaba demasiado lejos. Ignoró los asideros que no pudo encontrar y usó los antebrazos, los talones y la parte plana de la espalda para bajar.

La silueta de Traust vaciló. Elise podía sentir lo que él estaba pensando. Elise estaba demasiado lejos de él. Fuera de su alcance. Podía bajar corriendo las escaleras, pero ¿y si cuando llegaba abajo ella ya se había ido?

Elise descendió unos centímetros más con una rápida sacudida y eso fue todo lo que le hizo falta. Se estaba alejando de él. Sumergiéndose en la oscuridad. Pero Traust no la volvería a perder. Bajó tras ella.

DESCENSO

Los hombros apretados, los brazos extendidos y asomándose desde el borde del armario hasta el conducto. Su cuerpo era demasiado grande para caer, se ceñía a los costados. Como una serpiente, se retorció de un lado al otro pudiendo meter solo la cara, las manos y los codos.

Elise resbaló, se dejó caer unos centímetros más y se agarró a los bordes del conducto con la espalda y las rodillas. Pero Traust ya estaba cerca, persiguiéndola. Resbaló de nuevo, esta vez doblando los pies, con el cuerpo en forma de uve, y la parte trasera se hundió. Iba a caer al agua e iba a quedar atrapada con los brazos y los pies por encima de ella. Y él iba a seguirla y a aplastarla.

Traust gritaba, pero ella no podía entenderlo. Las palabras rebotaban a su alrededor. El hombro de Traust se le clavaba en el muslo y le envolvía el rostro con la palma de la mano. Le atrapaba las mejillas entre el índice y el pulgar e intentaba tirar de ella para acercarla.

Elise cayó. El agua la rodeó, abrupta y fría, y la voz del hombre se apagó. Estaba amurallada por todos lados. Sus pies pataleaban salvajemente bajo la superficie. Estaba atrapada en un ataúd sumergido. El cuerpo de Traust cayó y rompió la línea del agua. La corriente la rodeó y él la empujó hacia abajo. Su peso la aplastaba contra el suelo, tenía la espalda sobre el pecho de la niña y la dura cabeza entre su cadera y su brazo. Elise tenía los pulmones comprimidos. El aire se vio obligado a salir de ella.

Elise necesitaba respirar. Se había desprendido una pared. El tablero con el árbol pintado se soltó. Levantó los brazos por detrás de su cabeza, se agarró a los bordes del agujero y se impulsó retorciéndose bajo él, intentado salir. Jadeó en el aire bajo la tenue luz.

Logró equilibrarse sobre sus pies, pero tenía las piernas débiles, se le doblaban las rodillas. Trató de correr, girar y avanzar, pero la atracción del agua hizo que perdiera el equilibrio. Cayó y el agua se la tragó de nuevo. Desesperada, se puso de pie y se apartó el pelo de los ojos. Vio que la pared del cuarto de la lavadora temblaba. Traust estaba golpeando desde el otro lado.

Estaba enfurecido. El agua salpicó por el estrecho agujero en el que antes estaba el tablero. La buscaba a tientas por debajo. Elise retrocedió. En la pared de arriba, el yeso empezó a resquebrajarse por sus patadas. Ya había roto la madera del conducto. El agujero por el que había salido Elise era pequeño, pero si Traust podía meterse en el conducto, también podría salir por él. El cuello y los hombros del hombre estaban atrapados por su peso contra el suelo sumergido, pero seguramente podría retorcer los brazos, levantarse y salir. El agua se agitó por toda la habitación golpeándole los muslos a Elise, que retrocedió paso a paso. ¿Dónde más podría esconderse? Cuando el hombre lograra liberarse y se incorporara, le bastarían cuatro o cinco pasos para atraparla y abalanzarse sobre ella. Lo oyó debajo del agua, dando un grito ahogado, como si la propia casa la estuviera llamando. Pero él no emergió.

Elise retrocedió y observó. La furia que había allí abajo, el torrente de agua que la acechaba, toda el agua de la casa parecía subir y bajar. La grieta crecía, las paredes retumbaban. Pero, con cada golpe, el ruido era menor. Como un latido constante que empieza a ralentizarse.

Cuando Elise retrocedió hasta el vestíbulo, el agua que le rodeaba las piernas se había calmado. Se quedó allí durante un minuto mientras las burbujas de aire de la superficie estallaban, primero dos y después de una en una. Se disolvieron en el agua plana y oscura hasta que no quedó ninguna. Finalmente, Elise volvió a entrar en la habitación, donde el hombre de las paredes se había quedado en silencio.

CUANDO DESAPARECEMOS

Una vez, fuimos niños tumbados en la cama con los ojos cerrados. La lámpara del techo todavía encendida tiñe de carmesí el interior de nuestros párpados. Nos quedamos esperando hasta oírlos entrar en nuestras habitaciones. La presión a los pies de nuestras camas, el chirrido de los resortes cuando se inclinan para quitarnos el pelo de la frente. Cuando los pasos de nuestros padres se alejan, sentimos el rastro de sus besos en nuestras caras mientras la habitación se oscurece a nuestro alrededor y el interior de nuestros párpados se vuelve índigo, el color del sueño.

Es un sentimiento que tendremos cuando finalmente abandonemos este mundo. Tendremos esperanza.

Cuando lleguen las inundaciones, nos lamerán el rostro, nos envolverán la cintura y tirarán. Nuestros pechos se levantarán con la corriente, como si se hincharan para un último respiro, y fueran liberados, sin amarras. Cuerpos girados por la corriente como las lentas manecillas de un reloj. Nos tumbaremos en la superficie del agua como un durmiente, arrastrados a medida que el agua retrocede.

Cuando la niña lo sacó de la pared, su cuerpo se levantó parcialmente. Solo asomó a la superficie la joroba de su espalda, como la cresta de una pequeña ballena. Lo guio dirigiéndolo con las caderas y la parte superior de los antebrazos a través de las habitaciones, hasta el exterior. Lo sacó por la puerta por la que él había entrado con la intención de encontrarla. Afuera, el mundo era como un lago que retrocedía y, como él estaba en él, también retrocedió. Una forma gris alejándose hacia los árboles.

Con el tiempo encontrarían el cuerpo del hombre, o permanecería perdido para siempre. Las cosas solo podían ir de dos modos. El sol poniente derramó su fuego sobre la superficie del agua. Elise hubiera podido caer ahí, dejarse sumergir. Permitir que el turbio frío se apoderara de ella una vez más.

Si no hubiera estado tan cansada… No estaba muy segura de si sería capaz de sostenerse en pie.

EL TIRÓN DE TODO

Aquella noche, Elise estaba tumbada en mitad de las escaleras, acurrucada como un gato. Notaba la madera húmeda firme contra su mejilla. Era difícil saber cuánto tiempo había estado allí cuando llegó la noche, pero con el paso de las horas el agua disminuyó y fue saliendo por la puerta hasta que solo quedaron sedimentos y pequeños charcos sobre el suelo de baldosas. Estar tumbada en la escalera le parecía reconfortante, aunque los escalones fueran duros y estrechos. Era una parte de la casa en la que Elise nunca se había recostado. Nunca la había abrazado. Ahora le parecía importante.

Debajo de ella, el reloj de la nieta se había empapado y estaba estancado como un trozo de tierra seca y porosa. Su tono brillante había desaparecido. Su madera ahora era suave y vulnerable como una herida recién curada. Los pájaros pintados seguían allí, coloridos en la esfera del reloj, pero Elise se preguntó cuánto tiempo pasaría hasta que se desvanecieran y se agrietaran por la madera estropeada de abajo.

Finalmente, Elise se dirigió una vez más a la cama de sus padres. Durmió lo que quedaba de la noche hasta bien entrada la mañana, dormitando bajo la luz y el chirrido de una ardilla en uno de los árboles del patio. Se debatía entre el sueño y la duermevela, rascándose los brazos donde le habían picado los mosquitos e ignorando los dolores crecientes de su estómago y su garganta seca. Elise se puso una almohada sobre el rostro. No tenía prisa por levantarse y volver a rebuscar por la cocina en ruinas. Ya había captado el olor a podredumbre que salía de la nevera, cuyas puertas habían quedado abiertas tras la búsqueda del hombre; los alimentos perecederos se descomponían por el bochornoso calor.

Sin embargo, cuando finalmente se incorporó y bajó las escaleras, vio que ya no había necesidad de buscar comida y agua limpia. Se habían ocupado de ella. En la entrada principal había una toalla, dos botellas de agua, una barrita energética y una caja de cereales de canela. Elise miró la colección de artículos.

—Brody —murmuró.

Se llevó los obsequios a la planta de arriba. Desayunó en el desván. Quitó los cristales rotos del alféizar y comió mirando por el tragaluz hacia el patio trasero. Se imaginó a la señora Laura arreglando las tomateras aplastadas. Al señor Nick con una carretilla medio rota. A Marshall y a Eddie juntos, arrastrando una de las ramas caídas más grandes. A su propia madre y a su propio padre trabajando en alguna parte del patio delantero.

Durante el resto de la mañana, Elise se paseó por la casa inspeccionando los daños y lo que quedaba. Notó rastros de sí misma por todas partes, señales de su presencia: sábanas enredadas, sus vaqueros tendidos en el tejado para que se secaran, pilas de libros que había subido a la planta de arriba desde la biblioteca y que esperaba poder salvar de la humedad y el moho. Se dio cuenta de que una casa parece más pequeña cuando todas las ventanas están abiertas. La brisa podía pasar por toda la construcción como si no estuviera allí. Los fantasmas entraban desde el exterior, se paseaban por las habitaciones y volvían a salir al atisbo de cielo que se distinguía entre las ramas de los árboles.

Aquí, Odín, el Padre de Todos, se acercó a Elise y se arrodilló ante ella. Colocó su rostro contra el suyo y le dijo que, en algún lugar, sus padres yacían bajo la tierra. Tumbados boca arriba el uno al lado del otro. Que todas las noches, las constelaciones se refractaban en sus brillantes y blanquecinos ojos.

—Al final, nadie desaparece nunca —le dijo—. Están todo el tiempo debajo de nosotros.

Durante los días siguientes, los tablones del suelo bajo ella se doblarían y cederían. La pintura se soltaría de las paredes y el moho se volvería negro y moteado por todo el interior. Elise podía lograrlo si quería. En cierto modo, sería un nuevo desafío: existir oculta en una casa que se estaba desvaneciendo tan rápido como esa. Elise era lo bastante buena en una vida como la suya como para saber que podía. Si decidía que eso era lo que quería. El agua de la inundación se había escurrido casi por completo del patio y ella volvió a meter en el interior los vaqueros secos. Enderezó las sábanas tal y como habían quedado cuando los Mason habían llenado el coche y se habían marchado. Cerró las ventanas que había abierto la mañana después de la tormenta. Volvió a llevar abajo los libros que había salvado de la biblioteca y los apiló en la mesa de café que se estaba secando.

Aquella tarde, Elise salió de su casa. Se adentró en el patio y notó la hierba aplastada entre las ramas caídas, húmeda y cálida bajo sus pies. Las flores de la señora Laura que había por todo el camino de entrada estaban dobladas y marchitas, pero vivas. Elise tomó una boca de dragón, la abrió y la cerró. Notó el aroma a magnolia al final de su floración. El calor del sol sobre el cuello y los brazos.

Elise pasó por la camioneta inundada junto a la carretera y escaló el empinado dique. Se le tensaron los muslos de la pantorrilla mientras subía hasta la cima. El río era grande y marrón y se agitaba hacia adelante como los relucientes músculos de un caballo. Al otro lado, justo por encima de la parte superior del dique paralelo, pudo distinguir tejados de otras casas, edificios asomándose ante ella, aprehensivos, desde lejos. Elise recorrió toda su longitud dando patadas a la gravilla bañada por el sol y apartando los mosquitos que le rodeaban los tobillos. Caminó hasta que encontró el camino arbolado que sabía que tomaba Brody a veces, cuando iba a su casa.

Una vez allí, bajó por el dique dejando que la fuerza de la gravedad la empujara y ganando velocidad. Sus zancadas aumentaron de tamaño a medida que cruzaba la acequia y el pavimento hacia el camino de tierra. Se internó en él esquivando los baches que le llegaban a la altura de los tobillos, saltando sobre las ramas caídas y agachándose bajo los troncos más grandes cuando era necesario. Se le acumuló el barro entre los dedos de los pies. Las libélulas zumbaban a su alrededor. Entre las nubes, el sol parecía un albaricoque. El bosque la rodeaba por ambos lados y el dosel arbóreo sobre ella era como un salón viviente.

La niña de las paredes salió de su casa para darle las gracias a su amigo por todo lo que le había llevado. Y después, si alguna vez había planeado volver, debió cambiar de opinión. Elise no regresó.

CIMIENTOS

Más tarde, cuando los vehículos abandonados e inundados fueron remolcados, reabrieron las carreteras. Empezó el regreso. Largas y lentas filas de coches se alternaban para pasar por los semáforos rotos. Los neumáticos crujían sobre las ramas caídas y los cristales rotos. Desde la interestatal elevada, la ciudad se expandía en todas direcciones con las tejas estropeadas y los techos agujereados, algunos completamente abiertos como si durante la tormenta algo hubiera salido disparado hacia el cielo a través de ellos.

La línea de flotación marcaba en los lados de las casas hasta dónde habían llegado las aguas. Para muchos, la cuestión era si reconstruir y quedarse o marcharse a otra parte lejos del golfo, de sus turgentes y calurosos veranos, de la humedad y los insectos, de la amenaza de la subida, de las aceras llenas de alfombras empapadas y enrolladas, y de neveras de las que nunca lograrían eliminar el olor. Había otras tormentas por venir, tormentas más fuertes. La temporada de huracanes tardaría meses en acabar y el año siguiente volvería a haber más. Cuando se recopilan y describen las tormentas, se confunden unas con otras. «¿Fue Betsy la que nos quitó el viejo cobertizo?». «¿Fue Camille la que rompió nuestro árbol preferido?».

Cada tormenta era igual, las que han sucedido y las que sucederán.

Una barcaza tambaleándose en la cima del dique. Los árboles rotos, las casa destartalada, las profundas hendiduras en el patio donde parecía que había dado la vuelta una grúa un día antes, al hundir las llantas en el barro para tirar de un vehículo que se había quedado parado en la calzada justo delante de su casa.

En el interior, el agua se había llevado todas sus pertenencias y las había recolocado. Las había sacado de los armarios, las había derramado por el suelo. Las paredes se habían bebido la humedad como si hubieran tenido sed. Todavía estaban saturadas, presionarlas con un pulgar era como tocar una toallita empapada. Habría que desmantelar todo el edificio.

Y entre la destrucción de su hogar, estaba claro que aquel hombre, Traust, había regresado. Había agujeros en las paredes y en el suelo, y por toda la casa. Se había dejado las botas arriba. Cuando Nick las encontró tiradas en el pasillo, atravesó la casa registrando todas las habitaciones en busca del hombre. Finalmente, quedó claro que la casa estaba vacía. No estaba allí. Al menos en ese momento. La ira del padre brotó en todos ellos: «¿Por qué no nos deja en paz? ¿Y los libros apilados en la mesita de la biblioteca? ¿Qué estaba haciendo?».

Mientras estuvo retenido en el marco de su ira, el hombre se redujo a nada más que una plaga recurrente. Como los ratones. Como las termitas. Marshall juró que si alguna vez volvía a ver al señor Traust cerca de su casa, agarraría lo que tuviera más cerca y se lo estamparía en la cabeza. Había tomado las llaves de su padre de la mesita del vestíbulo, que ya se estaba pelando, y se había imaginado metiéndoselas en los ojos.

—Ojalá pudiera ponerle las manos encima —le dijo Nick a Marshall, y por incorpóreo que les pareciera el hombre en ese momento colgando a su alrededor como vapor de agua, comprendían el deseo y la satisfacción de atrapar algo que odias.

Laura, que se habían quedado en silencio en cuanto había entrado a la casa, tomó las botas entre dos dedos de una mano. Con la otra, agarró el juego de herramientas que encontraron en el despacho. Salió al campo trasero, muy lejos, hasta que no se vio más que un torso abriéndose paso entre los altos hierbajos. Agitó los brazos como péndulos y arrojó las pertenencias del hombre todo lo lejos que pudo, más allá de la línea de árboles hacia el bosque.

Eddie la recibió en el patio trasero. Era demasiado mayor para que su madre lo tomara de la mano. Además, nunca se había sentido cómodo con el contacto. Pero ella podía caminar junto a él, atravesar el embarrado jardín, rodear el garaje y los arbustos de azalea. No necesitaban hablar. Dieron vuelta a la casa tratando de captar sus reflejos grises en los cristales de las ventanas por el rabillo del ojo. Eddie murmuraba mientras contaba los pasos. Laura se dio cuenta de que podría quedarse así toda la noche, o, al menos, todo el tiempo que deseara.

Y a medida que pasaban los días, lo que se había perdido fue desgastando a los padres. Su piano, su antiguo reloj, sus muebles, sus libros. Sus proyectos echados a perder. El revestimiento del comedor, los azulejos y los armarios que habían sido reemplazados en la cocina. La nueva moqueta de la sala de estar. El suelo y la pintura de la habitación de invitados. Habían perdido todo un año allí. Si se quedaban y decidían reconstruir la casa, perderían todavía más. El señor y la señora Mason contaron en silencio el resto de sus vidas.

Un día, mientras los chicos continuaban con el proceso de recoger cosas de la planta baja para lanzarlas al patio delantero, los padres se reunieron en su dormitorio.

Se abrazaron. Frente contra hombro. Rostro rodeado por pelo.

Se sentían agradecidos por estar vivos. Por estar todos bien. Ilesos y respirando.

Pero aun así era difícil perder cosas.

ESQUELETO

Meses después, en otoño, cuando había pasado ya la temporada de huracanes, los obreros terminaron de desmantelar todo. La casa destrozada estaba comprimida. Todas las habitaciones, o lo que quedaba de ellas, estaban fusionadas con los postes de madera leonados que parecían más persianas verticales que paredes. Los niños, desde lo que habían sido sus cuartos, podían ver claramente la habitación de invitados, el despacho, el dormitorio de sus padres y lo que había estado en el armario de la ropa de cama. También podían ver la planta de abajo a través de los agujeros del suelo que habían servido para el cableado eléctrico y la ventilación. Podían ver el desván. El mundo entero se extendía ante ellos como un mapa. Nada podría esconderse en ninguna parte.

Sus padres trabajaban abajo en el garaje. Había llegado un frente frío en los últimos días y el viento fresco y seco atravesaba la tela de sus jerséis. Incluso en el interior, una débil nube de aliento se formaba ante sus bocas. Cuando soplaba la brisa, la lona de plástico azul que cubría los agujeros del techo se agitaba por las esquinas como grandes alas.

Eddie se preguntó de nuevo si ella estaría bien.

La presión brotó en su interior y Eddie le contó a su hermano que una vez había conocido a la niña. Antes de que empezara todo, antes de su búsqueda, del señor Traust y de la tormenta. O tal vez no la conociera realmente, pero tenía una idea acerca de ella. De lo que era. Creía que a veces se escondía detrás del sillón de su habitación. Durante un tiempo, había deseado y había intentado mantenerla oculta.

Eddie le contó todo eso a su hermano y, mientras hablaba, se dio cuenta, cada vez que vacilaba entre las palabras, que esperaba que la expresión de Marshall se endureciera. Que su hermano lo mirara y se burlara. «¿Por qué?», le preguntaría Marshall, confundido. Cuando lo entendiera, volvería a preguntárselo, esta vez horrorizado. Eddie estaba confesando su traición.

Terminó diciendo lo que sentía que tenía que decir. Haría frente a lo que sucediera después. Marshall no lo miró a los ojos. El hermano mayor simplemente se quedó allí, en el sitio. Sacó una mano de lo más profundo de los bolsillos delanteros de su sudadera y se la pasó por el pelo hasta la parte posterior de la cabeza.

—¿De verdad? —murmuró Marshall, y después se quedó en silencio.

Costaba imaginarse cómo había sido la casa ahora que habían quitado las paredes. Era difícil recordar cómo se sentía, pensar que estás solo en una habitación cuando hay algo moviéndose al otro lado de la puerta. Porque ahora ya no había puertas. La luz que entraba por las ventanas era clara y blanca sobre el suelo de madera. La casa no era nada más que huesos desnudos y silenciosos.

Marshall preguntó:

—¿Y cómo era?

Fuera, los pájaros cantaban. Los muchachos nunca habían sabido sus nombres, pero conocían los cantos (los trinos suaves, los silbidos parecidos a una flauta). Les resultaban tan familiares como el contorno de una almohada vieja. Las voces de sus padres murmuraban en el piso de abajo. Eddie se preguntó qué podría decir, si es que podía decir algo.

—Era... —Empezó Eric. No había palabras para describir-la—. No lo sé. Era... buena escondiéndose.

Marshall resopló. Eddie no pudo evitar sonreír.

¿Qué más podía decir? Era absurdo describir a un fantasma.

No; un fantasma, no. Una casa. ¿Cómo podría alguien resumir las zonas de calor o los olores persistentes de los alimentos después de una comida? ¿Qué se puede decir de la ubicación de los muebles, la profundidad de los marcos de las puertas y cómo es moverse entre ellas por instinto cuando las luces se apagan?

—La mayor parte del tiempo me caía bien —dijo Eddie.

FIN

A veces nos preguntamos si está muerta.
Puede ser. O si se ha mudado a otra casa. Su próxima casa en
otra parte del vecindario o al otro lado del país. Creemos que una
niña como ella ya no puede existir en ninguna parte.

A medida que nos hacemos mayores, sentimos la tentación de
creer que cada ruido que escuchamos en nuestras propias casas
casi vacías es ella que sigue revoloteando a nuestro alrededor.
Está tan cerca que imaginamos que solo con cerrar los ojos, esperar a escucharla y alargar las manos, la sentiremos allí, rozándo-
nos con sus propios dedos.

Es una sensación que no nos abandona.

A veces, nos sorprendemos al seguir escuchando. ¿Qué espe-
ramos oír? Tal vez lo sepamos cuando lo oigamos. La puerta del
desván chirriando al abrirse. Un suspiro, como un milagro, por
debajo del suelo.

«¡Sal!».

Lo decimos cuando no podemos soportarlo más. Cuando hemos tenido suficiente.

Pero cada vez que pensamos que estamos muy cerca de ella,
siempre tenemos los ojos cerrados.

UNA MAÑANA

Un pensamiento al despertarse. Un recuerdo que la atormentaba. Algo de su infancia que había quedado sin hacer, sin reconocer. Y el sentimiento de vergüenza que lo acompañaba, como si hubiera sucedido el día anterior. Es extraño cómo pueden escocer todavía esos sentimientos. O calentarte, depende. Algunos apenas parecen desvanecerse en absoluto. Tumbada en la cama en la oscuridad de la madrugada, la mente empieza a darle vueltas y sabe que no podrá volver a dormirse.

Se encuentra a sí misma con el móvil en la mano escribiendo un número en el navegador. Vuelve a intentarlo, consciente de la necesidad de enmendarlo. Porque, por supuesto, ahora él ha crecido. Ya es un hombre. Un «Edward», por extraño que le parezca ese nombre. Ella sonríe, no sin sentir un poco de vergüenza al reconocer que ahora es ella la que busca.

No hay mucho que encontrar. La casi ausencia de cualquier cosa le recuerda que ya lo ha intentado con anterioridad.

Pero, finalmente, mientras su habitación adquiere un tono rosado con los árboles de City Park tomando forma en el marco de la ventana, consigue una dirección en una página. Todavía vive en la ciudad. Al otro lado del río de la antigua casa que compartían. No está muy lejos de ella.

Se levanta y se prepara para ir a trabajar. Desayuna en el porche delantero con el aire aún fresco por la tormenta de la noche
anterior. Al otro lado de la calle, una garceta completamente
blanca se inclina en las aguas poco profundas de la zanja junto a
la carretera del parque. Un poco más allá, los columpios parecen
casi solemnes en la penumbra de la mañana, aunque se llenarán
por la tarde. Los padres se sentarán en los bancos. Los niños pequeños, gritando, saltarán por toda la zona de juegos uno tras
otro, se subirán a los columpios colgantes y alzarán el vuelo. Ha
vivido en otros estados, con un abuelo y con una tía. Ha tenido
otros hogares. Pero ahora ha vuelto a esa ciudad, como un pájaro
que regresa a un viejo nido en el cambio de estación. Un planeta
en una órbita estable. Un hogar siempre sigue siendo tuyo, incluso después de que te hayas ido y hayas encontrado otros.

Aquella mañana, antes de marcharse, abre el cajón de su mesita y rebusca entre sus libros, un cuaderno de dibujo, postales y
otros objetos que guarda. Encuentra lo que está buscando y se lo
lleva al escritorio. Lo mete en un sobre. Se sube al coche y conduce.

No va de camino al trabajo. Todavía no.

Cuando llega al barrio, a Uptown, donde el río se dobla, apar-
ca el coche a varias manzanas de distancia. Casas antiguas pinta-
das con tonos pastel se apretujan entre restaurantes y escaparates.
Las ramas de los robles forman un denso dosel. El agua de la lluvia gotea intermitentemente desde los canalones y las ramas y
cae suavemente sobre el techo de su coche. Se sienta con la puerta
abierta, desenvuelve un caramelo de menta que tenía en el porta-
vasos y se lo mete entre las mejillas. Agarra su mochila y sale. Sus
tacones golpean el pavimento de la acera que se ha doblado con
el crecimiento de las raíces de los árboles. Es probable que ese
paseo la haga llegar tarde al trabajo, pero no pasa nada. Supone
que romper de vez en cuando la rutina significa simplemente estar viva.

Además, así es más seguro. Que no haya coche significa
que no hay matrícula. No hay rasgos identificativos. No hay

posibilidad de ser encontrada. A ambos lados de la calle, las ventanas la miran fijamente. Parecen pensativas, como si estuvieran durmiendo.

Camina y la luz del sol brilla entre los huecos de las cercas de madera. Una ardilla se escabulle entre los árboles por encima de ella. La brisa fresca le acaricia los brazos.

Y como en cualquier otro lugar en el que haya estado, siente que están ahí.

Ocultos a la vista, pero cerca.

En alguna parte hay un viejo tablón de madera contrachapada en el garaje siendo repintado. Se acaba de encender un aspersor en el jardín. En algún sitio, una niña se recuesta sobre una lona de plástico moteada y dibuja mientras espera que sus padres terminen el trabajo del día.

Los tres siguen haciendo algo. Allá donde vayan.

Una madre, un padre y una niña.

Y, cada día, los lleva con ella. En su interior.

Como una casa.

RECUERDO

E n el exterior, los conductores han empezado sus trayectos matutinos. Sus motores rugen entre las calles angostas, sus llantas chapotean sobre los charcos en el asfalto desgastado. En su dormitorio, él se ata la corbata atentamente frente al espejo. Oye el viento a través de los robles y con cada coche que pasa. Oye el canto de los pájaros y cada crujido de su propia y vieja casa.

Siempre ha sido sensible a los ruidos. Siempre estará escuchando.

Mientras se prepara para enseñar, se acerca a la ventana de su habitación. La abre al olor de la lluvia que todavía persiste. Comprueba el alféizar en busca de termitas, pequeños cuerpos dorados que hubieran quedado allí la noche anterior. Hace tiempo que tiene esa costumbre. Se para en el marco de la ventana y observa el despertar del vecindario.

Al final de la manzana, un par de chochines aterrizan en el toldo de una pequeña tienda de bicicletas. Las ramitas caídas, todavía llenas de hojas, yacen esparcidas por el borde del camino. En la casa frente a la suya ve la silueta del gato de un vecino sentado en una ventana gris. No muy lejos, una mujer cruza la carretera. Camina por la acera con la suave urgencia de un recado.

Se gira de nuevo dentro de su habitación para sacar un par de calcetines del armario. Los resortes de la cama chirrían cuando se sienta para ponérselos. Pero algo, como un aliento en la nuca, lo detiene.

Se levanta, vuelve a la ventana y la ve allí, de pie junto a la valla de su jardín. Ella se para para buscar algo en su bolso. Saca un sobre y lo deja en el buzón. Lleva el pelo recogido en un moño suelto. Su cara es como la de cualquier otra persona.

Piensa en las pocas posibilidades de estar ahí para verla.

Él la mira cruzando la calle. Luego se marcha de su dormitorio y sale por la puerta principal.

Camina descalzo sobre los adoquines y abre el buzón. La carta es voluminosa, está doblada y sin marcar. Mira hacia arriba y la ve debajo del toldo de la tienda de bicicletas. Ella se ha detenido durante un momento para atrapar una gotita de agua con la mano abierta.

Él rompe el sello de la carta con el dedo. Vacía el contenido en su mano.

Una vieja figurita de Lego. Una brujita de plástico.

El viento sopla y las hojas mojadas se pegan al pavimento.

Y ella se marcha, rápidamente, como siempre lo ha hecho. Baja de la acera, rodea una alcantarilla ondulada y comprueba si viene algún coche por el rabillo del ojo. Él se da cuenta de que ahora es una mujer.

Un coche pasa entre ellos. La luz y la sombra la motean bajo las ramas. Ella dobla la esquina. El dobladillo de su vestido es lo último que él ve. Se ha ido.

Y sí, ahí está él.

Afortunado por haberla visto.

AGRADECIMIENTOS

Escribir un libro es un acto comunitario. Le debo un reconocimiento a mucha gente.

Gracias a mis padres, quienes me mantuvieron más seguro de lo que podría hacerlo cualquier casa. Gracias a mi hermano por su picardía y a mi hermana por ser la mejor conciencia. Gracias a mi familia de Georgia, y a Grammy, por su hogar lejos del hogar y sus comederos para pájaros. Gracias, tía Dot y tío Virg, por traerme aquí.

Gracias, Susan Armstrong, por ser tan excelente en el millón de cosas que haces por mí. Amelia Atlas, te agradezco todo tu conocimiento y tu cuidado.

A mis editoras, las Helens (Garnongs-Williams y Atsma) por vuestra creatividad y conocimiento, me habéis dejado asombrado. Gracias por vuestra generosidad y precisión, y por decirme que «en realidad no hace falta que cortes eso». Gracias a los maravillosos equipos de 4th Estate y Ecco.

Gracias a Nina de Gramont, que estuvo implicada en este proyecto cuando no era más que un boceto en una pizarra. Estoy muy agradecido por tu motivación, tu sabiduría y tu apoyo. También quiero expresar mi más profunda gratitud a muchos otros de UNC Wilmington. Rebecca Lee y Philip Gerard. David Gessner y Clyde Edgerton. A mis compañeros escritores noveles, por

vuestras historias y brillantez. A mi equipo deportivo, por mante-
nernos a todos con el ánimo alto aun cuando acabasteis lesiona-
dos por mi culpa (lo siento). Y a esos escritores jóvenes y talentosos
de Roland Grise Middle: solo intento mantenerme al día.

Gracias a Brad Richard, por una década y media (y lo que
venga) de mentoría. A Donald Secreat, por su cuidado en esta
novela y por compartir su deleite por las oraciones. A mis amigos
de Nueva Orleans, Georgia, Saint Louis y Carolina del Norte, que
me han acogido como a un hermano. Gracias también a Jake Nes-
bit, por escuchar.

Y, por supuesto, a esos ruidos que llegan de otra habitación. A
la puerta del desván abierta. A lo que fuera que hubiera allí, si es
que había algo. A veces me parecía que...

Y a Donnie: mi compañera evacuada con quien vuelvo a casa.
Eres una bomba, amable y paciente. Escribir siempre es más fácil
contigo.

Gracias a todos.